東京ホロウアウト

福田和代

JN090236

コロナ禍の中、オリンピック開催が間近に迫る東京で、新聞社に「開会式の日、都内を走るトラックの荷台で青酸ガスを発生させる」という予告電話がかかってきたのが、すべての始まりだった。直後、配送トラックを狙った予告通りの事件が次々と発生。さらには鉄道の線路が爆破され、高速道路ではトンネル火災が。あちこちで交通が分断され、食料品は届かず、ゴミは回収されないまま溜まり続け、多くの人々がひしめく東京は陸の孤島に——。この危機から東京を救うため、物流のプロ・長距離トラックドライバーたちが、経験と知恵を武器に立ち上がる！

登場人物

世良隆司……長距離トラックドライバー。

浜口義三……同。世良のドライバー仲間。通称ハマさん。

岩坂巧……同。世良のドライバー仲間。通称トラ。

本郷恵津美……同。姫トラッカー。通称エツミ。

梶田淳……警視庁オリンピック・パラリンピック競技大会総合対策本部警備担当、警部。世良の弟。

世良萌絵……世良の妻。コンビニ勤務。

世良大介……世良と萌絵の長男。

塚口文人……奥羽タイムスの記者。

内藤……奥羽タイムスの東京支社長。

諸戸孝二……燕エクスプレスのオペレーター。

島本……同。諸戸の相棒。

横川……燕エクスプレスの品川営業所長。

明角守……………スーパー〈エーラク〉阿佐ヶ谷店の店長。
網代……………同、店員。
中野……………ＪＲ貨物の保全技術センター作業員。
村田……………同。
塩山……………東清運送の配送管理担当者。
蒲生……………警視庁警部補。梶田の後輩。
戸成五郎………警視庁刑事。青酸ガステロを追う。
富田……………同。戸成の部下。

重野……………オリンピック選手村メインダイニングの責任者。
永楽好美………スーパー〈エーラク〉代表取締役社長。
東海竜太郎……東京都知事。
川勝……………神田の食堂〈勝めしや〉店主。
浜口陽一………ハマさんの息子。産廃処理業者。故人。
諸戸肇…………元〈ハジメファーム〉社長。諸戸の兄。
永富浩…………トミー解体社長。

ジェシカ………愛知県在住の米国人。オリンピックのために東京に来た。
マイケル………ジェシカの夫。

東京ホロウアウト

福 田 和 代

創元推理文庫

TOKYO HOLLOWOUT

by

Fukuda Kazuyo

2020

東京ホロウアウト

社長室の扉は、もう一時間も閉まったままだった。

——社長、遅《おせ》な。

総務課長の鈴木《すずき》は、席から壁の時計を見た。そろそろ支度をして出かけねば、午後三時から公判が始まる。今日は弁護士も直接、地方裁判所に向かうはずだ。

とはいえ、自分があの扉をたたくのは、少しばかり気が引けた。無理もないことだが、このところ社長の表情は晴れない。暗い面持ちのくたびれた男がふたり、顔をつきあわせるのが気づまりだ。

「ノリちゃん、そろそろ社長に声かけたって」

自席で経理処理をしている則子《のりこ》に声をかけ、社長室の扉に顎《あご》をしゃくった。まだ二十六歳ながら、中年女の横着さを身にまといつつある則子は、ちらりと扉を横目で見ると、「はあい」としぶしぶ立ち上がる。鈴木はもう注意もしなかった。彼女はおおっぴらに転職先を探しているが、パンデミックによる緊急事態宣言下とあって、なかなか見つからないらしい。

「社長、入りますよ」

ノックに応答がないので、則子がドアを開いた。息を呑んで、そのまま凍りついている。

「どうした？」

様子がおかしいので、鈴木も立ち上がり、彼女の背後から中を覗きこんだ。

――あれ。何かぶら下がってる。

天井からだらりと大きな魚のような物体がぶら下がり、ゆーらゆーらと揺れていた。きつい異臭が鼻を刺す。

鈴木の脳裏にまず浮かんだのは、「ついにやってしまった」という言葉だった。目の前に靄《もや》のかかった、現実感の失われた世界に飛び込んだような、頼りない感覚がした。

彼は硬直している則子を押しのけ、社長室によろめき入った。照明器具のコードとロープを使い、首を吊った社長の顔は土気色《つちけ》で、だらしなく開いた口から真っ黒な舌の先が覗いている。命があるようにはとても見えない。それでも、足を抱えて持ち上げようとした。

「社長――！　ノリちゃん、救急車！　早く」

あえぐように呼吸をして、青ざめた則子が事務室の固定電話に駆けていく。いつかこうなるかもしれないという予感は、事務所の全員が隠し持っていたのだ。

馬鹿なことをしたと、二歳下の社長を咎《とが》める気にはならなかった。こんな事態を引き起こして、まともな神経でいられるほうが、どうかしている。ただ、死んだら世間は、社長の自業自得と見るだろう。それが悔しい。

――とにかく家族に知らせなきゃ。

とっさにそう考えた。社長の奥さんは、事件が発覚してから、子どもたちを連れて千葉の実家に帰っている。連絡先は聞いているが、ずいぶん仲がこじれていたようだから、飛んで来てくれるかどうか、心もとない。

鈴木は社長室の壁に掛けられた、簡素な丸い時計の針を見た。ちょうど、午後一時半を指そうとしていた。

1

順番待ちのホネが、路上に整列している。コンテナを搭載する前の、枠組《シャーシ》みだけのトレーラーだ。

岐阜ナンバーと群馬ナンバーのホネに前後を挟まれ、世良隆司《せらたかし》はラジオのボリュームを上げ、太い眉を寄せた。天気予報をよく聞きたかった。

『……大型で強い台風十六号は、現在フィリピン沖から沖縄方面に進んでいます。沖縄上陸は二十日ごろになる見込みです』

──今年は、台風が多いな。

世良は首を左右に傾け、ひとりごちた。じっと待機していると、肩が凝る。身長百七十センチ以上ある世良が楽に立ち上がれる、天井が高くて広い運転席で、思いきり肩甲骨《けんこうこつ》を回すと少し楽になった。暑さで、グレーのTシャツの脇や背中まで、汗が滲《にじ》んでいる。タオルで首筋を無造作にぬぐう。

大井《おおい》コンテナ埠頭《ふとう》は、今日もいつものように混んでいる。全長二三五四メートル、七バースの岸壁を持つ、品川《しながわ》、青海《あおみ》とともに東京港の中核を担う埠頭だ。

ここに、国内外の各地から大型のフルコンテナ船がやってきて、大量の貨物を積み下ろする。世良たちトラックドライバーは、そのコンテナを引き取り、あるいは船に積み込むコンテナを搬入するために、ハザードランプを点灯させ、都道二十八号線のコンテナ車輛《しゃりょう》専用レーンで何時間も延々と待機しているのだ。

世良が並んでいるのは、これからターミナルで貨物の入った「実入り」コンテナを受け取り、荷主への配達に出かけるレーンだった。「空《から》バン」――中身の貨物を配達し終えて、空《あ》いたコンテナ――を返却するトラックや、実入りを搬入するトラックは、別の待機場に並んでいる。

二台前のドライバーが、運転台から降りてトレーラーの間を横切り、左側の街路樹の陰に消えた。きっと小便が我慢できなくなったのだ。世良は、緊急用に空のペットボトルを常備している。

待機中の時間つぶしには、世良も苦労している。前のトラックが動けば、こちらも前進しなければいけないので、仮眠をとることはできない。新聞はとっくに読み終えた。雑誌を持ち込んだり、ラジオや音楽を聴いたりするのも限界がある。

なるべく待ち時間を短くするために、早朝から列に並びたいのだが、今朝《けさ》は栃木の倉庫に荷物を届け、空バンを積んで大井埠頭に来た。先ほど待機場の長い順番待ちを終えて空バンを返却し、やっと実入りの引き取りだ。貨物引き取りのピークタイムは午後二時から午後四時半で、折あしくその最中に当たってしまった。

ともあれ、都道二十八号線で、しんぼう強いサイのように黙って待機するトレーラーの列の長さは、国内外の景気を如実に反映している。世の中が好景気に沸くと渋滞は数キロ先にまで及び、実入りコンテナを受け取るやいなや、それこそサイのように猛然と走りだすのだ。

携帯の呼び出し音が鳴りだした。

『世良か？　今いいか？』

しゃがれた声が流れてきた。ハンズフリーで会話できるように、世良は車にマイクとスピーカーをつけている。

「ハマさん？　いいよ。大井二号で待機中だから」

相手は、浜口義三《はまぐちよしみ》というドライバー仲間だった。今年三十七になる世良よりはずっと年上で、そろそろ六十の声を聞くはずだ。同じ運送会社に勤めたことはないが、たびたび配送先で顔を合わせることがあり、言葉を交わすようになった。時々、電話で近況を知らせ合う。

『そっちはどんな具合かと思って。これから若いの連れて大井に行くんだけど』

「混んでるなあ。これから来るなら、だいぶ並ぶぞ」

『しゃあねえな。じき、オリンピックだしなあ。そら混むわなあ』

世良は運転席の窓を開け、風を入れながら苦笑いした。むっとした浜風が入り込む。エアコンをつけたいが、待機中もずっとエアコンをかけていると燃料代がかさむのだ。

このところのガソリン価格の高騰には、新型コロナ禍《か》もひと役買っている。

二〇一九年の末に中国の武漢で感染例が見つかり、世界中に感染拡大して猛威を振るう新型コロナウイルスcovid-19の影響で、二〇二〇年は世界中が強制的にシャットダウンさせられたようなものだった。特に欧米での感染拡大と重症化がひどく、米国では今年の二月に、新型コロナウイルスによる死者が五十万人を超えた。第二次世界大戦での死亡者数よりも、ウイルスによる死者数のほうが多くなってしまったのだ。日本国内でも、欧米の感染者数には遠く及ばないとはいえ多くの死者を出し、たびたびの緊急事態宣言発令を受け、旅行業界、外食業界、エンターテインメント産業など、大きな打撃を受けた。

だが、ファイザーやアストラゼネカ、モデルナなど各社のワクチン開発が予想よりずっと急速に進展したことを受け、ワクチン普及と各国の巨額の経済対策による経済回復が見込まれるようになり、ここにきて原油価格が高騰《こうとう》している。

おまけに、五月に南シナ海で発生した中国海軍とベトナム海軍の軍事的衝突のために、マラッカ海峡が事実上、封鎖された。春頃と比べれば、ガソリン代はリッター三十円は上がっただろうか。燃料代は、ドライバーの懐《ふところ》に直結する。暑かろうが、エアコンを切って節約するしかない。

――やってられんな。

窓から吹き込むのも熱風に近い。世良は目を細め、顎にしたたる汗を手の甲で無造作にぬぐった。

七月二十三日から始まる東京オリンピックまで、残り十日を切った。本来なら昨年開催されるはずだったが、新型コロナウイルスの影響で、一年、開催が延期されたのだ。開催できるのかできないのか、どんな形で開催するのか、アスリートのみならず、国民もじりじりしながら見守っていた。新型コロナ禍による景気の悪化が激しく、海外からの観光客も受け入れないと決まったため、国民の気持ちはオリンピック中止にかなり大きく傾いたはずだ。規模を縮小して開催と決まったのは、世良にはよくわからないが、国家の意地のようなものだろうか。

まだ国民の大多数がワクチン接種を終えておらず、四月には東京や大阪などに緊急事態宣言が発出され、今後のスケジュールも、経済もこの先どう動くか不透明だ。そんな環境での、東京オリンピック開催だった。

開会式や閉会式、陸上競技やサッカーの試合が行われるオリンピックスタジアムこそ離れているが、ホッケーの会場となる大井ホッケー競技場は大井埠頭の目と鼻の先にあるし、お台場《だいば》海浜公園、潮風《しおかぜ》公園、青海アーバンスポーツパーク、有明《ありあけ》アリーナなど、すぐ近くで花形競技が開催される予定だ。

選手村と会場を往復する選手やスタッフ、国内外の報道陣、ボランティアに国内の観光客らで交通量が増えるのはもとより、要人の来日で首都高速の出入り口が閉鎖されたりすれば、さらに混雑が激しくなるものと予想され、関係者は以前から戦々恐々《せんせんきょうきょう》としてきた。五輪期間中は通販でものを買うのを控えろとか、不要不急の外出を控えろとか、東京都が何度も要請しているくらいだ。

ふと、ハマさんの言葉に意識を戻した。

「若いのって?」

『ああ、新人研修だよ。トラック未経験なんで、いろいろ教えてやらないと。俺も年内で退職するかもしれないし』

淡々としたしゃがれ声だ。

「ハマさん、辞めるの？」

『十月で六十なんだ。そろそろ大型から撤退しようかと思ってな』

そっか、と世良は小さく相槌《あいづち》を打つ。長距離トラックのドライバー稼業は、以前に比べればずいぶん勤務環境が改善されたとはいえ、まだまだ過酷な仕事だ。拘束時間が長く、配送ルートによっては、毎日きちんと自宅に帰れるとは限らない。

トラックドライバーは慢性的に人手不足で、ドライバーの高齢化も進んでいる。大型トラック運転者の三十五パーセント以上、普通トラック運転者の二十七パーセント以上が、五十歳以上だ。

正直、世良自身も、このまま長距離トラックドライバーを続けるべきか、心が揺れている。新型コロナウイルス感染拡大を防ぐため、緊急事態宣言下では、不要不急の都道府県をまたぐ移動を避けるよう指示が出た。だが、長距離トラックはそうはいかない。そもそも「不要不急」ではない。

ところが、都内のナンバープレートをつけたトラックが地方を走っていると、「おまえらがウイルスを拡散している」などと、ひどい言葉を投げつけてくる人がいるらしい。世良自身は、直接そんなことを言われた経験はないが、冷ややかな目で見る人がいることには気づいていた。ドライバーはたったひとりでトラックに乗っているのに、マスクをつけろと会社にクレームの電話が入ったこともあるそうだ。

――やってられん。

だからと言って辞めるというふんぎりもつかない。好きな仕事だ。

「辞めても東京にはいるんだろ?」

『さあな。故郷《くに》で仕事がありそうなんだが』

浜口は東北の出身だった。言葉の訛《なま》りはほとんど消えているが、どうかした拍子にふと、「なんぎだあ」などと言ったりする。その独特の和《なご》やかな音調に、世良は心惹《ひ》かれていた。標準語で喋《しゃべ》っている時の浜口よりずっと、ナマの感情がこもっている。

「それじゃ、辞める前か後に、どっかでメシでも食おうよ。せっかくだし、俺がエツミやトラにも声かけるから」

『そうだな。みんなに会うのも久しぶりだ。なかなか人に会えなかったもんなあ』

あいかわらず淡々と、浜口は答えた。通話を切り、世良は再び長い待機に戻った。

＊

日本プレスセンタービルから窓の外を見やると、国会通りを挟んで、日比谷《ひびや》図書文化館の独特の形をした窓がきらきらと輝いている。その隣には、日比谷公会堂の茶色い階段状の建物と、夏の日比谷公園のまぶしい緑が覗いていた。東京駅から歩いてきた街路は灼熱《しゃくねつ》と呼びたい暑さだったが、こうして見ると涼しげだ。

――東京だなあ。

頬が緩む。塚口文人《つかぐちふみと》は、そのだらしない顔のまま支社のドアをくぐりそうになり、マスクの下で、急いで真面目《まじめ》な表情をつくった。

「塚口、ここだ」

わざわざ立ち上がり、奥羽《おうう》タイムス東京支社長の内藤《ないとう》が手を振っている。会釈《えしやく》して、塚口はそちらに急いだ。内藤は彼の五年先輩で、大学も同じ東北大学経済学部だ。入社以来、なにかと気にかけてくれる。

「どう、東京。暑かっただろ」

内藤は細面《ほそおもて》に色白の貴公子然とした男で、四十代には見えないスマートさだ。並んでいると、ぽっちゃりと肉付きのいい塚口のほうが、年上に見られることがある。

塚口は大きく破顔した。

「この熱気のなかで走り回る選手のことを思えば、こっちが暑いなんて言ってられませんよ」

新型コロナウイルスの影響で丸一年延期され、待ちに待った東京オリンピックの開幕まで、残り十日を切った。各国の選手らは早めに入国し、全国各地に設けられた事前トレーニングキャンプで、調整を行っている。日本特有の高い湿度と、都市部のヒートアイランド現象による気温の高さを不安視する向きも依然としてあるが、現在のところ、例年よりは若干気温が抑えられているようだ。

「始まるとスケジュールが過密だからな。塚口は体力があるから大丈夫だと思うが」

「陸上部の経験を活かせと発破《はっぱ》をかけられてきましたんで。頑張ります」

もっとも、陸上をやっていたのは中学・高校までで、高校二年の時に国体に出場した経験はあるが、大学に入ると興味が写真に移り、陸上競技からはすっかり足を洗ってしまった。

今日からオリンピックが終わるまで、塚口は五名いるオリンピック特派員のひとりとして、東京と周辺を飛び回る予定だ。希望が通るとは望外の幸運だった。

東京支社では、内藤支社長のもと二十五名ほどの記者とパートが働いている。社内に残っているのは数名で、あとは外出しているようだ。当面の仕事場として、支社内に机も用意されたが、おそらくこの机にゆっくり座っている暇はない。持参したノートパソコンを自席で開き、支社に到着した旨《むね》を上司にメールしていると、すぐそばの外線電話が鳴り始めた。

近くに人がいないので、塚口はとっさに受話器を取った。

「はい。奥羽タイムス東京支社、塚口です」

話の内容次第で、誰にこの電話をつなごうかときょろきょろ周囲を見回しながら、ペンとメモ用紙を手元に引き寄せる。

『——どうも。あのな、今から言うことをよく聞いて、しっかりメモを取ってほしいんだ。ええかな』

囁《ささや》くような男性の声だった。名乗らず、相手を指名するわけでもなく、ただ自分の言いたいことを話しだす。囁き声はどこかひずんでいて、電気的な音声変換装置か何かを通しているようだ。妙な電話だが、十数年も新聞記者をやっていると、妙な電話には慣れてくる。

「はい、どうぞ」

電話機に録音機能がついているはずだが、本社の装置と使い勝手が異なるようで、スイッチを探しているうちに、男はもう話し始めていた。

『あのな。開会式の日にな。東京におるトラックの荷台で、シアン化水素ガスを発生させる予定だ。わかる？　シアン化水素ガス』

塚口はせわしなく瞬《まばた》きをした。

――なに言ってるんだ、こいつ。

「シアン化水素ガスって、あれですか――青酸ガス」

室内にいる他の記者たちが気づくように、あえて大きな声で話す。内藤も、ハッとした様子で顔を上げ、他の記者たちに表情と手で合図をしつつ、こちらに駆け寄ってくる。

『そうそう。その青酸ガス。開会式の日に、都内におるトラックに注意しといて。これ、そのまま警察に通報してほしいんだ』

内藤が、録音されていないことに気づいたらしく、急いで録音ボタンを押した。赤いモニタ－ランプが点灯した。ぐるぐると手を回している――「電話を引き延ばせ」。周辺では、他の記者らが別の電話でどこかにかけ始めている。

「ちょっと待ってくださいよ、メモを取ってますから。あの、あなたのお名前を教えてもらえませんか。どうして、うちに電話してこられたんですか」

ぐすん、と鼻を鳴らすような音が聞こえた後、ガチャンと電話が切れた。あっという間で、制止する暇もなかった。

「——青酸ガスが何だって」

啞然《あぜん》としていると、内藤が説明をせっついた。塚口が男の言葉を繰り返すにつれて、内藤の顔にも戸惑いが広がった。

「開会式の日？　まだ八日もあるぞ。なんだその電話は」

「悪戯《いたずら》かもしれませんが、警察に通報しろと言ってましたから、念のため通報したほうがいいでしょうね」

内藤の同意を得て、一一〇番に電話をかける。他人が右往左往するのを見て喜ぶ、ただの愉快犯かもしれない。

——それにしても、東京に着くなり、妙な電話を受けてしまったものだ。

これも、東京という都市が持つ魔力だろうか。塚口は首を振り、一一〇番のオペレーターに事情を説明し始めた。

＊

諸戸《もろと》孝二《こうじ》は、マスクをずらしてペットボトルのコーヒーをひと口含み、吐息を漏らした。テーブルには、構内用の無線機と会社の携帯電話が載っている。

何事もなければ、諸戸の仕事は気楽なものだ。

集中管理室の壁一面に、三十面ほどのモニターがきっちりと並んでいる。それぞれ、諸戸が今いる貨物集積場の内部にあるベルトコンベアの状態を監視するカメラの映像や、都内の道路状況や、駆け回っている宅配トラックの現在位置などを映し出している。諸戸たちオペレーターは、ここでシフト勤務につき、二十四時間、それらを監視している。

この時間帯、集中管理室は二名体制でシフトを組んでいる。先ほど、もうひとりのオペレーターがトイレ休憩に立ったので、諸戸は今、ひとりぼっちで画面を睨《にら》んでいた。

――異状なし。

燕《つばめ》エクスプレスの巨大な貨物集積場には、都内で受付された宅配サービスの荷物と、都内へ到着した荷物とが、一日に百万個以上も集まってくる。仕分けはほぼ自動化されていて、荷物に貼付《てんぷ》したシールのバーコードをカメラで読み取り、行き先に応じてベルトコンベアに載せて運んでいく。荷物はひとつずつ、「セル」と呼ばれる黒いゴムの板に載っており、関西方面へ発送するなら関西行きのシューターまで到着すると、クロスベルトソーターに載ったセルが自動的に横滑りし、荷物をシューターになめらかに落とし込む。

集中管理室からはモニター越しにしか見えないが、見学者用のブースから見るソーターの速さは見ものだった。

ほとんどの場合、ソーターは正確に動いて荷物を届けてくれるが、それでもたまに荷物が引っかかったり、セルがうまく動かなかったりする。集中管理システムがエラーを検知すると、警告音を発して画面で知らせてくる。場所を確認して、諸戸らが場内を監視しているオペレーターに知らせ、人間が飛んでいくという仕組みだ。実に効率的にできている。

諸戸は、都内の地図を表示したモニターを見上げた。道路上を、燕エクスプレスの配送トラックの光点が駆けまわっている。

——まるで人間の身体《からだ》の、血管と血液みたいだ。

このモニターを見るたび、諸戸はそんな感想を抱いて魅入られたように眺めてしまう。道路は、東京という都市の隅々にまで、ていねいにびっしりと張り巡らされた毛細血管のようだし、トラックは酸素や栄養分をおのおのの細胞に届ける血液のようだ。

そう思えば、貨物集積場のベルトコンベアが、細胞《セル》と呼ばれるゴム板の集まりであることも、何かの因縁《いんねん》のような気がしてくる。

光点ひとつひとつが、今しも配送先に荷物を届けようとしている。道路の混み具合を勘定に入れ、配送経路を考えながらひたすら走っている。集荷の依頼もあれば、せっかくたどりついた配送先のインターフォンに応答がないこともある。オリンピックが近づいてからは特に、道路の混雑がひどいのが、モニターからも感じ取れる。それぞれの光点から、人間の息づかいが聞こえてきそうだ。

背後ですりガラスの自動ドアが開いた。のんびりした足音とともに、相棒のオペレーター、島本《しまもと》が戻ってきたのだ。

「今日も暑そうだね」

エアコンの効いた集中管理室にこもっていると、季節を忘れそうになる。島本は窓から外を覗いてきたらしい。

　諸戸が何か答えようとした時、会社の携帯が鳴り始めた。「僕が出る」と島本を制して、デスクから取り上げる。

「はい、集中管理室。オペレーターの諸戸です」

『品川営業所の横川《よこかわ》です。今ちょっといい？』

　燕エクスプレスは、都内に十一か所の営業所を持ち、それぞれが主管する地域のトラックと集配の拠点として稼働している。

　横川は品川営業所の所長だった。五十過ぎのベテラン社員で、セールスドライバーからのたき上げだ。経験豊富で、めったなことでは緊張すらしない横川が、今日は珍しく困惑しているようだ。

「どうぞ。どうしました」

『配送トラックで異臭騒ぎが起きて』

「異臭？」

『担当のセールスドライバーが、気分が悪いというので、念のために救急車で病院に運んだよ。検査を受けてる』

　島本にも聞こえるよう、諸戸はスピーカーフォンに切り替えた。横川の説明によれば、午前中に営業所から荷物を積み込み、配送先を回っていたドライバーが、何度目かに荷台の後部扉を開けたところ、刺激臭を嗅《か》ぎ、目や喉などの粘膜がひりひりと痛くなった。明らかな異常を感じたので営業所と連絡を取り、その場で警察にも通報し、ドライバーは救急車で病院に行った。現場には東京消防庁からＮＢＣ災害とやらの専門家も来て、ものものしい雰囲気が漂っていたそうだ。

『コンビニで受け取った荷物の中から、シアン化ナトリウムと塩酸が少量ずつ残った箱が見つかった。警察が言うには、混ざって毒ガスが発生したんだろうと』

「えっ、毒ガス？」

『シアン化水素——青酸ガスだ。もっとも、青酸ガス自体は上のほうに昇る性質があるらしくて、扉を開けてすぐ逃げたんじゃないかと言っていた』

「どういうこと、それは。まさか、悪戯じゃないですよね。青酸ガスって吸ったら死ぬやつでしょ」

島本が驚きを隠せず、渋面《じゅうめん》をつくって尋ねている。

『こっちが聞きたいよ。シアン化ナトリウムってのを紙の上端に塗って、紙の下部を塩酸の小瓶に浸けてあったそうだ。時間が経つと塩酸が紙をつたわって登っていって、ガスが発生する仕掛けなんだと。コンビニで二時間くらい留め置かれていて、うちのトラックが集荷したころには反応が始まっていた可能性があるってさ。量が少ないから、致死量には至らなかっただろうって話だった。変な臭いがしたのも、塩酸そのものの臭いらしい』

まあとにかく、と横川が言葉を継ぐ。

『警察が調べてる。うちで見つかったということは、他の営業所でもあるかもしれないから、知らせておこうと思って。本社にも報告を上げたけど』

「ああ、ありがとう」

貨物集積場には、都内の営業所が集めた荷物や、他府県から都内に配送される荷物のすべてが、いったん集まってくる。一種の結節点だから、横川は先に知らせてくれたのだ。

『オリンピック前で、警察もぴりぴりしてるからな。コンビニに荷物を持ち込んだ犯人は、すぐ捕まるだろう』

いくぶん楽観的な言葉とともに、横川の通話は切れた。妙な沈黙が落ちる。島本も、何と言っていいかわからないのに違いない。

オリンピック期間中は、警視庁と民間警備会社が東京中で警戒している。テロに最適な季節とは言えない。

「――マジかよ。マジで毒ガス？」

島本が苦々しく呟《つぶや》いた。

すぐ、固定電話が鳴り始めた。もう一台の携帯電話もだ。本社からだ。きっと、事件発生の連絡と、指示があるのだろう。諸戸は島本とちらりと顔を見合わせ、それぞれの電話を取り、話し始めた。

時々、オリンピックとパラリンピックを東京で開催すると決めた連中を、恨みたくなる。

2

——まあ、ほんのたまにだ。

梶田淳《かじたすなお》警部は、胃薬を小瓶から三錠出し、口に放り込んでペットボトルの水を呷《あお》った。

この、くそ暑い時期にオリンピック。

オリンピックなんか、テレビで見るほうがずっと涼しくて気楽じゃないか。開催したがっている開発途上国はいくらでもあったのだから、そちらに任せれば良かったのだ。経済効果をことさら喧伝《けんでん》しているが、二度めの東京オリンピックで東京の老朽化したインフラを刷新できるかというと、さほどでもない。経済効果を出せるはずが、人手が足りなくて充分な仕事を請《う》け負うことができず、潰れた企業もあると聞いた。逆効果だ。

そして、ただでさえ東京のように人口が過密な都市でのオリンピック開催は神経を使うのに、昨年からの新型コロナウイルスの騒動だ。感染防止のため、人とはなるべく距離を開け、誰かと会うならマスクをつけなければいけない。そんな特殊状況で、警備する身にもなってほしい。

緊急事態宣言で経済活動は冷え込み、職を失った人や給料が減った人も多いため、オリンピックどころではないという気分も漂っている。今年に入ってオリンピックがらみの問題発言も相次ぎ、嫌気がさしたボランティアスタッフも大量に辞めていった。

——おまけに、大規模なイベントが近づくと、頭にウジ虫を飼う連中が湧いて出る。

「奥羽タイムスの東京文社に電話してきた男も、開会式の日にシアン化水素ガスを発生させると言ったんですね」

電話会議の相手は、『そうです』と緊張した声で答えた。オリンピック・パラリンピック競技大会総合対策本部に引っ張りこまれたばかりの梶田は、胃痛で呻《うめ》きそうになった。もともと、神経は繊細なほうだ。

ノン・キャリア組で、三十五歳にして警部なら、まずまずの出世だ。自分の調整能力を上が買ってくれたからだと思うが、それがここに来て仇《あだ》になった。つい先日まで、警備の現場でオリンピック期間中の警備対策に奮闘していたのに、こんな直前になって、対策本部に引き抜かれてしまった。ついてない。だが、その任に就いた限りは、全力で任務をまっとうするだけだ。

『シアン化水素ガスが荷物から発生した燕エクスプレスのほうは、送り状に書かれた送り主と届け先の住所、氏名のすべてが、存在しないものでした。つまり、燕エクスプレスそのものを狙ったものと見られます。特定のドライバーを狙ったわけではないようです』

品川警察署で、青酸ガス事件の捜査に当たっている捜査員らの報告に、梶田は顔をしかめた。

「で、いまのところ犯行声明や、犯人の要求は出ていないと」

『そうです』

犯人の頭にウジ虫が湧いていると梶田が断じるのは、その点だ。奥羽タイムスにわざわざ犯行予告の電話をかけた男も、燕エクスプレスの荷物に青酸ガスを仕込んだ人物も、何も要求していない。同一人物かどうかも、はっきりしない。同じタイミングでシアン化水素ガスなどという単語が現れたので、同一人物の可能性が高いと見ているだけだ。

――いったい何がやりたいんだ。

オリンピックの開会式の日に、青酸ガスを仕掛けると告げたからと言って、オリンピックを狙った犯行とは限らない。ただの愉快犯、目立ちたいだけかもしれない。

それなら、なぜ奥羽タイムスという、東北地方のローカル新聞だけを、犯行予告の相手に選んだのか。目立ちたいのなら、全国紙のほうがずっといい。現に、奥羽タイムスへの犯行予告は、まだ全国紙やテレビ局が取り上げかねている。犯人はやっていることが支離滅裂《しりめつれつ》だ。

「コンビニに荷物を持ち込んだ男の、身元はわかりましたか」

『まだですが、写真を公開して情報提供を呼びかけます。コンビニ付近の防犯カメラの映像も分析中です』

東京は、世界有数の防犯カメラ大国だ。被疑者の移動経路を、防犯カメラの映像を分析して追いかけ、自宅まで突き止めた例もあるくらいだ。今回も、ほどなく被疑者の身元は割れるだろう。なにしろ、コンビニの防犯カメラに、顔まではっきり見える鮮明な映像が残っている。

ただ、梶田が疑問に感じている点もひとつある。被疑者の年齢だ。コンビニで荷物を送ったのは六十前後の落ち着いた印象の男性で、愉快犯や目立ちたいといった犯人像とは、微塵《みじん》もつながりを感じさせないのだ。

——オリンピックに恨みでもあるのか。

印刷した男の写真を見ながら、梶田は唇《くちびる》を曲げた。それなら自分と気が合うかもしれない。

「何か新しい動きがあれば、連絡してください」

そう頼み、電話会議の通信を切る。

この度のオリンピックは、開催準備の段階から、大小さまざまな禍根《かこん》を残すものでもあった。オリンピックスタジアムの設計コンペは、いったん採用が決まったイラク出身の建築家ザハ・ハディド案が白紙撤回された。東京五輪エンブレムも、いったん採用された案が盗作疑惑により白紙撤回され、再度公募された。

オリンピックスタジアムは、建築デザインの再公募により建設開始が一年ほど遅れ、タイトなスケジュールのために過労自殺者を出すという、痛ましい事件も発生している。

コンクリート成型に、マレーシアのサラワク州から熱帯木材を違法に入手して利用したという訴えもある。中野《なかの》の平和の森公園では、体育館や陸上競技場の建設のために、公園内の樹木を大量に伐採《ばっさい》して住民との間に訴訟も起きた。中野のみならず、東京の各地でオリンピックを理由にした街路樹の伐採が発生し、反対運動の原因ともなっている。

東日本大震災からの「復興五輪」という名目を掲げていたはずが、東京での建築ラッシュのため、人件費や資材が高騰し、被災地の復興をかえって阻害しているともいう。

オリンピック・パラリンピックの運営には、世界的にも類のない、十一万人のボランティアが必要とされ、手当がないのはもちろんのこと、宿泊費や交通費も自腹で十日ほど拘束されるというので非難の声も上がった。

それればかりか、医師や看護師をこの新型コロナ禍にもかかわらず数百名ずつボランティアとして協力要請を出し、当事者を啞然とさせてもいる。

さらには、東京の暑さのなか、マラソンを行うのは選手に過酷だとして、会場を札幌に移すという変更もあった。トライアスロンの会場となるお台場周辺の海の水質が、臭気と基準値を上回る大腸菌の検出で問題にもなった。

「アスリートファースト」という理念の信憑性にすら疑いが持たれる昨今だ。

そこに持ってきての新型コロナ禍だ。オリンピックまでにワクチンを接種できる人口は限られるなか、感染力の強いウイルスの変異株がまたたく間に拡散し、四月から三度めの緊急事態宣言が出された中で、聖火リレーも敢行した。海外からの観客は断り、参加国も減り、開閉会式は規模を縮小する。そこまでして開催する意味はあるのか。

——誰のためのオリンピックなのか。

オリンピックで得をするのは誰だ、と梶田はひそかに思う。一部の企業は、歓迎しているかもしれない。東京に住む庶民は、果たして喜んでいるだろうか。それより新型コロナ禍に集中してほしいと思うのではないか。

梶田はため息をつき、立ち上がった。頭を切り替えて、対策本部の上層部に、青酸ガスの件を報告しなければならない。

会議室のドアを閉める前に、窓ガラスに映る自分の姿が一瞬だけ見えた。いつもきちんと櫛《くし》を通す髪と、その下にのぞく不機嫌そうな太い眉。

——やっぱり、似てるよな。

近ごろでは、ほとんど会うこともない、二歳違いの実の兄と、やはり顔立ちがよく似ている。歳をとると、似てくるのだろうか。何かした拍子に、鏡の中に兄の面影を見てしまうくらいだ。祖父母の都合で、弟の自分は祖父の養子となり、兄とはそれ以来、少しずつ疎遠になっている。梶田は警察官になり、兄はトラックの運転手になった。そういう仕事が似合いそうな男ではあった。

＊

午後五時半を過ぎても、まだ七月の太陽は明るく照っている。

大井から混雑する首都高速に乗り、世良が向かうのは仙台《せんだい》だった。配送先の倉庫が開くのは明日の朝八時だから、その前に先方に着けばいい。

——ちょっと早いけど、守谷《もりや》でメシにしようか。

首都高から常磐《じょうばん》自動車道を通り、仙台までは四時間半ほどだ。途中、守谷サービスエリアで夕食を取り、そのまま車を停めて仮眠を取ってもいい。このところ、深夜のサービスエリアやパーキングエリアの大型駐車区域は、翌朝の配達や集荷にそなえるドライバーたちが、できるだけ客先に近づいて仮眠を取るための激戦区になっていて、空きを見つけるのもひと苦労だ。

待ち行列もできる。

各社の物流センターが並ぶ箱崎《はこざき》周辺の首都高は混雑していて、流れがおそろしくゆっくりだが、大型トラックの運転台から見える景色は、悪くない。位置が高くて見晴らしがきき、前方の車の動きがよくわかるので、あまり苛立《いらだ》つこともない。

もともと車の運転は好きだったが、世良はこの景色が気に入って、トラックの運転手を続けているようなものだ。

いちばん好きなのは、太陽がオレンジ色の輝きを残して西に沈み、世界が薄紫の夕闇に包まれるころだった。それまでの眩《まぶ》しい光がやわらぎ、誰かがふわりと優しいベールをかけたような、夜が近づいてくる。前方を走る車のテールライトと、ミラーに映るヘッドライトがきらきらと輝き、奇妙な連帯感に包まれさえする。みんなが同じ方向に走っているせいかもしれない。

守谷サービスエリアに着いたのは、六時過ぎだった。ここはフードコートが充実しているが、ずっとハンドルを握っているせいかあまり食欲はなく、うどん屋でかき揚げうどんを注文する。

座席を減らすためか、客席スペースの隅にはテーブルと椅子が固めて置かれている。

カウンターでうどんを待ちながら、思い立って、トラの携帯電話にかけてみた。この時刻なら、そろそろ気仙沼《けせんぬま》を出るころだろう。

『おう。世良か？　どないしたん』

思った通り、トラこと岩坂巧《いわさかたくみ》はすぐに電話に出た。やすりをかけたような、ざらざらのだみ声は酒のせいだ。関西出身で、野球の阪神タイガースに心底入れ込んでいるので、トラと呼ばれている。世良とはひとつ違いで、トラのほうが年上だが、いつもため口だった。

「いま電話しても大丈夫か」

『ええよ。積み込みがすんだら、出発するけど』

「今日は何を運ぶ？」

『カツオや！　とれとれの生ガツオ！　今年はこれまでちょっとカツオの水揚げが少なかったんやけど、今日は大漁やったでぇ』

トラは得意げに笑った。

彼は水産物を専門に運ぶ会社に勤めている。主に気仙沼港で水揚げした鮮魚を発泡スチロールの箱に氷詰めしたり、真っ白に凍ったマグロを冷凍庫に入れたりして、運んでくる。

漁船は夜明け前に出港し、午前中には港に戻る。そこから荷揚げ作業が始まる。魚の選別をし、発泡スチロールのケースに並べ、氷を詰めて、トラックに載せられるようになるのは午後四時から五時。トラが出発できるのは夕方の七時前後で、豊洲《とよす》に着くのは午前二時ごろだ。

その間、トラは常磐自動車道を豪快に飛ばす。巨大な冷蔵・冷凍トラックで、車と車の隙間を縫うように、ぐいぐいと押し込んで突っ走る。トイレ休憩も取らない。そんな余裕はない。万が一、豊洲のセリに間に合わなければ、せっかくの新鮮な魚が傷《いた》んでしまうからだ。漁師たちが流した汗が無駄になるし、彼らの信頼を裏切ることにもなる。道路が混雑していてセリに間に合わなかったなどと、言い訳はできない。ドライバーの責任になり、数百万円の大損害だ。

「俺は、こいつを時間通りに届けるのに、命かけてるんや」

というのが、軽く酔った時のトラの決まり文句だった。冗談ではなく、それがトラの覚悟なのだ。

「ハマさんがな、十月で六十歳になるから、そろそろ大型を引退しようかなと言ってて」

『ええぇ、ハマさん辞めるんか』

「それで、こんな時期ではあるけど、一回みんなで集まって食事でもと思って」

『ああ、ええなあそれ』

トラのリアクションは、いちいち大きい。

「都合のいい日、LINEしてよ」

『ええよ、また送るわ。エツミにも声かけるんやろ』

「そのつもり」

話している間に、かき揚げうどんが来た。美味《おい》しそうだ。ふと、トラが珍しく言いよどんだ。

『──なあ。ハマさんが辞めるの、息子さんに関係しとるんやろか』

「息子さん？」

『聞いてへんか？　亡くなったって、噂《うわさ》で聞いたんやけど』

「──いや、知らんかったな」

息子が東北で事業を営んでいるという話は、以前、聞いたことがある。

ハマさんの息子なら、三十代か四十そこそこだろうか。その若さで亡くなったのなら、さぞかしショックだろう。東京に残るのかと尋ねた時の、あいまいな言葉の濁《にご》し方を思い出した。

あれは、息子について話すのを避けたためだろうか。

ＬＩＮＥで日程を調整する約束をして、トラとの通話を終えた。

席に移動し熱々のうどんに取りかかろうとした時、隅に置かれたテレビに視線が吸い寄せられた。ちょうど、ニュースをやっている。

『宅配の荷物に毒ガス』

音声を消しているが、流れるテロップに目が釘付けになる。ほかの客たちも同じだったらしく、みんな箸《はし》を動かす手を止め、テレビ画面に見入っている。品川という地名が出て、宅配のトラックを捜査する警察官の様子が映った。音が出ておらず、事件の詳細がよくわからないので、世良はすぐスマートフォンでニュースを探した。

――燕エクスプレスか。

宅配の大手事業者だ。荷物に青酸ガスを発生させる装置が入っていたという速報を読み、嫌な気分になった。ドライバーがガスを吸って、救急車で運ばれたそうだ。誰かに青酸ガスを送りつけようとしたのか。それとも、宅配トラックそのものを狙った愉快犯だろうか。命に別状はないというが、ガスを吸ってしまったドライバーの気持ちを考えると、それだけではすまされない。

「気に入らんなあ」

小声で呟き、うどんをすする。被害に遭ったのが、自分と異なる業種とはいえ、配送トラックのドライバーだということに衝撃を受けた。このところ、物流各社は悪運が重なっている。

まず、原油の高騰がドライバーと運送各社の懐を締め付けている。ドライバーの給与は歩合制、ガソリン代と高速代はドライバー持ちとする会社も多いのだ。

世良が勤める運送会社も、歩合制を採用している。荷物を運べば運ぶほど給料は上がるが、運賃の低い仕事を割り当てられたり、今のようにガソリン代が高騰したりすれば、大変な思いをしても、さほど稼げない。世良の場合、トラックは会社のものだが、トラックすらドライバーの持ち込みという会社もある。ドライバーはまるで自営業者のように、一円でも安くガソリンを入れられるスタンドを探し、高速代を安く抑えようとし、休憩をいつどこで取れば効率的か、考えながら仕事をしている。これ以上、ガソリンの価格が上がれば、割に合わないと辞めていくドライバーも増えるだろう。今の物流業界は、ドライバー個人にのしかかる負担が大きいのだ。

そのうえ、今年の夏は台風がひんぱんに襲来するのだった。

七月初旬、台風十一号が列島を縦断した際に、新潟県湯沢町《ゆざわまち》付近の関越《かんえつ》自動車道で土砂崩れが起き、関越トンネルの新潟側をふさいでしまった。

直後に、列島を舐《な》めるようにゆっくり通過した台風十三号は、各地で弱くなった地盤をさらに攻撃し、中央《ちゅうおう》自動車道の大月《おおつき》ジャンクションの近くで大規模な土砂崩れを起こした。

どちらも、いまだ復旧していないため、関越自動車道の塩沢石打《しおざわいしうち》インターから水上《みなかみ》インター間と、中央自動車道の上野原《うえのはら》インターから勝沼《かつぬま》インター間は、不通となっている。

そのため、新潟から関東方面と、長野や山梨から関東方面へ荷物を運ぶトラックが、運休や遠回りを余儀なくされている。おかげで、まいたけやしめじ、えのきだけといったキノコ類が、東京のスーパーからほとんど姿を消したのだが、どのくらいの人がそのことに気づいているだろう。運賃のせいで、東京に運ぶとふだんより割高になってしまうのだ。

長かった梅雨《つゆ》と、台風被害のせいで、東京近郊の葉物《はもの》野菜の出荷量が激減していることも、不安の種だった。

ものを運ぶ仕事に就いていると、この国のどこで、どんな魚が獲《と》れ、どんな作物が育っているのか、わかるようになる。世良の会社は、農産物や冷凍食品を扱うことも多かった。

テレビのニュースに気をとられたせいで、パリッと揚がったかき揚げが、すっかり汁に浸ってしまった。だが、かえって出汁《だし》が出て甘みがある。空になった容器をカウンターに返却し、売店でコーヒーとパンを買ってトラックに戻った。これは朝食用だ。

ようやく日の落ちたサービスエリアの駐車場は、まだ空きスペースが目立っている。この時間ならまだ、もう少し先まで車を走らせてから休もうと考えるドライバーが多いのだろう。

運転台によじ登り、ドアを閉めると、息苦しいほどの熱気に包まれた。窓を開けても、風がないのか少しも涼しくならない。しかたなくエンジンをかけ、エアコンをつける。もったいないが、この暑さではとても寝ることができなそうだ。

大型トラックには、運転席の後ろに人間ひとりが横になり、足を伸ばして休めるスペースがある。そこに入って眠る前に、妻の萌絵《もえ》に電話をかけた。

『今どこ?』

四歳下の萌絵は、昼間は子どもを保育園に預け、近所のコンビニでバイトをしている。本当は事務職に就きたかったのだが、長男の出産を機に前の仕事を辞めて以来、正社員の職は見つからない。介護職の資格を取ることも考えていたようだが、子どもが小さい間はそれも難しい。

「守谷のサービスエリア。寝る前に電話しとこうと思って」

『守谷ってどのへんだっけ』

「茨城県の南側。千葉との境かな。利根川《とねがわ》越えたあたり」

『ふーん』

今ひとつ、わかったようなわからないような声で、萌絵が応じる。守谷に泊まるのは初めてではないし、この会話も何度となくしているが、彼女がサービスエリアを覚えないのは、道路に興味がないからだ。

面と向かって文句は言わないが、毎日きちんと自宅に帰るわけではない夫に、萌絵が少なからぬ不満を抱いているのは知っている。仕事だからしかたがないと頭では理解していても、ささやかな〈事件〉が心に積もっていく。子どもが熱を出した時に、遠方で車を走らせていて、何も手伝ってやれないのは世良自身だって歯がゆい。萌絵がひとりで奮闘しているのを見て、すまないとは思うがどうしようもないのだ。

「明日の朝は仙台に荷物を届けて、それから塩釜《しおがま》で蒲鉾《かまぼこ》を積んで東京に戻るから。明日の夜には家に帰れるよ」

『ほんと？　何か食べたいものある？』

「たまには仙台で牛タン買って帰ろうか。適当に付け合わせを見つくろってよ」

『いいね。わかった』

「大介《だいすけ》どうしてる？」

長男の大介は、いま四歳だ。活発というより、おどけたところのある子どもで、テレビで見た動物やタレントを真似《まね》て変な顔をしてみたり、突如として奇声を発したり、予測のつかないことをしてくれる。保育園では、意外に人気があるらしい。

『まあ、いつも通りかな。大ちゃんに代わるね』

世良は、大介が電話口に出て、いつものように奇声を上げ、『パパァ』と叫ぶまで、にやにやしながら待った。

「ちゃんとご飯食べたか？　何食べた」

『コロッケ食べた』

萌絵の手作りコロッケは、大介の好物だ。いつでも食べられるよう、小さめの俵形《たわらがた》にして、たくさん冷凍してある。主な材料はジャガイモとタマネギと合いびき肉。北海道産が多いなと、職業意識が顔を覗かせる。

今日は保育園でこんなことをしたと、大介が一生懸命、つたない言葉で説明するのにしばらく耳を傾け、明日は帰るとこちらにも約束して、通話を終えた。大介の甲高い早口を聞いていると、耳は痛いが、口元はほころんでくる。

思い出して、エツミこと、本郷《ほんごう》恵津美にＬＩＮＥのメッセージを送った。ハマさんが辞めることと、飲み会の計画を知らせたのだ。エツミはなかなかスマホを見ないので、返信は明日以降になるだろう。

窓のカーテンを引いて助手席の背を倒し、そこから後ろのベッドにもぐりこんだ。ようやくエアコンが効いて、快適な室温になってきた。一応は毛布も置いてあるが、今夜は必要なさそうだ。まだ九時にもなっていないが、室内灯を消し、このまま寝てしまうつもりだった。明日は三時過ぎにここを出て、仙台の配送先の始業時刻に間に合うように、車を走らせるつもりだ。

その時、スマホが鳴り始めた。エツミからの着信だ。

──なんだ、今日は早かったな。

ハマさんが辞めると聞いて、びっくりしてかけてきたのだろうか。

『ちょっと、世良ちゃん。テレビ見れる？』

いきなりそう聞かれ、戸惑う。

「いや、テレビ？　ごめん、まだ車の中で」

『ちょっと待ってて。ＬＩＮＥするから』

今度はいきなり電話が切れた。エツミの行動は、なかなか衝動的だ。年齢をちゃんと聞いたことはないがおそらく五十歳前後で、子育てが一段落ついたので、前から乗ってみたかったトラックの運転を始めたという、いわゆる「姫トラッカー」だ。

人手不足のトラック業界は、女性と若手のドライバーを増やすことで乗り切ろうとしている。子育て後にトラック乗りになる、エツミのようなドライバーも生まれてきている。

軽いメロディとともにエツミから送られてきたのは、短い動画だった。テレビの画面を撮影したものらしい。ニュース番組のようだ。

スマホの小さな画面を、世良は食い入るように見つめた。

コンビニのレジにある防犯カメラで撮った映像だ。野球帽のような帽子を深くかぶった男性が、弁当箱くらいの荷物を、カウンターから発送しようとしている。燕エクスプレスの配送票が、カウンターの上に載っている。

男性は一瞬、顔を上げた。その瞬間、野球帽のつばに隠れた顔が、ちらりとカメラに映った。それは、マスクで口元が隠れていても、世良たちがよく知る顔だった。

『なあ、見た？』

すぐに、エツミがかけ直してきた。

「――見た。これ何？」

『宅配の青酸ガス騒ぎ、知らん？　箱崎のコンビニに荷物を持ち込んだ人物の防犯カメラ映像なんよ。テレビで流れてるけど、それって――』

次の言葉を継げなかったように、エツミが押し黙る。世良も、ごくりと唾《つば》を呑んだ。

問題の男は、真夏なのに、きちんと長袖の作業服の上下を着ている。小柄できゃしゃな体格だ。ちょっと顔を上げた際に、天井の隅にカメラを見つけたらしく、怒りとも困惑ともつかぬあいまいな表情が浮かんでいる。

それは、彼らがよく知る男――ハマさんこと、浜口義三の顔にそっくりだった。

「さっきハマさんと電話で話したばかりなんだけどな。午後三時すぎくらいに」

『様子はどうだった？』

世良は電話の会話を思い出そうとした。辞めると聞いて少し動揺し、声の調子や話しぶりには注意しなかった。だが、思い返しても、特に変わった様子はなかったはずだ。

「普通だったと思うけど、ちょっと電話してみる。何かの間違いだろう」

『うん、結果がわかったらまた電話して』

エツミとの通話の後、すぐハマさんの番号にかけてみた。

――出ないな。

呼び出し音が鳴っている。いつもなら、運転中でもすぐハンズフリーで話しだすのに、今日は電話に出る気配がない。

しんぼう強く呼び出し音を聞きながら、世良は少しずつ不安が募るのを感じていた。

3

佃《つくだ》で小さな運送会社を営む男が、薄くなった白髪《しらが》頭のてっぺんを、握りしめた帽子で撫でた。

「うーん、ハマさんにそっくりだけどなあ」

目に苦渋の色を浮かべ、いかにもしぶしぶの態《てい》でそう唸《うな》り、写真を返す。

「ハマさんというのは、浜口義三さんのことですね。こちらの契約ドライバーの」

品川警察署から飛んできた捜査員が、コンビニの防犯カメラに撮られた男の写真を見せて、念を押す。燕エクスプレスに青酸ガスを仕掛けた男の映像が見つかった後は、とんとん拍子に捜査が進んだ。男がコンビニに荷物を持ち込む直前、コンビニの前に設置された防犯カメラが、シャーシのみのトレーラーが停まるのを撮影していた。男はその助手席から降りてきたのだ。ナンバーも割れ、トレーラーの所有者はこの運送会社だと判明した。

「ハマさんがそんなことをするとは――」

とても信じられないと、運送会社の社長が白髪頭を振る。

「トラックに虫が飛び込むと、窓を大きく開けて逃がしてやるような男だ」

だが、ひとたび衝撃的な事件が起きると、容疑者を知る人々が、容疑者は朗《ほが》らかでよく挨拶《あいさつ》するいい人だったと証言することも確かだ。捜査員は社長の言葉にいちおう頷《うなず》きながら、浜口義三の私物を捜査する許可を取る。携帯電話の番号もわかったが、電源を切っているようだ。

「浜口さんの予定はどうなってますか」

「今日は、新人研修のトラックに同乗して、いろいろ教えてやってるよ。大井埠頭で雑貨のコンテナを引き取って、久喜《くき》の配送先に届けたら終わりだ。じき戻ってくると思う」

「連絡は取れますか」

「いや、さっきからかけてるけど、ふたりともつながらないな」

トラックのナンバーは、既にNシステムに登録し、幹線道路を通過すれば警視庁に警告が飛ぶよう設定してある。

「近ごろ、浜口さんに何か変わった様子はありませんでしたか」

社長は否定しかけて、ふいに深刻な表情になった。

「――息子が亡くなったんだよな。一年くらい前に」

「息子さん」

「気の毒になるくらい、気落ちしてた。たぶんそれがきっかけで、誕生日で六十歳になるから、そろそろ辞めたいと言いだしたんだ」

気にかかる情報だった。浜口の家族や家庭について調べる必要がある。自宅の住所も社長から聞いた。そちらにも捜査員が急行したが、社長の話によれば、浜口は何年も前に妻と死別し、ひとり暮らしだそうだ。

私物を入れるロッカーの鍵は開いており、中はすっかり空っぽになっていた。捜査員は、本部に電話をかけ始めた。

*

アラームが鳴っている。世良が目を開いてスマホを見ると、午前三時だった。

まったく眠れなかった。

寝台に潜り込んで目を閉じ、なんとか少しは身体を休めようとしたのだが、ハマさんの件が気になった。

——あの顔は、間違いなくハマさんだ。

宅配便の配送車に青酸ガスを仕掛けるなんて、およそハマさんらしくない。ニュースではオリンピックを狙ったテロだと騒いでいるようだが、ハマさんがそんなことをする理由はない。

——誰かに騙《だま》されたんだ。

ハマさんは人がいいから、コンビニで荷物を出してきてくれと頼まれたら、相手が知らない人間でも「いいよ」と気軽に引き受けそうだ。知らないうちに、テロリストの片棒をかつがされていたのかもしれない。いや、きっとそうに違いない。

海外旅行中に、日本に荷物を届けてほしいと他人から頼まれ、うっかり引き受けてしまうお人よしがいる。日本に戻って、税関で荷物を開けたら麻薬が出てきたりして、ひどい目に遭っている。それと似たようなことが、ハマさんの身に起きたんじゃないだろうか。

もしそうなら、なんとかしてハマさんを守らなくてはいけない。この場合、いちばんの正解は、本人がすぐ警察に行って潔白を訴えることだ。

——本当に、ハマさんが潔白なら。

ごそごそと起き出し、サービスエリアのトイレで歯を磨《みが》いて顔を洗った。運転台でパンとコーヒーを腹に入れたら、仙台に向けて出発だ。配送先の始業時刻、午前八時までに先方に到着し、荷物を届けたら塩釜に向かう。ルートは頭に入っている。どこのガソリンスタンドが安く、どの店のランチが美味しいかも知っている。

だが、ドライバー仲間の屈託《くったく》には、気づきもしなかったというのだろうか。

夜明け前の高速道路を走っているのは、プロのドライバーが多い。長距離トラック、高速バス、たまにタクシー。この時刻、配送先の業務開始時刻に間に合わせようと、先を急ぐトラックも多い。交通量は少なくない。

世良が仙台の配送先に到着したのは午前七時半ごろだが、既に別のトラックが何台か待っていた。列に並び、始業時刻を待つ。

待つ間に、ハマさんの携帯にもう一度かけてみたが、今回も留守電だった。かけ直してほしいとメッセージを残す。テレビのニュースを見てびっくりした知人らが、いっせいに電話して留守電にメッセージを残しているはずだ。期待はしていなかったが、五分ほどして、電話がかかってきた。

『——もしもし。いま大丈夫か』

「ハマさん」

世良は思わずシートに座り直した。

「心配してたんだ。サービスエリアでニュースを見た。トラもエツミも、みんなすごく心配してる。今どこにいるんだ」

『それは言えない。悪いな、心配かけて』

「なあ、何があったんだ。ハマさんが、青酸ガス入りの荷物を預けたって、本当なのか」

『ほんとに申し訳ないと思ってるよ、みんなには。うちの社長は、世良と俺が知り合いなの知ってるから、きっと警察がそっちに行くと思うんだ。だから、先に謝っておこうと思ってな』

「なに言ってるんだよ、水くさいじゃないか。これは何かの間違いなんだろう。誰かに騙されたんじゃないのか」

しばらく間が空いた。電話越しに、ハマさんの息づかいが聞こえた。屋外にいるようだ。

『――いや。全部、俺が計画して、自分でやったことだ』

耳を疑った。小柄なハマさんの、日焼けして皺《しわ》だらけで、実直そうな笑顔が目に浮かぶ。

「どうしてまた――」

前に並んでいたトラックが、エンジンを始動した。八時だ。門が開き、前方のトラックから敷地内に入っていく。その音が、ハマさんにも伝わったらしい。

『そろそろ八時だろ。これ以上、邪魔しちゃ悪いな。みんなによろしく伝えてくれ。俺が謝ってたって』

「ハマさん！」

叫んだ時には、通話は切れていた。

エンジンをかけながら、悪い夢の中に迷い込んだような、嫌な気分になった。

＊

オリンピック開会式の当日に、トラックの荷台でシアン化水素ガスを発生させると脅《おど》す、犯人の狙いは何なのだろう。

「さっぱりわからん」

壁に貼りだした東京都の大判地図を睨みながら、梶田警部は右手の薬指の爪を噛《か》もうとして、マスクに阻まれた。強いストレスを感じると、ついやってしまう癖だ。人目があるところでは我慢するが、薬指の爪の先がガタガタになっている。

開会式の日を指定したからといって、開会式の会場を狙うと言ったわけでもない。何らかの交換条件を提示したわけでもない。ただの愉快犯かもしれない。

だが、新聞社に犯行予告の電話があり、燕エクスプレスの配送トラックで青酸ガスの発生装置が見つかったことで、マスメディアがこの事件をオリンピックと結びつけて大きく報道し、世間には不安感が募っている。

奥羽タイムスの予告電話と、燕エクスプレスの青酸ガスとに、関係があるのかどうか。単独犯か、複数犯か。

はっきりしたことは、まだ何もわからない。

当初、予告電話はイタズラの可能性もあると考えられていたが、燕エクスプレスの事件の後、誰もイタズラだろうとは言わなくなった。

アメリカ国立医学図書館が提供する、毒性物質のデータベースによると、青酸ガスが発生した場合、少量なら半径六十メートル、大量なら半径数百メートルから一キロにわたり立ち入り禁止になる。風下は最大八・四キロのエリアにいる人々が避難の対象になる。

本大会では、NBCテロも脅威としてとらえ、対策を立ててきた。つまり、核《N》、生物《B》、化学《C》を使ったテロのことだ。近ごろではこれに放射線《R》を加え、CBRNとも呼ぶ。

化学テロ等が発生した場合に備え、防護服や危険ガスを検出する機器を整備し、医薬品を備蓄したり、大型除染システムを搭載した車輌を配備したり。車輌や資機材は、使いこなせなければ猫に小判だから、それらを使う訓練も実施しなければならない。地下鉄サリン事件で後手に回った悪夢のような経験から、警視庁、東京消防庁、自衛隊ともに、NBC対策にも力を注いでいる。

オリンピック警備の準備は、昨日や今日、始まったわけではない。二〇一三年に東京での開催が決まった瞬間から、準備が本格的に走りだしたのだ。

リオデジャネイロ・オリンピックの視察を行い、警備担当者との意見交換も行っている。二〇一七年の七月には、施設が集中する湾岸エリアの警備を始めた。特殊急襲部隊やテロ対処部隊も増強した。

海外からテロリストが入国するのを防ぐため、事前旅客情報を活用し、航空貨物、海上コンテナ貨物のチェックも強化した。水際で食い止める努力は怠《おこた》らない。

新型コロナウイルスの影響下で開催すると決まってからは、さらによけいな仕事も増えた。観客にせよ報道陣にせよ、とにかく距離を開けねばならない。選手団はワクチン接種をすませてくるのが原則だろうが、報道陣はどうだろう。日本の観客だって、ワクチン接種は間に合わないはずだ。

できることは何でもやっている。だが——。

気がつくと、また爪を噛みそうになっていた。ボロボロの爪が自分の精神状態のようで、見ただけで嫌な気分になる。

トラックや青酸ガスに限らず、不審物や不審な人物は警備がチェックしている。万が一の場合、除染作業や避難の手順についても、準備は整えている。それでも、まったく安心はできない。

イライラしながら、何度か席の固定電話を睨んだ。

——まだ何も言ってこない。

コンビニに青酸ガスの荷物を持ち込んだ男の身元は判明した。浜口義三という東京都内在住のトラックドライバーだ。昨日、研修中の新人ドライバーと一緒にトラックに乗り、仕事の途中でコンビニに立ち寄って、荷物の発送の手配をした。届け先の住所・氏名はでたらめだ。

昨日の午後七時ごろ、新人ドライバーはひとりでトラックを運転して事業所に戻った。荷物を客先に届けた後、浜口は千住《せんじゅ》の近くで降りたそうだ。後はひとりで帰れと言われ、新人はおとなしく帰ってきた。連絡が取れなかったのは、スマホの電池切れだそうだ。

そのあたりまでは、昨夜のうちに報告を受けた。だが、そろそろ続報があってしかるべきだ。我慢できず、梶田は受話器を取った。燕エクスプレスの件を担当している、品川署の刑事課長にかけた。

「状況はどうですか。浜口はまだ見つかりませんか」

急《せ》かす口調にはすまいと思っていたが、話しだすと責める口調になっていた。

『まだです。だが、浜口は今朝の午前八時ごろに、携帯電話の電源を数分間だけ入れて、電話を一本かけました。春日部《かすかべ》の周辺にいたようです。浜口の自家用車が自宅から消えているので、その車で逃走中と見て捜索中です』

「浜口義三の詳しい情報が欲しいですね」

『後で送りましょう。去年の四月、ひとり息子が＊＊県で自殺しましてね。それから意欲が低下し、今年中に退職すると言いだしたらしい。事件との関連を調べています』

「息子の名前と、自殺の件の詳細はわかりますか」

『＊＊県警と連絡を取ってますが、とりあえず今朝ひとり、情報収集のために現地に送りました。息子の自殺は、新聞にも出てますよ。後で詳しいことを送ります』

品川署の課長は、梶田の苛立ちなど意にも介さず、穏やかな声で話し続けている。おそらく五十代半ばの警部だ。話しているうちに、彼に任せておけば安心だと梶田も思い始めた。名前を思い出せず、眉をひそめる。

電話を切って数分後には、浜口義三と息子についての資料が、メールに添付して送られてきた。

「――息子が死んで天涯孤独か」

浜口がひとりで住むのは足立《あだち》区にある1LDKの賃貸マンションで、トラックのドライバーとして働き始めて長い。数年前に妻を亡くし、今度は息子も亡くした。

息子——浜口陽一《よういち》の自殺を報じる新聞記事を一読して驚く。

「違法産廃《さんぱい》処理事件の被告だったのか」

公判中の事件の概要は、梶田も記憶していた。被告人は、＊＊県内で大規模な産廃最終処分場を造った。だが、稼働が始まってみると、県から許可を得た営業内容とは異なり、土壌から有害な成分が検出されたため、近隣住民からの苦情が相次ぎ、裁判となったものだ。

裁判を苦にして首を吊ったと、記事は報じている。

——どうもよくわからないが、これが青酸ガス事件の背景なのだろうか。

梶田はじっと記事を睨み続けた。

何か、大切なピースが欠けているような感覚がする。

＊

仙台を出て、塩釜の蒲鉾工場〈蒲清《かませい》〉に着いたのが午前十時で、東京のスーパーに送る蒲鉾のコンテナを積み、出発したのが十一時だった。ちょうどそのころ、電話が鳴った。

『世良さん、今どのへんですか』

スピーカーフォンから、世良の勤務先、東清《とうせい》運送の総務担当者の声が漏れてきた。

「今から〈蒲清〉さん出るところ」

『警察の人が来て、燕エクスプレスの青酸ガス事件の件で、世良さんに会いたいって言ってるんですよ。浜口って人、知ってます？』

ハマさんの予告は正しかったようだ。蒲鉾工場の敷地を出ながら、世良は頷いた。

「知ってる。友達だよ」

総務担当者が、電話の向こうで小さくため息をついた。面倒に巻き込まれたと思っているのだろう。

『それじゃ、世良さんが戻るころに、また来てもらうようにします』

「そうして。よろしく」

通話が切れた。カーラジオをつけっぱなしにしているが、ハマさんが捕まったというニュースは流れていない。まだ逃げているのだ。

『……そしてですね、去年の三月二十日、東京オリンピックの聖火到着式では、航空自衛隊のアクロバット飛行を専門とするチーム、ブルーインパルスが、大空に五輪のマークをスモークで描きました』

ラジオの女性キャスターが、朗らかな声で、オリンピックに関する情報を紹介している。

『ブルーインパルスは、一九六四年に開催された東京オリンピックでも、五輪のマークを五色のカラースモークで描きました。ですが、平成十年からは、車の屋根に色がつくなどの地上への影響を防ぐために、カラースモークを使わなくなっていたんですね。そのカラースモークを、研究を重ねて地上への影響をなくしまして、今度の東京オリンピックで復活させたということなんです――』

――オリンピックの足音が、高らかに近づいてくる。

世良はオリンピックの会期中も仕事で、今までさほどの関心を持っていたわけではなかった。新型コロナウイルスの影響で、正直それどころではなかったし、当初予定していたのとはまったく別の形での開催となったせいもある。だが、ここにきてオリンピックが突然、身近に迫ってきた。テレビもラジオも、オリンピック、オリンピックと連呼している。

東京では、数年前からオリンピックに向け、タクシーが変わった。座席が広くなって、キャリーケースを席にそのまま持って乗れるし、車椅子でも乗り込める車輛が増えて、運転席から見える道路の風景も変わったのだ。

ハマさんは、このまま開会式の日まで逃げ切って、本気で青酸ガスのテロを仕掛けるつもりなのか。

――何のために。

仙台東部道路の料金所を通過する最中に、再び電話が鳴った。エツミからだ。

『あたし、ハマさんが心配で、今日は会社を休んじゃったよ』

姐御《あねご》肌《はだ》の姫トラッカーの彼女は、宅配便の会社に勤めている。

「あれからハマさんと連絡取れた？」

エツミとトラには、ハマさんから電話があったことを手短に伝えておいた。謝っていたこともだ。

『全然。ずっと電源を切ってるみたい』

「どこにいるんだろうな」

警察が捜している。自宅や会社にいれば、とっくに見つかっただろう。

『あたし、車だと思うんだよ。だってさ、ハマさんの家みたいなもんじゃない。車に乗って、ずっと移動してるんじゃないかな』

「車か――」

エツミは時々、鋭いことを言う。

『高速には乗れないよね。ETC使ったら、カードの履歴ですぐにバレるだろうし、現金なら料金所の係員に顔を見られるじゃない。Nシステムもないような下道《したみち》を走ってるんじゃないかな』

当てもなく一般道を走り続けているのなら、確かにありうるかもしれない。ハマさんは長時間の運転が苦にならないタイプだ。

だが、車にはガソリン、人間には食事や水分補給、トイレや睡眠、休憩だって必要だ。二十四時間、走り続けるわけにはいかない。

「会社に警察が来たらしい。そっちは？」

『いや。特に聞いてないけど。警察、何しに来たの』

「俺もまだ仙台で、何も聞いてないんだ」

『何かわかったら教えて。あと、ハマさんが行きそうな場所に心当たりないかな。あたし、どうせ今日は仕事を休んだからさ。ひとっ走り、捜してみようかと思って』

「捜すって、ハマさんを？　うーん、どうかな――」

　心当たりと言っても、会えば仕事の情報交換をしたり、愚痴《ぐち》を言い合ったりはするものの、ハマさんに息子がいたことすら、トラから聞いてやっと知ったような仲だ。東北の日本酒と、魚介類は何でも好きだった。次の日に仕事がなければ、最初はビール一杯で唇を湿らせ、あとは田酒《でんしゅ》や豊盃《ほうはい》などの日本酒を二合、熱燗《あつかん》にして、目じりを下げて、ちびりちびりと楽しむ姿が印象に残っている。

「息子が亡くなったとトラが言ってたのが、気になってるんだ」

『――墓参りかな』

　本当にテロに加担したのなら、長い間、刑務所に入る可能性がある。その前に、息子の墓にお参りするのではないか。

『でも、お墓の場所どころか、息子の名前すら知らないんだよね』

あたしたち、ハマさんの何を知ってたのかな、とエツミが呟く。一言もない。

何か思い出せば連絡すると約束して、通話を終える。そう言えば、朝の三時過ぎにパンを食べたきり、何も腹に入れていない。気がかりなことがあるせいか空腹を感じなかったが、友部《ともべ》のサービスエリアあたりで、休憩がてら昼食を取ったほうが良さそうだ。

＊

北は北海道から、南は沖縄まで。今回のオリンピックは、「国ぐるみ」で支えられている。

奥羽タイムスの塚口は、手帳でパタパタと首筋を扇《あお》いだ。取材で歩き回っているのだが、とめどもなく汗が流れ、シャツの脇から腹周りまで、びっしょりと濡れて身体に貼りついている。マスクが暑さで息苦しい。

世田谷《せたがや》区が、アメリカ選手団の受け入れ契約を締結し、大蔵《おおくら》運動場と大蔵第二運動場を、キャンプ地として提供している。選手団は、七月の初旬からキャンプ入りし、湿度の高い日本の夏に身体を慣らしているようだ。

もちろん、東京都ばかりではない。

オリンピックのホストタウンとして、全国の都道府県が協力し、各国の事前キャンプなどを企画している。塚口は、手始めに世田谷キャンプを取材しに来た。関東一円に足を延ばし、各国の選手団を取材する予定だ。塚口がもっとも興味を抱く陸上競技では、ジャマイカの選手団が鳥取県鳥取市で、ケニアの選手団が福岡県久留米《くるめ》市でキャンプしている。

こうしていても、地方から観に来たと思われる人たちが、あるいはキャスターを引っ張って塚口を追い越し、あるいはリュックひとつで明るく喋りながら歩いていく。一週間後に始まるオリンピックに向けて、東京は沸騰《ふっとう》し始めている。

ふうふう言いながら汗を拭いていると、電話が鳴った。東京支社長の内藤だ。

『今いいか』

「大丈夫です」

『塚口は、＊＊県の違法産廃処理事件の取材をしたんだったな。まだ覚えているだろう』

過去に担当した事件の名前を言われ、ちょっと目を瞠《みは》る。勢いよく頷くと、汗が肉づきのいい顎から滴《したた》り落ちた。

「ええ、よく覚えてますよ」

『警視庁が、話を聞きたいと言ってるんだ』

「どうして警視庁が」

『青酸ガス事件の関係だそうだ。容疑者が、産廃事件の被告の家族らしい。警視庁の要請に応じたら、青酸ガス事件の情報を聞けるかもしれないだろ』

「青酸ガス事件の容疑者と、産廃事件がつながるんですか」

驚いた。

二年前に明らかになった違法産廃処理事件は、塚口が忘れられない事件のひとつだ。当時の手帳は持参していないが、記事と記憶を頼りに話すことはできるだろう。

「これから、アメリカの陸上選手団にインタビューする約束なんです。コーチと選手に取材して、夜には支社に戻りますが」

『ぜひ頼む。時間が読めたら連絡してくれ』

内藤がてきぱきと指示して、通話を切った。

あの違法産廃処理事件は、「きつい」事件だった。最終処分場が、許可された以外の産廃を受け入れ、地域の井戸など水源を汚染した。その事実もさることながら、最終処分場の責任者である社長が、一年と少し前に公判の途中で自殺したことを考え合わせれば、もはや生涯、忘れられそうにない。

青酸ガス事件は、コンビニに宅配の荷物を持ち込んだ男性を容疑者と見て、追っているはずだ。産廃事件と、どういう関わりがあるのだろう——。

塚口は、肩を怒らせ、インタビューの場に設定した運動場に向かった。気持ちをインタビューに引き戻すのが難しかった。

4

「そうすると、浜口の口から、たとえばオリンピックに対する不満とか、そういうことを聞いたことはないわけですね」

品川署の捜査員ふたりが、応接室のソファに座り、手帳を開いてメモを取っている。ふたりとも、いかにも柔道が強そうな、がっちりして丸みを帯びた身体つきだ。突き刺すような眼光の鋭さが、警察官らしい。

「そうです」

塩釜から会社に戻るなり警察が来ていると言われ、応接室に押しこまれた世良は、困惑しつつ頷いた。応接室と言っても名ばかりで、事務所の一角をパーティションで仕切り、灰色の布ソファを対面に並べただけのものだ。

「ハマさん——浜口さんとは、ふだんはドライバー同士で道路情報などを教えあう程度でしたから。気が合ったので、年に数回は会って、飲みに行ったりもしました。不満と言えば、ガソリンが高くなって困るとか、そういうことくらいですかね」

「息子については、何か聞きましたか」

「息子さんがいることは聞いてましたけどね。たまたま昨日、浜口さんが退職する前に送別会をやろうという話になって、知人のドライバーに電話して、初めて亡くなったと聞きました」

「退職すると浜口が言ったんですか」

「今年で六十歳になるそうで」

昨日の昼にハマさんから電話があったことや、事件の報道を見てまさかと思い、何度も電話をかけたがつながらなかったこと、今朝になって、また向こうから電話があったことなどを話すと、捜査員らは頷いた。

「浜口の通話履歴を調べて、あなたに電話したことは知っています。どんな会話だったか、思い出せる限りでいいんですが、詳しく教えていただけますか」

——やっぱり、ハマさんの電話のことは、知っていたか。

ひょっとすると、世良の経歴だって調べてから来たのかもしれない。事件当日に電話で話したので、共犯だと疑われた可能性もある。

たいした話はしていないがと断り、記憶している内容を話して聞かせた。「俺が計画して、自分でやった」というハマさんの言葉を聞くと、捜査員が一瞬、色めきたった。飲み会に参加するはずだった人物を教えろと言われ、トラとエツミの電話番号も教えた。

「本当に浜口さんが犯人なんですか。テロになんか縁がなさそうだったけど、誰かに騙されたんじゃないかな」

「そのあたりも含めて、捜査しています。見つかった青酸ガスの発生装置は小規模ですが、ガス自体は人体に有害なものでした。人が多く集まる、オリンピックの開会式のような場所で使われたら、大勢の死傷者が出る恐れもあるんです」

脅すように言ったのは、事態の重みをこちらに納得させるためだろう。

「もし、浜口と話す機会があれば、警察に出頭するよう説得してください。今なら罪も軽くてすみますから。何かあれば、すぐこちらに知らせてください」

名刺を残して捜査員たちが帰っていくと、ぐったりと疲労を感じた。

——ハマさん、洒落《しゃれ》にならないよ。

会社の総務担当者が、好奇心も露《あら》わに話を聞こうとしたが、みだりに話すなと捜査員に言われたことを口実に、逃げ出した。都合のいいことに、ここしばらく出勤日が続いたが、明日は休みだ。

会社の駐車場に置いた自家用車で、江戸川《えどがわ》区の賃貸マンションに帰る。京成《けいせい》本線の江戸川駅から徒歩十分圏内にある、築四十年ほどの３ＤＫだ。設備は老朽化しているし、子どもが大きくなると手狭になりそうだが、駐車場つきのうえ家賃が手ごろなので、しばらく引っ越す予定はない。

「ただいま」

玄関を開けたとたん、自分が忘れ物をしたことに気がついた。

――しまった。

パパお帰り、と飛んできた大介を抱きとめながら、臍《ほぞ》を噛む。仙台で牛タンを買って帰ると約束したのに、ハマさんの事件に気を取られ、すっかり忘れていた。

「ごめん！　いろいろあって、牛タン忘れてきた。スーパーで何か買ってくる」

台所から顔を覗かせた萌絵に、声をかける。彼女は、化粧気のない顔にグレーのスウェット姿で、気にした様子もなく笑った。子どもが小さいと、服装にかまう余裕もなくなってしまう。しかし、自宅に戻ってマスクもつけていない萌絵と大介を見ると、ホッとした。

「別にいいよ。牛タンだけじゃ足りないと思って、他の肉も買ってあるから。それでも足りなかったら、卵でも焼くよ」

「ほんとにごめん。次はぜったい、埋め合わせするから」

「いいよ。今日はうちの店もいろいろあって」

萌絵がパートをしているコンビニのことだろう。彼女も疲れた様子だった。

「いろいろって？」

「燕の青酸ガス事件があったでしょ。あれで、うちの社員やドライバーも過敏になってるの。異臭騒ぎがあちこちで起きてさ」

「ほんとに？」

もう影響が及んでいるのかと驚く。世良は昨日からずっとトラックに乗っていたが、世間の人はスマホですぐにニュースを拾えるから、情報が早い。

「結果的には何もなかったけど。でも、トラックの荷台で変な臭いがするって言われると、調査が終わるまで、そのトラックを出せなくなっちゃうじゃない。おかげで、今日は一日中、商品の入荷が遅れて」

そう言えば、地下鉄サリン事件のころも、なんでもない臭いを異臭と呼んで大騒ぎになることがあったようだ。

「入荷が遅れると、お弁当やおにぎりの棚が空いてくるんだよね。今ってさ、空っぽになった棚を写真に撮って、ツイッターとかに流す人がいるから。品切れを起こしてると勘違いして、近くにいる人たちが慌てて買いにくるの。よけいに品薄になって困ったよ」

萌絵が食卓に新聞を敷き、ホットプレートをその上に置いて、肉を焼き始める。油がはねるのを嫌って、彼女はいつも準備を怠らない。世良は食器を並べ、野菜をカットした。焼肉の匂いに興奮した大介が、奇声を上げて駆け回る。子ども用に、小さなウインナーを用意した。

「買い占めが起きたってこと？」

「去年の緊急事態宣言の時とか、東日本大震災の時に、コンビニの棚が空っぽになったじゃない。あそこまでじゃないけど、ＳＮＳのせいでさ、そういう状態が起きやすいよね。みんながいっせいに何かするっていう」

ニュースでは、そんな話は報道されなかった。いっそうの買い占めを避けるために、報道機関が自粛したのかもしれない。

「電池まで買ってく人もいるんだよ。停電もしてないし、何のつもりだか知らないけど」

「そうだよな」

世良はSNSに興味がないので、自分ではやったことがない。だが、世間で何が関心を呼んでいるのか、にわかに興味が湧いた。

「萌絵はツイッターやってるよ。隆司くんには特別に見せてあげよう」

「やってたっけ」

焼けた肉を皿に取りわけ、萌絵が自分のスマホをいじった。見方を教わり、青酸ガス事件の余波を調べる。萌絵の言うとおり、東京の各地でコンビニの棚が空になる「事件」が起きていたらしい。

これはたぶん、限られた地域に人口が極端に集中する、東京ならではの現象だ。

しかも東京は、比較的に年齢が若く、SNSの利用に熟達し、情報収集が早いため何か起きた時のフットワークが軽い層が厚い。災害や事件に限らず、話題の新商品が棚から消えるのも早い。コンビニは、店舗の規模が小さく、在庫の量もスーパーほどではないので、わりあい簡単に品切れを起こすのだろう。その状況がまた、SNSなどで拡散していく。

「後でゆっくり見て。まず食べようね！」

萌絵が、大介の胸に子ども用のエプロンを掛けてやりながら言う。大介は、タコさんウインナーを翳《かじ》って、ご満悦だ。世良は萌絵にスマホを返した。

「なあ、萌絵。実は青酸ガスの件で、会社に警察が来たんだ」

ぎょっとしたように、萌絵が顔を上げた。

「それって、隆司くんの会社のトラックにも、青酸ガスが仕掛けられたってこと？」

「じゃなくて」

しかたなく、世良は食事の合間に、友達のハマさんが青酸ガス事件の容疑者であること、昨日、今日とハマさんが自分に電話をかけたので、警察が事情を聴きにきたことなどを説明した。

萌絵は、次の肉を焼くことも忘れて、呆然《ぼうぜん》と聞いていた。

＊

奥羽タイムス東京支社の応接室で、塚口は品川署の捜査員に向き合っていた。

インタビューから戻るなり、捜査員らが訪問したのだ。黒い革の長椅子には、塚口の隣に内藤支社長と社会部の記者も同席している。

「浜陽《はまよう》商会の違法産廃処理事件は、社長が亡くなり、事件の全貌が不明で、裁判はまだ終わってないんですよ」

硬い表情で、捜査員ふたりが頷く。青酸ガス事件の専従捜査に当たっているそうだ。
＊＊県で浜陽商会が設立されたのは、十二年ほど昔のことだ。代表取締役社長の浜口陽一は、

当時まだ二十三歳になったばかりの青年だった。二十歳になるころから建設現場でダンプカーの運転をしていたが、廃棄物の処理に興味を持ち、最初は産廃を運ぶ運送業者としてこの業界に入った。

やがて、産廃の安定型最終処分場を＊＊県に設置する許可を取り、運営を始めたのだ。二十六歳ごろのことだろうか。

最終処分場は、構造や受け入れ可能な廃棄物の種類によって、遮断型、管理型、安定型の三つのタイプに分類される。

このうち、安定型最終処分場には、廃プラスチック類、ゴムくず、金属くず、ガラスくず、コンクリートくずなど、雨水にさらされてもほとんど変化しない物質のみ受け入れることができる。有害物質を含まず、ほとんど分解しないという前提だ。周辺環境を汚染しないため、処分場に流入したり、流出したりする水を遮蔽《しゃへい》するための工事や、浸透した水を排出する施設などは必要ないとされる。

「ところが、浜陽商会は、本来なら遮断型や管理型の最終処分場でしか受け入れてはいけない、鉱さいや木くずなどを、ひそかに受け入れていたんです。浜口社長が家族らに話していたところによれば、取引先に頼まれて、しかたなく受け入れたというんですが」

発覚した時に社員に責任を負わせないためか、違法な産廃の受け入れは深夜に限り、浜口社長がひとりで作業をしていた。違法な産廃を処分場に入れた後に、それが外から見えないよう、上から廃プラスチックなど別の産廃を入れて、隠していたのだ。

「だんだん産廃の山から悪臭が立ちこめ、自然発火して炎や煙が出るようになりましてね。雨が降ると化学物質が地中に染みて、地下水を汚染するんです。三百メートルほど離れた谷に小さな集落と牧場があったんですが、そこの井戸水が濁ったのがきっかけで、産廃の処分場が怪しいという声が上がったんですよ」

奥羽タイムスは、違法処理の疑いが持ちあがった時に、集落の住民から情報を得て、浜陽商会とその最終処分場を取材しようとした。警察や行政機関が検査に入る前の状況を、塚口も見ておきたかったのだ。

浜陽商会は、なかなか取材に応じなかった。社長が忙しいからとか、担当者が出かけているからと、処分場の取材許可も出さなかった。処分場の敷地は、高いトタン塀で覆われ、内部の状態を外から見ることはかなわない。

塚口は、処分場が休みの日曜日、早朝に出かけ、トタン塀の隙間を探して歩いた。

現場は、越後《えちご》山脈に連なる飯豊《いいで》山地の裾《すそ》にあたり、深い谷のある緑豊かな山の一角だ。谷底の一部を埋め立てる形で、最終処分場は造られていた。のどかな景色を見ながら車で山道を上がっていくと、ふいにトタン塀に囲まれた異様な光景に出くわす。

休みのはずの処分場から、ダンプカーの音が聞こえてきて驚いた。塚口は、錆びてボルトがはずれ、人ひとり潜り込める程度の穴ができたトタン塀を見つけ、そこから長い間、中を覗いていた。一台のダンプカーが、何度も小さな廃棄物の山からゴミをすくい、処分場に落としていた。

ひとりの男が、ダンプを運転していた。浜陽商会のホームページに、社長として顔写真を載せている男だ。まだ三十代だったが、額が広くなり、顔色はよくない。社長みずから黙々と作業する様子を見守るうちに、塚口はそれが、何かの隠蔽《いんぺい》工作のように思えてならなかった。

——この会社は、きっと何か隠している。

その日から、上司の許可を取り、塚口は林の中の、処分場の出入り口が見える場所に、交替で二十四時間張り込むことにした。

深夜に何台ものダンプカーを連ねて、産廃を運んでくるのを目撃した時には、やはりという思いと同時に、奥羽タイムスが現場を押さえ、真実を明らかにしなければならないという強い使命感にもかられたものだ。

安定型の最終処分場では、安定型の廃棄物以外のものが混入するのを防ぐため、搬入された産廃を展開して確認しなければならないが、暗闇でそんなことができるわけがない。浜陽商会が、違法な廃棄物だと知りながら黙認しているのだ。

「それでは、奥羽タイムスが浜陽商会の違法行為を調査し、告発したんですか」

塚口は捜査員に頷いた。

「そうです。帰りのダンプカーを何度か尾行し、相手の会社も押さえて記事にしました」

そもそも、廃棄物の処分場というのは、たとえ正規の方法で安全に処理されていたとしても、見て美しいものではない。それは、人々の暮らしから出る垢《あか》のようなものだ。巨大な台形に積み上げられ、ある時はユンボで掘り起こされる、灰色がかったゴミの山を見ていると、自分たちが日々の生活で排出している廃棄物の種類の多様さと、あまりの分量にめまいがする。

そこに、不安定で分解や化学変化を起こしやすい物質が混じっていたら――。

何年も違法な廃棄物を受け入れてきた浜陽商会の処分場からは、強い刺激臭が漂っていた。メタンガスが発生したのか、地中で熱を持った廃棄物が発火し、赤い炎が処分場のあちこちで上がっていた。

「あの状態を見れば、社員たちもおかしいと気づいたはずなんですよ。安定型の処分場では、ありえない光景ですからね。ですが、彼らも黙っていた」

職を失うのが怖かったというより、廃棄物の処理についての知識が浅かったのだろう。産廃を甘く見ていたのだ。

全国各地で、類似の事件が後を絶たない。産廃の処理にはコストがかかる。ゴミを捨てるために高い費用がかかるということを、納得できない人たちがいるのだ。正しく産廃を処分するためには、化学の知識が必要だ。特に、管理型や遮断型のように不安定な物質を処理する場合は、環境を汚染しないための構造物も必要になる。

たかが、ゴミ。されど、ゴミ。

ものを捨てるためのコストが、意識されていなかったのだ。

「それで、告発を受けた後、裁判になって――浜口社長が自殺したんですね」

「そうです。違法な産廃の受け入れは、浜口社長の独断でやっていたそうで、他の社員は詳しい事情を知らなかったんです。裁判の途中で浜口社長が自殺して、事件の詳細は、まだはっきりしません。違法に受け入れた産廃を、掘り返して再処分する必要があるんですが、誰が責任を持って処理するのか――処理できるのか――も、決まっていないです」

安定型の最終処分場に任せれば、安い価格で処理できるからと、浜口社長に無理を言った中間業者の責任は重いはずだが、浜口社長はついに、彼らが頼んだと警察には証言しなかった。塚口が知っているのは、浜口社長の部下からその話を聞いたためだ。

「――青酸ガス事件の容疑者は、浜口社長の父親だという話ですね」

塚口の話がほぼ終わったと見て、内藤支社長がそろりと切り出した。

「まだ公《おおやけ》にしないでもらいたいんですが」

捜査員が、硬い表情を崩さず応じる。

「被疑者は、浜口義三という男性です。開会式の日に青酸ガスを撒《ま》くと、こちらに脅迫電話があったでしょう。なぜ奥羽タイムスなのかと、疑問を持っていたんですよ」

それについては、脅迫電話を受けた塚口自身も、不審に感じていた。

「奥羽タイムスの記者が、どなたか浜口義三に会っていませんか」

「浜口社長の葬式に、父親が来ているのは見ました。でも、取材を断られたので、遠目に見かけただけです。小柄な年配の男性でしたね。東京から駆けつけたという噂も、近所の人から聞きましたが、それだけです。奥さんにも取材を拒否されましたし」

浜口社長の妻は、違法行為が発覚して、奥羽タイムス紙上でさんざん浜陽商会が叩かれてから、千葉の実家に子どもを連れて帰っていた。家庭を壊し、夫を殺したのは奥羽タイムスだと恨んでいたかもしれない。

塚口は身を乗り出した。

「しかし、産廃事件と青酸ガスの件がどう関係するんでしょうか」

「それはこれから調べます。もうひとつ、お願いがあるんですが」

「何でしょう」

「浜陽商会に違法な産廃処理を押しつけたという、中間業者の名前はわかりますか」

「私がトラックを尾行してつきとめた会社なら、わかります。関東の業者なんです」

忘れられない名前だった。塚口は、手帳に名前を書きつけ、捜査員に渡した。

「今は手元にありませんが、必要なら住所なども調べます」

「こちらで調べるので大丈夫です」

初めて、捜査員が目で微笑《ほほえ》み、立ち上がった。

「またご協力をお願いするかもしれません。その際は、よろしくお願いします」

彼らを見送るとすぐ、内藤が高揚した様子で、居残っていた社会部の記者たちを集めた。

「容疑者の浜口義三について、情報を集めよう。容疑者逮捕は近いと思う。浜陽商会の事件に関係しているのなら、うちが一番、事情に詳しい。事件の本質に迫る記事を書けるはずだ」

まるで棚ぼたのような特ダネだった。地方紙が、全国紙を抜けるかもしれない。内藤が興奮するのも無理はない。

「逮捕と同時に記事を出せるよう、浜口義三の動機を調べるんだ。本当に狙っているのは、浜陽商会を追い詰めた中間業者かもしれんな。奥羽タイムスの名前を全国区で売るチャンスだぞ。頑張ろう！」

どこから着手すべきか、さっそく検討が始まっている。塚口は困惑し、内藤のそばに行った。

「あの、私は今まで通り、オリンピック取材でいいんですか」

「そうだな、オリンピックも待ってはくれないからな。悪いが、オリンピック取材の傍《かたわ》ら、何かあれば塚口に尋ねるかもしれない」

「ええ、もちろん」

熱気に満ちた社会部の面々を見やり、かすかに羨《うらや》ましいような気になった。

＊

『あたし、なんとなくハマさんの居場所がわかりそうな気がする』

いきなり電話をかけてきたエツミが、弾んだ調子で話しだしたので、世良は驚いた。

もう、午後十時を過ぎている。萌絵が大介を風呂に入れて、寝かしつけているところだ。

『いま宇都宮《うつのみや》に来てるんだ。しばらく刑務所に入るかもしれないと思った時、自分ならどうするか、考えてみたわけ』

子どもを三人、育て上げたエツミは、行動力も抜群だ。

「そうだな――俺ならどうするかな」

『あたしなら、自分の好物を食べに行くね』

——好物か。

ハマさんは大食漢ではなかったし、酒もそれほどたくさんは飲まなかったが、美味しいものを少しずつ食べ、飲むのをこよなく愛していた。

「それで宇都宮——餃子《ギョーザ》か」

『そう。ハマさんの大好きな』

宇都宮に餃子の店はたくさんあるが、ハマさんは有名店よりも、路地裏に一歩入ったところにある、店主が毎日、その日の分を手作りしている、素朴な味を好んでいた。休みにひとり電車で出かけて、その店の餃子をビール片手につまむのが楽しみだと目を細めていた。

『それでね、さっきお店に行って、ハマさんの写真を見せたの。そうしたらやっぱり、今日のランチタイムに来てたって』

「えっ、いたのか」

『そうなんだよ。車だったかどうかは見てないけど、今日はビールを飲まなかったって。あたしは、車で来てたんだと思う』

「よく、店の人に通報されなかったな。あれだけニュースで写真が流れてたのに」

『よほどの知り合いでもなければ、なかなか本人だって確信が持てないんじゃない。マスクかけてりゃみんな似たように見えるしさ』

「車で好きなものを食べに行ってるのか」

『可能性あるよね。高速には乗らずに下道を走るにしても、なんにも目的がないと、困りそうだし。好きな店を食べ歩くって決めてたらさ』

世良は小さく唸った。エツミのアイデアが、いい線を行っているように感じる。

『それでさ、次はどこに行くか考えてるの。トラにもLINEで声かけたから、世良ちゃんもアイデア出してよハマさんから、何か聞いたことあるでしょ』

「でも、昼に宇都宮なら、」

『最終的には、やっぱり故郷を目指してるんじゃないかな。東北の＊＊県だったよね。寄り道しながら、ゆっくり北上してるのかも』

ハマさんとの会話を思い起こす。好きなのは、どちらかと言えば日本酒だ。東北の日本酒をよく飲んでいた。だが、今回は車の旅なので、アルコールは避けるのではないか。

「信州《しんしゅう》の蕎麦《そば》も好きだったな、たしか」

『信州か――。長野だと逆方向だよね』

「逆に向かうとは誰も思わないから、意外性があっていいかもな。群馬県のラーメン屋にも、ひいきにしてる店があった」

『あっ、知ってる。タクシーの運転手さんが、辞めてオープンしたラーメン屋だ。一時期、毎週みたいに通ってたんだよね』

萌絵は、まだ大介を寝かしつけた部屋から出てこない。ひょっとすると、一緒にうとうとしているのかもしれない。

「――明日は俺も休みなんだ。車でラーメン屋まで行ってみようかな」

明日は萌絵の仕事も休みで、どこかに行きたいと言っていたはずだ。誘えば一緒に来るかもしれない。

『ほんと？　それじゃ、手分けしようか』

エツミと相談し、彼女が信州の蕎麦屋、世良が群馬のラーメン屋に向かうことにした。ハマさんは通り過ぎているかもしれないが、運が良ければ会えるかもしれない。

――警察にも話したほうがいいんだろうか。

何かあれば電話をくれと、名刺を置いていった捜査員を思い出す。だが、これは単なる思いつきにすぎないのだ。

――それに、もし警察に知らせれば、エツミがカンカンになって怒るだろう。

世良は寝室を覗いた。大介に添い寝しながら、やはり萌絵はうたた寝していた。起こすのも気の毒で、タオルケットを身体にかけ、そっと居間に退散した。

5

「店長、本部からＦＡＸ来てますよ」

総務スタッフの網代《あじろ》から、くるくるに丸まった感熱ロール紙を手渡された。

「なんだよ——また自主回収か」

明角守《あけずみまもる》が思わず唸ると、網代も覗きこみ「うわあ」と呟いている。

「ちょっとこれ、明日の目玉商品でチラシに載せちゃったやつだ」

売れ筋のチョコレート菓子から虫の混入が見つかり、既に流通している製品二万箱を、メーカーが自主回収するという。明日は九十八円の値付けで目玉商品のひとつにする予定だった。

「しかたがないなあ」

明角が、スーパーマーケット〈エーラク〉阿佐ヶ谷《あさがや》店の店長に就任したのは、四月のことだ。それまでの二年は、バックヤードのスタッフとして働いていた。さらにその前は、携帯電話の営業職だった。四十代後半にしての転職組だ。

「自主回収、多くね？」

世界中が新型コロナ禍に苦しむこんな時に——と思う。先月末にも、大手の食品メーカーが、一部のカップ麵《めん》からプラスチック片が見つかったとかで、数万個の自主回収を行ったばかりだ。

「近ごろ、消費者が神経質ですもんね。すぐ、ネットで大騒ぎになっちゃうしねえ」

網代は、彼女自身が神経質ではないような言い方をしたが、肉づきのいい落ち着いた雰囲気とは裏腹に、自分の弁当に小さな羽虫が近づいただけで、両手を振って大騒ぎするくらいには潔癖症だ。明角だって虫は嫌いだし、気持ち悪いと思う。

世界の食糧危機を解決するために、栄養価の高い虫を食用にすべきだと国連食糧農業機関《FAO》が提言したそうだが、虫を食べてまで生き延びるなんて、勘弁してくれよとも思う。まあ、近ごろはコオロギのせんべいが普通に売られていて人気だというし、よっぽどの食糧難に陥れば、虫だって食べるかもしれないけれど。

二〇一四年に、あるインスタント焼きそばに虫が混入している写真がネットに投稿されて「炎上」し、それまで一日に四十万食を生産していたメーカーが、生産停止を余儀なくされる事件があった。以来、メーカーも異物混入に過敏になっている。

健康被害を及ぼす可能性のある化学物質や薬品の混入なら、回収もやむを得ない。金属片やプラスチック片は、誤って飲み込む恐れがあるのかもしれない。しかし、ひとつの箱に虫が混入していたからといって、他の箱まですべて回収する必然性はあるのだろうか。

——そりゃまあ、混入をなくすのが最善ではあるけど。

廃棄される二万箱の菓子を想像し、明角はちょっと呆然とした。子どものころ、米粒をほんのわずか食べ残しただけで、きつく母親に叱られたことを思い出す。

(農家の人が一生懸命つくった米なんだから。残さずに食べなさい)

現代の風潮は、その教えとは正反対で、しかも廃棄される食品のスケールがあまりに巨大で、明角には実感が湧かない。

「なんか、もったいないよなあ」

明角がため息をつくと、網代も唇を歪《ゆが》めて肩をすくめた。

「だって、あれでしょ。国内で捨てられる食品がだいたい年間二千八百万トンで、そのうち、まだ食べられるのが六百四十万トンくらいでしたっけ。バチが当たりそうですよね」

――まったくだ。

自主回収される食品だけではない。わが国の食品流通業界には、「三分の一ルール」と呼ばれる取引慣習がある。製造年月日から賞味期限までの期間を三等分し、メーカーから小売業者までの輸送、小売業者の店舗在庫、消費者の家庭内在庫と、だいたい三つの期間に割り当てる。はじめの三分の一が過ぎてしまうと、小売業者は商品の受け取りを拒否したり、返品したりできるのだ。

なんとか店頭に並んでも安心できない。賞味期限までの期間が残り三分の一になると、値引きしたり返品したりして店頭から排除する。消費者が新鮮な食品を好むからだ。

メーカーの倉庫で、三分の二の期間を過ごしてしまった食品は、店頭に並ぶことすらなく、廃棄されるわけだ。

これを食品ロスと呼ぶのだが、その量を減らす努力も、していないわけではない。たとえば、〈エーラク〉も地元のフードバンクと契約し、返品対象となったレトルト食品の一部を寄付している。フードバンクは、こうした賞味期限に余裕のある食品を、子ども食堂や福祉施設に届けているのだ。

とはいえ、まだまだ焼け石に水だった。

こうしている間にも、食品メーカーはどんどん新製品を開発し、市場に投入する。売れるものもあるが、当然、予想が外れることもあって、大量に返品され廃棄される製品も出る。

――壮大なムダづかい。

そんな言葉が、脳裏に浮かんだ。

ふいに、バックヤードの駐車スペースから、バックで進入するトラックの「バックします、ご注意ください」というアナウンスが響いてきた。そろそろセンターから生鮮食品が搬入される時刻だ。

明角は事務室の窓から、トラックを眺めた。

年間の食品ロスが六百四十万トンと言ってもピンとこない。だが、あの四トントラックが百六十万台分と言えば、自分たちの所業の空恐ろしさに、寒気がするではないか。

――この仕事に就くまで、そんなこと考えてもみなかったな。

世の中には、飛び込んでみるまでわからないことも多い。明角はため息をつきながら、朝礼のために売り場へ向かった。

＊

ハマさんがひいきにしていたラーメン屋は、群馬県前橋《まえばし》市の、川のそばにあったはずだ。世良は名前まで覚えていなかったが、利根川水系の広瀬《ひろせ》川《がわ》の川端を地図で確認すると、何軒かそれらしい店があった。ひとつひとつ、車で回ってみるしかない。

「ほんとに、いい？　お昼、ラーメンになるけど」

コンビニのパートが休みなので、大介を連れて萌絵も一緒に来るという。大介はまだチャイルドシートが必要なので、萌絵と並んで後部座席に座らせた。

「いいよ。大介も、ラーメンちょっと食べてみたいよね」

大介はまだ眠そうだが、食べ物の話になると嬌声《きょうせい》をあげた。江戸川区の自宅から前橋まで、関越自動車道を通って二時間ちょっとだ。目的地周辺にあるラーメン屋は、ほとんどが午前十時以降の開店なので、八時に出発して先を急ぐ。

「見つかるといいね。浜口さん」

直接会ったことはないが、世良がよく話をするので、萌絵はハマさん、トラ、エツミの三人を自分の友達のように感じているらしい。

――見つかるかな。

実のところ、あまり期待はしていなかった。昨日の昼に宇都宮の餃子店に現れたのなら、前橋のラーメン屋は昨日の夜にでも行ったはずだ。前橋でハマさんに会えなければ、次にどちらに向かえばいいか――途方に暮れる。

前橋のコインパーキングに車を停め、萌絵と大介には、近くのカフェで待っていてもらうことにした。この暑さのなか、ラーメン屋を探しまわるのに、ふたりをつき合わせる気はないし、車の中で待たせたりしたら、熱中症になりかねない。

これと思う店を七軒、あらかじめ洗い出しておいた。ひとつずつ、当たっていく。手がかりは、店主が元タクシーの運転手だったということと、ハマさんが以前、通い詰めていたので顔を知っているだろうということだ。

テレビのニュースで繰り返し放映されている防犯カメラの写真とは、なるべく似ていないものを選んで、店主らに見せた。トラやエツミたちと一緒に、楽しそうに飲んでいる時の笑顔の写真だ。

最初の三軒ははずれで、四軒めは休みだった。五軒めの店で、ようやく当たりくじを引いた。会社勤務の後、二十年もタクシーに乗車し、六十歳すぎてラーメン屋になったという店主は、小柄で実直そうな男だ。

「それじゃ、昨日の夜に来たんですか。ハマさんは」

――やっぱり。

がっかりした様子を表に出さないように、苦労した。萌絵に電話して場所を伝え、店まで歩いて来てもらう。ハマさんの様子を聞くついでに、店で昼食を取るつもりだった。ハマさんが、毎週通うほど気に入ったという味にも興味がある。

「久しぶりだったんで、ゆっくり話したかったんだけど、店が混んでましてね。ほとんど話ができなかったんです。醤油《しょうゆ》ラーメン食べて、三十分――いや、四十分くらい、いてくれたかな。また来るわって手を上げて、すーっと出て行ったな」

小島《こじま》という店主は、どこか残念そうだった。

「僕も、ここのラーメンが美味しいって浜口さんから聞いてたんですよ。だから一度、来てみたくて」

「ええ、お昼によく来られてましたよ。醤油ラーメンしか食べないんです。ビールも中瓶を一本つけて、いかにも楽しそうに昼ビールでね。悠々自適の生活って雰囲気だったけど、トラックの運転手さんだっていつか聞いて。私もタクシーが長かったから、話が合いましてね」

世良が頼んだのも、ハマさんの好物だという醤油ラーメンだ。萌絵はとんこつラーメンを頼み、餃子も追加して、ふたりで分けることにした。大介には、萌絵が自分の麺とスープを小さい器に取り、食べさせてやっている。

ハマさんが好きなラーメンは、豚骨と煮干しからスープを取る、喜多方《きたかた》ラーメンに似た味だった。透明なスープが美しい。

「久しぶりだったと言われましたね。しばらく、来てなかったんですか」

「そうなんですよ。こんな時期だし、病気になってないかと心配してたんだけど。昨日見たら、やっぱりちょっと痩《や》せてたから、心配だね」

店主はそう言いながら一瞬、何かを思い出したように複雑な表情を浮かべた。

「ここ数日、テレビで青酸ガス事件のニュースが流れているじゃないですか。顔を見た時に、『あれえ、そっくりな人がニュースに出てるよ』って言っちゃったんですよ。そしたら、にやっと笑って『あれ俺だよ』って冗談を言ってね。でも、目がちっとも笑ってなかった。あんな失礼なこと、言わなきゃよかったな」

この店主は、ニュースの映像を見て、ハマさんに似ていると気づく程度には、親しかったわけだ。

「ここからどこに行くとか、話してましたか？　僕もしばらく会ってないんですよ」

「時間ができたから、ぶらぶらして友達のところを回ってると言ってましたけどね。次はどこに行くとは言ってなかったなあ」

ちょうど昼時で、バタバタと新しい客がふた組、入店した。「いらっしゃい！」と、一瞬そちらに気を取られた店主が、思いついたように顔を戻した。

「そう言えば、湯沢に知り合いがいるはずですよ」

湯沢と言えば、苗場《なえば》のスキー場に近い新潟県のリゾート地だ。ハマさんからそんな話を聞いたことはないが、興味を引かれた。

「湯沢――ですか」

「子どものころの友達が、湯沢のリゾートマンションに住んでるそうです。このへんを車でぶらぶらするなら、ちょうどいい距離だと思いましてね」

店主は、新たな客の注文を取りに行った。

器に取り分けたラーメンを、ふうふう吹いて冷ましながら、少しずつ口に運んでいる大介を見守る。

「美味しい？」

顔を覗き込んだ萌絵に、「美味しい！」とご機嫌な表情で応じている。

――さて、どうしようか。

ハマさんを捜すと言っても、あてはない。湯沢に知り合いがいるのなら、行ってみる値打ちはある。湯沢なら、だいたい車で一時間くらいだ。

「ここから大介と電車で帰ってもいいけど、隆司くんがかまわないなら、一緒に行くよ」

何も聞かなかったのに、萌絵はとっくに世良の迷いを見抜いていた。

「大介が疲れないかな」

「ドライブは好きみたいよ。まだ時間あるし、湯沢まで行ってみたら」

萌絵の勧めに従うことにした。仕事ではいつも、ひとりで全国を走り回っているのに、今日はなぜか、ひとりで行くのが心細い。

ラーメン屋の店主に挨拶して、車に戻る。途中でスマートフォンに着信があった。長野に向かったエツミからだ。

『ハマさんが好きだった信州蕎麦のお店に来てみたんだけど。来てないみたいよ』

「昨日の夜は、前橋にいたらしい。ラーメン屋のご主人と話したよ」

『やっぱり、来てたんだ！　残念、すれ違いだねえ』

エツミがため息をついている。店主の情報で、これから湯沢に向かうことを話した。

『それじゃ、もう一時間くらい様子を見て、あたしもそっちに行こうかな。湯沢の友達の住所はわからないんでしょ』

「そうだな。湯沢も広いし」

『トラも、時間があったら捜しに行きたいって言ったんだけど、あいつはむしろハマさんの故郷に行かせたほうがいいよね』

トラは気仙沼に住んでいるから、ハマさんの故郷までなら、ほんのひとっ走りだ。

湯沢に着いたら連絡すると言って、通話を終えた。ふたたび関越自動車道に戻り、湯沢を目指す。土砂崩れの影響で、塩沢石打インターから水上インター間が不通のため、月夜野《つきよの》インターで高速を下りて、あとは一般道を走ることになるだろう。

「浜口さんってさ。ある意味、幸せな人だよね」

高速を走りながら、ぽつりと萌絵が漏らした言葉に驚く。

「どういう意味で？」

「だって、警察に追われてるのに、友達が一生懸命に捜してくれてるから。きっと、浜口さんって、いい人なんだよね」

——自分は、どうしてハマさんを捜しているのか。

先に捜し始めたのはエツミだ。頼まれずとも彼女に協力することにしたのは、無意識のうちに不安を覚えていたからだった。

——ハマさん、死ぬ気じゃないか。

息子が自殺して、今年の秋で自分も退職するつもりだったという。そんな状況で、ふだんの温厚な言動からは、想像もつかないような行為に手を染めた。しかも、コンビニの防犯カメラにはっきり顔が映るような形で。

ハマさんが、カメラに気づかなかったはずはない。あの顔は、カメラを睨んでいた。

そもそも、現代の日本で破壊工作なんかして、警察に捕まらないわけがない。ハマさんは、自分の正体がバレることなど、恐れてはいなかったのだ。

好物を食べ、自分の人生を豊かに彩《いろど》ってくれた知人たちに別れの挨拶をしながら、故郷と息子の墓に向かって北上する。

その行動が意味するものは、ひとつしかないように思えて焦《あせ》る。

――早く見つけなきゃ。

前橋からおよそ五十分、関越自動車道を走り、月夜野インターで下りる。緑の深い、なだらかな山々に包まれながら、眠気を催しそうな国道十七号線を一時間以上も走り、越後湯沢の駅が近づいたところで、迷った。

――さあ、どっちに行こう。

スキー場に行くなら右折、越後湯沢の駅に行くなら左折と書いてある。

「まず左に行って」

萌絵がスマホを見ながら言った。世良は素直に左にハンドルを切った。

「浜口さんの友達は、リゾートマンションに住んでいるんでしょ。ネットで調べてみたら、このあたり、バブルの時にリゾートマンションが五十棟以上も建てられたんだって。今は価格が暴落しているのもあるそう。別荘として購入した人たちが高齢になって、永住目的で越してきたり、数十万円で買えるようなマンションを買って住んだりしてるって。浜口さんの友達なら、五十代か六十代の可能性が高いよね」

「子どものころの友達って言ってたもんな」

「駅のそばならスーパーやコンビニがあるけど、駅から車で三十分もかかるような場所だと、暮らしにくいと思うの。だから、越後湯沢の駅から歩いて行ける物件から、少しずつ範囲を広げて捜していったらいいんじゃないかな」

「なるほどな」

萌絵の着眼点に感心する。それにしても、リゾートマンションが五十棟以上あるとは驚きだった。もっと簡単に見て回れるんじゃないかと、甘く見ていたのだ。

萌絵にナビゲートを頼み、世良は運転に集中した。

＊

ＪＲ貨物隅田川駅《すみだがわ》の受け取りターミナルにトレーラーを乗り入れ、川辺《かわべ》は戸惑いながら、空っぽのホームを見渡した。

──あれ、おかしいな。

時計を確認したが、川辺が荷物を受け取るはずだった貨物列車の到着予定時刻を、間違いなく過ぎている。川辺以外にも、トレーラーの運転手が何人か、入線していないホームの周辺に車を停め、手持ち無沙汰《ぶさた》に待っているのが見えた。

五面十線のコンテナホームを持つ広大な敷地には、何台かの列車が停まっている。端のホームでは、アントと呼ばれる黄色い車輌移動機が、行ったり来たりするのが見えた。敷地の奥には、さまざまな塗装のコンテナが、山のように積み上げられている。

こうして見る限り、いつもと同じ隅田川駅だ。北海道、東北、北陸方面と首都圏を結ぶ貨物路線の、終着駅であり始発駅。二〇一三年に、主要ホームを二十輛編成の車輛に対応するようリニューアル工事を行った。

「――どうなってんだろう」

川辺は適当な場所にトレーラーを停め、待機中のドライバーに声をかけた。

「遅れてるんだって。事故らしいけど」

「事故？　待ってりゃ届くのかな」

「まだわからんというので、俺もしばらく前から待ってるんだけど」

相手の運転手も、事情を知っているわけではなさそうだ。係員を探したが、見あたらない。コンテナを積み下ろしするフォークリフトも、近くでは稼働していない。

――まいったな。

川辺が受け取るはずだったのは、はるばる北海道から運ばれてくる五トンのコンテナだ。中身はダイコンだった。七月に入り、北海道は根菜《こんさい》の季節になった。ダイコンやニンジン、ブロッコリーその他、トマトも少々。

貨物列車二十六輛で、十トントラック六十五台分の貨物を運ぶそうだ。わが国の貨物輸送における鉄道のシェアは、トンベースで一パーセント未満、トンキロベースで五パーセントほどと、高くはない。トラック輸送と船舶による輸送に、ボリュームでは断然負けている。とはいえ、一度に大量の貨物を運べて、混雑しがちな道路より時間にも正確なのが、貨物列車の強みのはずなのだが。

北海道産のジャガイモ、タマネギ、根菜類は、貨物列車を利用する割合も高い。特に、秋から冬にかけて出荷されるタマネギは、今でも通称〈タマネギ列車〉による出荷量が六割以上を占めている。

川辺は、受け取ったコンテナを、スーパー〈エーラク〉の配送センターに運ぶ予定だった。〈エーラク〉が北海道で直接、買い付けた商品なのだ。そこで加工や梱包《こんぽう》を行い、各店舗に配送されていく。

本社に電話して、指示を仰ごうかと考え始めたころ、事務所から走ってくる小型車が見えた。

「すみませんが、北海道、東北方面の一部貨物列車は、運休となりました」

「どういうこと、それは」

説明を聞こうと集まってきたドライバーたちから、ため息と追及の声が飛んだ。四十前後の、作業服姿の係員が、困ったように両手を広げた。

「水沢《みずさわ》駅の付近で、土砂災害が起きました。安全のため、線路を上下とも使用中止にし、現在、復旧作業中です」

「いつ復旧するの」

「俺たちが待ってる列車はいつ着くのかな」

質問が飛び交ったが、係員は答えられず、わかりしだい知らせると言うばかりだ。

「迂回《うかい》できるか、検討中ですから」

――どうして、こんなタイミングで土砂災害なんか。

ここ数日、東北方面を台風や大雨が襲ったというニュースは聞いていない。何もないのに、突然、土砂災害が起きたりするだろうか。

係員を問い詰めたところで益はない。ドライバーたちは、しかたなくトレーラーに乗りこんで引き上げていく。川辺も車に戻り、本社に電話を入れた。状況を報告しながら考えていたのは、コンテナに積まれたままの、何トンものダイコンのことだった。そのダイコンは、〈エーラク〉の店頭に並ぶことなく、しなびていくのだろうか。

――中央自動車道の土砂崩れも、まだ復旧してないってのに。

そのため、通常ならこの季節、長野や山梨から入荷するはずの、レタスや白菜の入荷量が減ったり、迂回のための輸送費を上乗せされたりしている。店頭の葉物野菜は、現在、群馬、茨城など、関東地方の農家が支えているようだ。とはいえ、自然の作物の生産量を、そうかんたんに調整できるわけがない。

関東のスーパーでは、葉物野菜の価格がじわじわと高騰していて、先日はあるファミリーレストランのチェーンで、葉物野菜のサラダを根菜のサラダに変更したという報道があったばかりだ。その根菜も、手に入らなくなるかもしれない。

――なんだよこれ、気持ち悪いな。

まるで何者かが、ひとつひとつ、東京の「食」を奪おうとしているようだ。

川辺は「そんな馬鹿な」と呟いて首を振り、トレーラーのエンジンをかけた。

6

「お前、こんなとこで何やってんだ」

銀色のカムリから降りかけたハマさんが、こちらに気づいて目を瞠った。

「――何って。捜してたに決まってるだろ」

世良はふくれっ面で腕組みした。

越後湯沢駅にほど近い、コンビニの駐車場だ。あれから萌絵がリゾートマンションの住所を検索し、駅に近いところから、駐車場を覗いて回った。一時間かけて七棟を回ったが収穫はなく、飽きてきた大介がぐずり始めたのを機に、コンビニに寄ってアイスクリームや飲み物を購入し、車に戻ったところだった。

「初めまして、萌絵です」

呆然としていたハマさんは、大介の手を引いた萌絵が頭を下げるのを見て、ようやく我に返ったようだ。こわばった表情を緩め、「奥さんですか」と尋ね、カムリを降りて、首を振りながら近づいてきた。

「いや――まさか、世良に見つかるとは」

「もうじき、エツミもこっちに来る」

あと三十分ほどで湯沢に着くと、電話があったところだ。

そうか、と頷いたハマさんは、警察に追われているようには見えず、飄々《ひょうひょう》としている。

「ほんとにすまないな。みんなに迷惑かけて、悪いと思ってるよ」

ハンカチで首筋の汗をぬぐい、ハマさんが頭を下げた。謝るようなことじゃないと世良が声をかける前に、ハマさんは姿勢を正した。すっと背中が伸びた姿勢でハンドルを握る、いつものハマさんの姿がよみがえる。

「でもな。後悔はしてないんだ」

「――本当に、ハマさんがやったのか」

「そうだよ」

本人が認めているのに、世良はまだ信じられない思いだった。

「どうしてだ。理由を教えてもらわないと、納得できないよ」

「そうだよな」

ハマさんの答えはどこか他人事《ひとごと》のようで、緊張感がない。大介にせがまれてアイスクリームを舐めさせている萌絵の姿を、目を細めて眺めている。

「エツミは昨日、宇都宮の餃子屋にも行ったそうだ。今は信州からこちらに向かってる」

しかたなく、世良は昨日からこっちのことを説明した。ハマさんが気に入った店を車で回りながら、故郷の東北に向かっているのではないかとエツミが気づいたこと。世良は今朝、前橋のラーメン屋で話を聞いて、湯沢町に来たこと。

「そっか。ラーメン屋の大将、そんなことまで覚えててくれたのか。前にちょっと話しただけだったのにな」

「会えたのか？　その、湯沢町の友達」

「うん、昨日はそいつの家に泊めてもらったんだ」

なんでもないことのように頷く。聞けば、スキーが好きな幼馴染《おさななじみ》で、湯沢のリゾートマンションが手ごろな価格で手に入ると聞いて、子どもが独立したのをきっかけに、夫婦で越してきたそうだ。

「久しぶりに遊びに行くって言ったら、喜んでくれてな。こんな大変な時期だってのに、昨日の晩から今まで、飯をご馳走《ちそう》になって、喋ってたのさ」

ハマさんは、懐かしげに微笑んでいる。

「――その人、青酸ガス騒動を知らなかったのかな」

「いんやあ。知ってただろ。知らん顔して、ひと晩、泊めてくれたんだと思う」

軽トラックが一台、乗り入れてきて、ハマさんのカムリの隣に停めた。中年の男性が、話しこんでいるこちらに視線を流し、コンビニに入っていく。

――あまり、ここでぐずぐずしないほうがいいな。

ハマさんに事情を聞いて、有無を言わさず自首を勧めるつもりだったが、同時に、エツミが到着するまでは待つつもりでもあった。

「ハマさんは、車にいてくれ」

新聞と飲み物を買って、そのまま十七号線に入り、北上するつもりだったというので、代わりに世良が買い物をすませることにした。コンビニの入り口近くで全国紙を手に取ると、第一面にハマさんの写真が掲載されている。こんなものを自分で買うつもりだったのかといささか呆れた。

萌絵は、その間に急いで大介をトイレに連れていった。

「もう、北上はやめる。誰かに見つかったら、そこで旅を終わりにするつもりだった」

買い物を渡すと、ハマさんが寂しげに言った。

「だが、お前らにも話を聞いてほしいんだ。この先に、スキー場がある。夏は営業してないが、近くに、ちょっとの間なら車を停められる場所もある。そこに行かないか。エツミが来れば、そっちに来てもらえばいい」

――そんなことを言って、そのまま逃げるつもりではないか。

そんな疑いも抱いたが、ハマさんは「絶対に逃げないよ。俺が先導するだけだ」と誓い、約束通り制限速度ぴったりでスキー場に向かった。ゆっくり走っているのは、大介と萌絵に気を遣ってくれているのだろう。

「ごめんな、長引いて」

世良が謝ると、萌絵は首を横に振った。

「――まさか本当に見つかるなんてね。びっくりしたけど、良かったね」

良かったと言えるのかどうか、世良には心もとない。ハマさんの態度が素直すぎて、何を考えているのか読めないのだ。

途中で、エツミが湯沢に近づいたと電話してきたので、スキー場の名前を告げて、そちらに向かうよう教えた。前にも訪れたことがあるのか、ハマさんは迷いのない運転で先導している。

「のんびりしてて、いい景色だね」

東京とはまったく違う、広々とした空を見ながら、萌絵がのどかな声を出す。仕事で全国を走り回る世良だが、このあたりに来るのは初めてだった。雪のないスキー場に来ることも、めったにない経験だ。

絵に描いたように美しい越後山脈の、なだらかに連なる山並みも、今は茶色い岩肌と緑に覆われている。大介は後部座席で窓に顔を寄せ、初めて見る地方の風景を、食い入るように見つめている。

こんな遠くまで、大介を連れて来るべきではなかったと心配していたが、まだ見ぬ世界を子どもに見せるのも、親の役目だ。

ハマさんの車は、雪が積もればゲレンデの一部になる平原の道路を、上がっていく。

リゾートセンターと書かれた看板を見ながら、曲がりくねった坂道を登っていくと、ホテルのような建物も見えてきた。先行のハマさんが、建物の向かいのひらけた土地に進入するのを見て、後に続いた。夏の間、スキー場は営業していないのに、他にも何台か車が停まっている。

「飯士山《いいじさん》でハイキングする客が停めるんだ」

車を降りて近づくと、ハマさんも降りてきて、山の上を見上げた。緩やかな坂だが、標高は千メートルを超えているそうだ。

　このあたりは、もっと涼しいだろうと期待していたが、東京と比べても大差ないくらいには暑い。車を降りると、じりじりと肌が焦げるようだ。

「おっ、来たぞ」

　ハマさんが笑みを浮かべた。運転席の窓を開けて、手を振りながら登ってくるのは、エツミの軽トラックだ。姫トラッカーの彼女は、プライベートでもメタリックなオレンジ色のハイゼットに乗っている。

「ちょっとー！」

　エツミは車を適当な場所に停めると、飛び跳ねるように運転台から降り、ハマさんに駆け寄った。

「ハマさん、何やってんのよ！　心配したじゃない」

　しゃがれた声で叫び、背中をバンバンと手のひらでたたいている。そんな行動ができるのも、「肝《きも》っ玉母《たま》さん」のエツミならではだ。ハマさんも、笑ってされるがままになっている。

「ほんとに、悪かったな。世良もエツミも、仕事が忙しいだろうに」

「俺は休みだ」

「あたしも昨日、今日と休んだ。それどころじゃないっしょ」

「ちょっと待ってな」

　ハマさんが、カムリの後部座席から一升瓶《いっしょうびん》を取り出した。

「俺の旅はここでおしまいだ。誰かに見つかったら、そこで旅を終えて、こいつを飲もうと思ってたんだ」

緑の瓶に、黒のラベル。青森県の純米吟醸《じゅんまいぎんじょう》、豊盃だ。ハマさんは、この日本酒がことのほか好きで、仲間うちで花見だと言えば、必ず持参してみんなにもふるまってくれた。

こんな時に酒だなんて、とまじまじ見つめてしまったが、ハマさんがあまりに嬉しそうに一升瓶を抱いているので、何も言えなくなった。

「暑いけど、そのへんに座ろうや。お前らには飲ませてやれなくて悪いな」

午後三時のピクニックとしゃれこむわけでもないだろうが、ハマさんは車のトランクからレジャーシートも取り出し、広々とした芝生の上に木陰を見つけてシートを広げた。ずっと車で移動していたせいか、なんだかふらついているようで、見ていてひやひやする。

「なあ、萌絵。大介を連れて車に残るか、そのへんで遊ばせてやってくれないか」

ハマさんの話を、子どもに聞かせるのは抵抗がある。ハマさんだって、世良の妻子とはいえ、無関係な人間には聞かせたくないかもしれない。

「わかった。もしホテルが開いてたら、トイレを借りられるか聞いてみる」

萌絵が察しよく頷き、大介を連れて、ホテルの建物に向かっていく。

「いろいろ、本当にすまなかったな」

萌絵と大介の後ろ姿に目をやり、ハマさんが神妙に頭を下げた。

「無事に会えて良かったよ。あたし、信州の蕎麦屋まで行ったんだよ」

さっそく靴を脱いで、レジャーシートに上がり込んだエツミが、体育座りをしてハマさんを注視している。

「よく蕎麦屋の話まで覚えてたな」

ハマさんが、小さなぐい呑みを置き、一升瓶の口を開けながら苦笑した。

「あそこの蕎麦屋は、去年の暮れに大将がコロナで亡くなってな。経営者が替わったんだ」

——ああ、なるほど。

ハマさんは、単に好物を食べ歩いていただけではなかったのだ。自分の人生を、良い味覚と温かい時間で彩ってくれた店の主人たちに、さりげなく別れを告げに行ったのだ。

ぐい呑みに酒を注ぐハマさんの手を見つめ、シートに腰を下ろしかけた世良は、嫌な予感を覚え、目を瞠った。

「——ハマさん。それ、大丈夫なんだろうな」

「大丈夫って?」

エツミが怪訝そうに見つめる。

「その、変なもの入ってないだろうなってことだけど」

ハマさんも顔を上げ、マスクを外しながらにんまりと笑った。

「俺が、毒でも飲むタイプに見えるかよ?」

人間、見た目ではわからない。少なくとも、青酸ガスでテロを起こすタイプには見えなかった。

「心配してくれてありがとうよ。だけどな、いま死んだりする気はないんだ。だって、俺は自分の話を大勢に聞いてもらいたくて、事件を起こしたんだからな」

ぐい呑みを目の高さに掲げ、ハマさんがしんみりと呟く。目を閉じて盃《さかずき》を近づけ、香りを楽しむように、大きく鼻で息を吸い込むと、ひと息に酒を口中に放り込んだ。

鼻腔《びこう》に満ちる香りと、舌から喉にかけてすべり降りる酒をうっとり味わい、「はあー」とハマさんが大きな息を吐く。

「なんだか、ホッとした」

逃げ回っている間、気の休まる時はなかったはずだ。

「見つけてくれたのがお前らで、嬉しいよ」

「後で、一緒に警察行こな」

エツミが、何でもないことのように勧めた。ハマさんも真顔で頷いた。

「ああ。そのつもりだ」

「ハマさん。トラに聞いたけど、息子さんが亡くなったんだって――？　すまなかったな、全然、気がつかなくて」

「いや、気がつかなくて当然だ。息子の話なんか、したことないから」

違法産廃処理事件を起こした後は、できるわけもなかったのだろう。

ハマさんは、その後もしばらく、大好きな豊盃を、注いでは飲み干した。一合か二合も飲めば、いい気分になれる男だ。今日は、勢いをつけなければ、口を開くきっかけが作れないようにも見えた。

「逮捕されて新聞に載るような、恥ずかしいことをしたやつだが、俺にとっては自慢の息子だったんだ」

ひとり息子の浜口陽一が逮捕され、裁判の途中に自殺したことは、エツミも知らなかったらしい。ハマさんがぽつぽつと説明すると、エツミの驚きが深くなった。

「そんなことがあったなんて、あたしも全然知らなかったよ。話してくれたら良かったのに。ひとりで辛かったでしょう」

「陽一のやつが事件を起こした時、俺は電話で叱りつけたんだ。あいつが産廃の最終処分場を造った土地は、俺も昔からよく知ってる場所でな。きれいな谷なんだ。そこに、許可を取ってない種類の産廃を、埋めたっていうじゃないか。そのせいで、周辺にいやな臭いが漂って、水源が汚れたって話だ。人様に迷惑をかけてと叱った」

ハマさんの頬と、目がうっすら赤くなっているのは、酒のせいだけではないだろう。

「事情が少しずつわかってきたのは、あいつが死んでしまった後だよ。陽一の会社に、産廃の処理を押しつけた中間業者がいたんだな。断らなかった陽一も悪いが、番頭が言うには、商売の義理で断れなかったんだと」

雲が流れてきたのか、陽射しが翳り、涼しい風が吹いてきた。ハマさんは顔を上げ、初めて気がついたように、目を細めて周囲の山並みを眺めた。

「何度か、現地を見に行った。その産廃が関東地方から運びこまれたことも調べた。陽一のやつが死んでしまった今、なにをやっても手遅れだが、それでも産廃やゴミのことを知りたくってな。だって、思うじゃないか。どうして陽一は、死ななきゃならなかったんだ――って」

注いだばかりの日本酒を、再びぐいと喉を反らして呷る。その様子が痛々しく、世良はただ黙って、ハマさんの言葉に耳を傾けた。

「俺は今まで、ゴミについてなんにも知らずに生きてきたんだ」

エツミが、励ますように頷く。ふだん、世良やトラが顔負けするほど果断なエツミだが、今日はハマさんを優しい目で見守っている。

「産廃ってのは、処分するのに化学の知識がいるんだな。環境に悪い影響を与えないように、ちゃんと処理しようと思ったらさ。ただ埋めたらいいってもんじゃない。雨がしみ込んで、化学物質が地中に溶け出すかもしれないし、有毒なガスを発生させたり、メタンガスが出て火災になったりもする。だから、正しい状態で処分しようと思えば、産廃を埋めるための設備もいるし、化学処理が必要な場合もあるしで、簡単なことじゃない。けっこうな費用がかかるんだ」

「ゴミを捨てるのに、金がかかるってことか」

「そうだよ。だけど、ゴミを処分するのに、金なんか払いたくないって連中も多いらしいな。捨てるものに金を出さなきゃいけないってことが、納得できないんだろうな。俺は、陽一はそういう奴らの自分勝手の犠牲になったような気がして、ならないんだ」

酒が回ってきたらしく、ハマさんの顔は赤くなっている。

ハマさんによると、産業廃棄物は、年間およそ四億トン排出されている。半分強が再生利用されるが、残りは中間処理などを施し、最終処分場へと送られて埋められるそうだ。

「四億トンって言ったってさ、ぴんとこないんだ。俺の四トントラック、一億台分だ。だけど、一億台って、どんな量だ？」

ハマさんがまた酒瓶に手を伸ばしたが、エツミが黙って手を伸ばし、それを優しく止め、瓶のふたを閉めた。ハマさんの顔は、もう浜辺で日焼けしたみたいに真っ赤になっている。自分でもわかっているらしく、エツミに酒を取り上げられても逆らわなかった。

「俺たち、トラックで全国を走り回るじゃないか。俺の仕事だよ。誇りをもってやってきた。だけど、ある時ふと考えたんだ。俺が必死になって運んでるこの荷物も、着いたらじきにゴミになるのか？　ってな」

「――そんなわけないよ、ハマさん」

エツミが優しくハマさんの手を叩く。

「あたしらが運んでるのは、それが生活に必要だからだよ。みんなが待ってるから」

「俺も以前は、そう思ってたけどな」

ハマさんが、手の甲で頬に流れる汗をぬぐった。指がかすかに震えているように見えた。

――ハマさん、病気なんじゃないか。

世良は不安を覚えた。息子を亡くし、気持ちのハリを失って、心の病に蝕《むしば》まれているのではないか。

「大量に作って、大量に消費して、大量に捨てるんだ。本当に、ぜんぶ必要なんだろうか。俺はだんだん、空恐ろしくなってきたんだよ。スーパーや郊外のドラッグストアに行くだろ。向こうが見えないくらい、ずらっと色とりどりの商品が棚に並んでるのを見るとな——これ、本当に誰かが買って、使って、変な言い方かもしれないが、ものの一生をきちんと終えて、捨てられていくんだろうかって、心配になってしまうんだ」

「——ハマさん」

世良は、ハマさんの背中に手を置いた。ハマさんは悲しげにうなだれた。

「東京都の埋立処分場は、今後五十年以上の埋立が可能なんだそうだ。だが、現在の処分場が満杯になると、都内で別の場所を見つけるのは困難だともいう。よっぽどよく考えて、ゴミを減らす努力を続けなきゃ、次の世代はゴミを埋め立てる場所もなくなってしまうんじゃないか」

エツミが首をかしげた。

「言いたいことはわかるけど、心配しすぎだよ。豊かさって、そういうものじゃないの。欲しい時に、欲しいものが手に入るってことだろ。あたしは、スーパー行って、食品や日用品が何でも揃ってるのを見ると、ホッとするよ。反対に、自然災害とかでさ、棚が空っぽになったりすると、物がいつでも買えるってことは、なんてありがたいことなんだろうと実感するよ」

「もちろんそうだ。そうなんだが——」

どう説明すればいいのか、わからなくなったようにハマさんは黙った。彼の胸のなかに溢れる思いは、そう簡単に言葉に整理できるものではないのかもしれない。

「俺にはよくわからないけど」

何か言わねばならない気分に背中を押され、世良は口を開いた。

「うちの萌絵はコンビニで働いてるんだけど、時々言うんだ。『やりすぎだ！』って」

「やりすぎって？」

エツミが興味を覚えた様子で尋ねる。

「萌絵が言うのは、主に包装かな。ビスケット一枚ずつ、個包装するとか」

ああ、と得心したように頷く。

「それはあたしもたまに思う。だけど、包装のおかげで湿気《しけ》ないし、友達と分けたりするのに便利だからさ」

「そうなんだ。何もかも便利になったけど、その分、無駄が多いんだよな」

世良がまだほんの子どもだったころ、近所に昔ながらの豆腐屋《とうふ》と精肉店が生き残っていた。小学校に上がるころには、スーパーに負けて消えてしまったが、母親と一緒に小鍋を提《さ》げて豆腐を買いに行ったり、経木《きょうぎ》という薄い木の皮や竹の皮で包んでくれる肉を買いに行ったりしたものだ。小鍋で受け取る豆腐ならゴミは出ない。経木や竹の皮は燃えるゴミだし、そのままでも自然に分解する。今のように、プラスチックのトレーやラップが残ったりはしなかった。

「そりゃそうだけど、昔には戻れないよ。便利な生活を一度、味わったらさ。昔の不便さに耐えられると思う？」

エツミが眉宇《びう》を曇《くも》らせる。「まあなあ」と、世良も言葉を濁すしかない。

ハマさんが、顎をこすりながら、身体を揺らした。

「世良の世代は知らないかもしれないけど、昔、東京ゴミ戦争ってのがあってな。それを経て、東京二十三区では、区の中で出るゴミは、区の中で処分しようってことになって、今もそれが続いてる」

「ゴミ戦争？」

「あたし、知ってるよ。江東区《こうとう》と杉並区《すぎなみ》の間で、もめたんだよね」

エツミが目を輝かせて、身を乗り出した。彼女には身近な話だったようだ。

「杉並区にゴミ処理場を設置しようとしたら、住民の反対運動が強くて建設できなくて、江東区にゴミを運んで処理したんだって。ところが、ハエが大量発生したり、風に乗って臭いが民家に届いたりしたものだから、江東区の住民が、杉並区のゴミを江東区に押しつけるなって、杉並区から来るトラックを締め出して抵抗してさ。最終的には、杉並区に最新型のゴミ処理場を建設して、一件落着したんだけど。あたしはまだ小さかったけど、母親が江東区出身で、よくその話をしてた」

「そう、その話だ。よく知ってるな」

ハマさんが白い歯を見せた。

「東京ゴミ戦争が決着するまで、地域が出したゴミは、地域内で処理すべきだという考え方が、定着してなかった。だけどな、改善されたとはいえ、今でも似たようなことが起きてるじゃないか。都会が出したゴミを、地方に持っていって埋めるってことが」

その言葉を聞いて、ハマさんの深刻な憂鬱《ゆううつ》が、どこから来たのかようやく少し理解した。ハマさんは、都会が地方に押しつけた廃棄物に、息子を殺されたと感じているのだ。

「俺は学がないから、うまく言えないけどな。何だってそうじゃないか。たとえば、高レベル放射性廃棄物の最終処分場をどこにするか、なかなか決まらないのも同じことだ。電気をより多く必要としたのは、地方じゃない。だけど、廃棄物を押しつけられるのは地方だ。もちろん、廃棄物の処分場にしても、火葬場や、原子力発電所や在日米軍の基地にしても、必要なものであるかぎり、どこかが引き受けなくちゃならないのはわかる。だけど、みんな自分のそばには置きたくないんだ。何かを作るかぎり、それが役目を終えて捨てられるところまで考えてほしいじゃないか」

それだけいっきに言うと、ハマさんは長いため息をついた。わずかな時間で、身体の中から生気が抜けて、萎《しぼ》んで歳を食ったように見えた。

「だけど――どうして青酸ガステロなんだ？　オリンピックと今の話は関係ないだろう」

だいいち、ハマさんと青酸ガスも結びつかない。そんな装置を作れそうにもないし、材料だって集められるとは思えない。世良の問いにハマさんは黙りこみ、肩をすくめた。

「それは、いいじゃないか。そのくらい、みんなの注目を集める事件でなけりゃ、俺の話なんか聞いてもらえないだろうからな」

――何か、隠している。

おそらく、誰かをかばっているのだ。ひょっとするとそれは、青酸ガスの発生装置に関係があるのかもしれない。ハマさんが作ったのでなければ、他の誰かが作ったのだから。

——それになぜ、ハマさんはこんなに時間をかけて、故郷に向け北上していたのだろう。知人に別れを告げるだけじゃない。なんだかまるで、時間稼ぎをしていたようではないか。

「——さて、それじゃ」

ハマさんは腕の時計を見て、ぐい呑みと日本酒を持ち、よろめきながら立ち上がった。

「そろそろ、警察行くわ。悪いが、警察署まで送ってくれないかな。俺の車を、ここに残していくことになるが」

「キー貸して。警察と相談して、あたしが後でどこかに回しておく」

エツミが出した手に、ハマさんがポケットから出したキーホルダーを落とした。手伝ってレジャーシートを片づけ、よろめきながら坂道を下りていくハマさんを追う。世良の車には、萌絵と大介が乗るので、ハマさんはエツミの軽トラの助手席に乗り込んだ。

こちらの様子を見ていたらしい萌絵が、眠っている大介を抱き上げて、近づいてくる。待っているうちに、くたびれて寝てしまったらしい。

「ごめんな、待たせて」

「ううん、大丈夫」

大介をチャイルドシートに座らせる間も、萌絵はずっと、ハマさんに気づかわしげな視線を投げていた。これから警察に行くと言った時も、表情は暗いままだった。

「テロって罪が重いよね、きっと」

「——よくわからないけど、軽くはないだろうな。だけど、ハマさんは覚悟の上だと思う」

うん、と頷いた萌絵をうながし、車に乗り込む。短くクラクションを鳴らすと、エツミが先に車を出した。警察署まで先導してくれるようだ。

今夜中に東京に戻らねばならないが、無事にハマさんを見つけることができて、心の負担が軽くなった。少なくとも、どこにいるのか、生きているのかと不安に思うよりは、ずっとマシだった。

7

人為的な災害としか考えられなかった。

ＪＲ貨物の保全技術センターから通報を受けて駆けつけた中野《なかの》は、砕石を敷き固めた道床が崩れて、支えを失った枕木が散乱し、宙に浮いた状態のレールを見て、愕然《がくぜん》とした。

数十メートルおきに、点々とそんな箇所ができている。

水沢駅の周辺で土砂災害発生と聞き、住宅地の真ん中で、どうしてそんなことがと首をかしげながら飛んできたのだが、崩れたのはレールの下側だった。

「なんだこれ。爆破でもされたのか？」

同僚の保全作業員、村田《むらた》がレールにかがみこみ、ぐらつく枕木に手を伸ばそうとしている。

中野は、慌てて彼を止めた。

「触らないほうがいい。警察が調べるまで待つんだ」

警察と聞いて、村田も頷き、立ち上がる。

少し離れた場所に、彼らより先に到着したパトカーが停まっている。パトカーから降りてきた若い警察官は、現場の様子を見て泡を食った様子になり、すぐ無線に向かって何やら報告を始めた。ひとりやふたりで対処できる事態ではない。

「──テロかな？」

「わからんが、とにかく──」

不幸中の幸いは、周辺の住民から、「大きな音がして、土砂が崩れたようだ」と警察やＪＲに通報が入ったため、東北本線は貨物列車、客車ともに、前後の駅で緊急停車し、人的被害が出なかったことだ。

これから警察が現場検証を行うだろう。線路の修復を行うのはそれからだ。昼夜問わずの突貫作業を行えば、明日の昼ごろまでに修復は完了するかもしれないが、他にも爆発物など仕掛けられた形跡がないか点検することになるから、時間が必要だ。

──勘弁しろよ。

東北本線は、貨物列車の大動脈のひとつだ。まさか、こんなことが起きるとは──。

そう言えば、中野はオリンピックに興味がないので、あまり気にかけていなかったのだが、東京では毒ガステロ騒動があったのではなかったか。

「まさか、な」

関係があるとは思えない。だが、中野の背筋を、どこかひんやりとしたものが、這い下りていった。

＊

夜になって、その電話がかかってきたとき、梶田警部はスマホに表示された名前を見て、目を丸くした。

「ちょっと向こうにいるから」

周囲に断り、廊下の端に歩いていって、電話を受ける。

『悪いな、仕事中に』

兄の世良隆司だった。もう、何年会っていないだろう。電話で話すのも三年ぶりだ。最後に話したのは、祖父の葬儀の香典返しを送った時だった。親戚なんだから気を遣わなくていいのにと、文句を言われたのだ。

「いや、大丈夫。久しぶり――ですね」

梶田は、この兄との距離の取り方が、いまだによくわからない。だから、言葉づかいも他人行儀になったり、兄弟らしくなったりと、ふらついて定まらない。

隆司と梶田の父は、祖父母のひとり息子として生まれたが、同じく長女に生まれた母の家に、婿《むこ》入りした。その時の条件が、子どもがふたり生まれたら、ひとりを梶田の家の養子にして、跡継ぎにするということだった。

――この二十一世紀の世の中に。

梶田家にしても世良家にしても、たいした家柄でもないし、資産家というわけでもない。ただお互いの家同士の、意地の張り合いみたいなものだったのだろう。

――うちの大事な長男を、あんな女に盗られるなんて。

台所に立ち、鰹節《かつおぶし》で出汁を取りながら、祖母がくどくどと文句を言っていたのを、梶田は今も忘れていない。

ともあれ、両家の約束を果たすため、梶田は生まれてしばらくすると、祖父母の養子になった。小学校に上がるまでは両親や兄と一緒に暮らし、小学校に上がる四月から、祖父母の家に引き取られた。

最初は、「家に帰る」と大泣きして、祖父母を困らせたようだ。梶田を泣かせないために、兄が祖父母の家に泊まりこんだこともあった。活発でいわゆる「やんちゃ」な兄で、押入れの襖《ふすま》にスライディングして大きな穴を開け、大目玉をくらったことも忘れられない。

家は近所だったので、中学に入るころまでは、互いに行き来もあった。だが、世良の父親の転勤に伴い、両親と兄が千葉に引っ越した後は、正月と夏休みくらいしか、会うこともなくなった。そうでなくとも中学生にもなると、部活動や友達と遊ぶのが忙しくなって、兄弟は二の次になるものだ。

よそよそしい沈黙が、一瞬、ふたりの間に落ちた。しかし、このまま黙り込んでいるわけにもいかない。

「――どうしたんです？　急に」

『淳には、先に知らせておいたほうがいいって、萌絵が言うもんだからさ』

兄嫁の萌絵は、梶田より二歳年下だが、しっかりした女性だ。

兄が話しだしたのは、耳を疑うような話だった。

「青酸ガスのテロで指名手配された浜口義三と、兄さんが知り合いだったってことですか？」

『そうだ。さっき湯沢で見つけて、もうひとりの友達と一緒に警察に行ってきた』

浜口義三が、知人に付き添われて新潟県警に出頭してきたという一報が、先ほど警視庁に入ったところだ。オリンピック・パラリンピック競技大会総合対策本部も、ちょっとした騒ぎになっていた。

――信じられない。

その知人というのが、まさか自分の兄だったとは。

『俺たち、姓が違うからな。気がつくやつはいないかもしれないが、お前が今どんな仕事をしているのかによっては、先に知らせておかないと迷惑がかかるかもしれないと思って。それで電話した』

「迷惑だなんて――いや、まさか兄さんが彼の仲間だったなんてことはないですよね」

慌てて周囲を窺《うかが》い、スマホの送話口を隠すようにしてひそひそと尋ねると、冗談だと思ったらしく、兄は豪快に笑った。

『当たり前だ。俺は事件には無関係だが、ハマさんが自殺でもしたらいけないからな。友達と一緒に、行きそうな場所を捜してみたんだ。そうしたら、見つかったんだよ。新潟県警には感謝状を出すと言われたが、断った』

「――そうなんですか」

なんだか気が抜ける。

兄は、昔からそういうところがあった。こちらの心配を、あっさり笑いとばすのだ。

父は、水道事業の施工や保守を行う会社に勤めていたが、兄はトラックに乗って全国を駆け回る仕事を選んだ。どうしてトラックを選んだのかと尋ねてみたら、高校を出てすぐ、稼げる職業に就きたかったのだと、あっけらかんとした答えが返ってきたものだ。

子どものころ、梶田は兄に淡いコンプレックスを抱いていた。お兄ちゃんのほうが利発、お兄ちゃんのほうが素直、お兄ちゃんのほうが活発。何かといえば、両親は兄弟を比較したがり、年齢が二歳も下の梶田は、兄に勝てるはずもなかった。

祖父母の家に自分が出されたのも、両親は兄のほうが好きだったからかなと思ったものだ。

そんな兄が、大学に進学せず高卒で働くと決心したのも不思議だった。

「オリンピックの対策本部にいるので、青酸ガス事件も報告を受けていました。――それじゃ、浜口義三が親しくしているトラック運転手の仲間のなかに、兄さんも入っていたわけですか」

報告書には氏名がなかった。だから気がつかなかった。

『ハマさんの仲間といえば、エツミとトラと俺だろうな』

「どうして感謝状を断ったんです?」

『──だって、お前。友達なんだぞ。捜し出して警察に付き添ったのは、感謝状なんかもらうためじゃない』

「──そうか。たしかにその通りです」

ふだんつきあいがないせいか、もうひとつ、兄の交友関係や家族がピンとこない。

妻の萌絵との間に、四つになる長男がいて、幸せな人生を歩いている、兄。

祖父は三年前に亡くなったが、祖母は健在だ。梶田は結婚して、今は官舎に住んでいるが、まだ子どもはいない。祖母の体調が悪化すれば、梶田が引き取って一緒に住むことになるかもしれない。あるいは、千葉の両親に祖母を引き取ってもらうか。

そんなことを、ちらと考える。

祖母には、お前を養子にしたのは、早く子どもをもうけて梶田の家を守ってもらうためだと言われている。そんな時代ではないと思うが、祖母の頭には、三十年も昔の約束が、大きな顔をして居座っているのだろう。

「僕からもお礼を言います。浜口義三を見つけてくれてありがとうございました」

『たいしたことじゃないさ。だけどな。気になってることがあるんだ』

「気になってること?」

『ハマさんには、息子の自殺という動機があって、自分が事件を起こしたと告白している。だけど、青酸ガスを発生させる装置を作るような知識はない人なんだ』

「――なるほど」

しかし、思い詰めた人間というのは、意外な底力を発揮することもある。兄が不思議がるのも無理はないが、インターネットで検索したのかもしれない。

「とにかく、ありがとう。後はこちらで調べるから大丈夫です。今もまだ新潟ですか」

『そうだ、南魚沼《みなみうおぬま》署にいる。今さっき、帰っていいと言われたので、これから運転して東京に戻る』

――南魚沼から、東京まで何時間かかるのだろう。

時計を見て、梶田は眉をひそめた。

「こんな時に事故に遭ったりしないように、気をつけて帰ってくださいよ」

自分の口から、兄を気遣う言葉が自然に飛び出して、軽く驚く。

『もちろん。これでもプロのドライバーだからな』

「ひょっとすると、こちらの警察官が兄さんの話を聞きに行くかもしれません。連絡がつくようにしておいてください。警察から、この番号に電話してもいいですか」

『俺は毎日、トラックに乗って全国を走り回ってる。時間帯によるが、車の中で寝てるかもしれないから、もしも携帯にかけて連絡がつかなかったら、会社に知らせてくれ。うまく連絡がつくようにしてくれるから』

会社の電話番号を聞き、通話を終えた。

時計を見ると、三十分以上が経っていた。大人になってから、兄と電話で話した最長記録を達成したようだ。

＊

帰りが、すっかり遅くなってしまった。

後部座席にとりつけたチャイルドシートの中で、大介はがっくりと首を前に倒して熟睡している。午後十時半、いつもならベッドで熟睡しているころだ。道路の凹凸《おうとつ》で車が揺れるたび、小さな頭がぐらぐらと揺さぶられる様子を見て、申し訳なくなった。

「——ゴメンな。こんなに夜遅くなるとわかっていたら、俺ひとりで来たんだけど」

世良がハンドルを握りながら謝ると、萌絵が小さく首を横に振った。

「大介なら、大丈夫だよ。意外とずぶといんだよ、これでも。それより、浜口さんが見つかって良かったね」

世良も明日は朝から仕事だが、彼女もコンビニで仕事だ。早く帰りたいだろうに、文句ひとつ言わないのに頭が下がる。

「警察に見つかって逮捕されるより、隆司くんたちに見つけてもらって、浜口さんも嬉しかったと思うよ」

「——そうかな」

「そうだよ」

ハマさんの心中を思えば、良かったとはとても言えない気分だ。だが、萌絵にそう言われると、少しは慰《なぐさ》められた。

月夜野インターに向かうため、追い越し禁止の国道十七号線を、ライトをハイビームにしてぐねぐねと曲がりながら走っている。昼間でも、山道らしい風情《ふぜい》だったが、夜になるとイノシシやシカが林の奥から飛び出してきそうな雰囲気だ。慎重に運転する。

ハマさんに付き添って出頭した警察署で、話を聞かれた。エツミとは別の部屋に通された。違う警察官に繰り返し同じことを聞かれて、自分も容疑者扱いなのだろうかと少し不安になりかけたころ、ようやく納得してくれたらしく、解放された。

世良はこのまま東京に戻るが、エツミは近くの民宿に一泊するそうだ。彼女に託されたハマさんのカムリは、証拠として警察に押収されてしまっていた。

「それで、淳くんは何て？」

萌絵は、長いこと会っていない義理の弟を、「淳くん」と呼ぶ。結婚式と祖父の葬式くらいでしか、話したことがないはずだ。

「礼を言われたよ。それにひょっとすると、警視庁から警察官が話を聞きに行くかもって。携帯に連絡がつかなかったら会社に連絡しろとは言ったけど、何かあったら、萌絵のところにも電話が行くかもしれない」

「うん、いいよ」

「あいつ、いまオリンピックの対策本部にいるんだって」

「そうなの？」

「仕事の話はしないから、知らなかったよ」

祖父母の養子になった弟は、自分だけが大学を出たことに負い目を感じているのだ。兄である自分に気を遣いすぎている。また祖父母は、養子に迎えた孫に負い目を感じて、経済的に無理をしてでも大学を出さねばと思ったようだ。

——あの泣き虫だった淳が、警察官になあ。

世良がよく知っているのは、中学校に上がるまでの弟の姿だ。兄におもちゃを取られたと言って泣き、兄のケーキのほうがおいしそうだと羨んで泣き、祖父母の家に引き取られると、おうちに帰りたいと泣き叫び。

たったふたつだけ年上の自分は、「お兄ちゃんでしょ」と母親にたしなめられ、おもちゃの列車を弟に返し、ケーキを取り換え、祖父母の家には一緒に泊まって、弟の小さな手を蒲団《ふとん》ごしに握っていた。どこにでもいる、子ども時代の兄と弟だった。

その弟がいま、警視庁でしっかりキャリアを積んでいるらしいことが、なんだか不思議で、くすぐったい気分だ。

スマホに会社の番号から着信があった。世良の車には、スマホとリンクして、ハンドルの前にあるマイクとスピーカーで、ハンズフリーで電話をする機能がついている。

「——はい」

『夜分にすまん、世良か？』

会社の配送管理を担当している、塩山《しおやま》という年配の男性の声だった。昔は自分も長距離を運転していたそうだが、今はいつも目をしょぼしょぼさせて、乗務員の勤務割当表や運行指示書とにらめっこしている。

『明日は日曜で近距離の予定だったんだが、悪いが変更して、東北に行ってもらえるかな』

明日は仕事を短く切り上げて、ゆっくり休むつもりだったが、そうもいかなくなったようだ。オリンピックの直前という、こんな日本中が沸きたつような時だけに、自分だけのんびりするわけにもいかない。

「開始の時刻さえ一緒なら、べつにかまわないよ。実はいま湯沢から東京に帰るところなんだ。ちょっと事情があって」

『それじゃ、こっちに帰ってきたら午前様だな』

「ちゃんと睡眠はとるから、問題ないよ」

『助かるよ。明日はもう、車がみんな出払ってしまうから』

塩山の説明によれば、東北地方からの貨物列車が、土砂災害で数日間にわたり運休するそうだ。代替の運送手段として、トラックの出動を要請されている。

「土砂災害、多いな。また向こうで雨が降ったんだっけ」

『いや、爆破されたって話だぞ。テロじゃないかって』

「テロ？」

言葉を失う。自分は今しがた、青酸ガステロの関係者に付き添って、警察に行ったばかりなのだが、それを塩山に電話で話すのは、はばかられた。

——いよいよ日本中が、おかしくなってきたぞ。

『おかげでもう、大忙しだよ。あっちこっちから電話がかかってきて、土曜日だってのに、こんな時間になっても帰れないんだよ。東北本線は上下線とも、少なくとも三日は復旧しないって言われてるらしくてな。その分、トラックに頼るしかないんだが、首都圏のトラックは、もうほとんど出払ってるじゃないか。要請があっても、こたえきれないんだ。一週間待ち、二週間待ちがザラになりそうだ』

「オリンピック前で道路も混んでるしな」

塩山は、長々と愚痴を垂れたことに気づいたようで、ハッとして『それじゃ、明日よろしく』と告げた後、そそくさと通話を切った。

「貨物列車が着かないの？」

後部座席で耳を澄ましていた萌絵が、目を丸くしている。

「そうらしい」

「うちのコンビニチェーンが仕入れてる牛乳、たしか東北から貨物列車のタンクで工場まで運んでたんじゃないかな」

いろんなところに影響が出るだろう。萌絵の目に、不安が滲んでいる。

「東京まで二時間以上かかるからさ。その間、寝てるといいよ。疲れただろ」

ねぎらいの言葉をかけると、彼女は小さく頷き、しばらくすると、静かな寝息が聞こえてきた。穏やかな寝顔だった。

やはり、自分はこの事件に縁があるのかもしれない。

奥羽タイムスの塚口は、南魚沼警察署の前でタクシーを降りながら、重いショルダーバッグを揺すり上げ、考えた。

*

今日は昼すぎから、新潟県燕市で行われているモンゴルのアーチェリーチームの事前合宿を取材していた。東京から新潟まで、上越《じょうえつ》新幹線を使えば二時間と少しだ。

母国チームの応援に現れたモンゴル出身の力士をインタビューしたり、選手と地元の交流を取材したりしているうちに夕方になり、東京に帰るMaxとき号の最終電車の時刻が気になり始めたころ、携帯に電話がかかってきたのだった。

『青酸ガス事件の容疑者が、新潟県南魚沼警察署に出頭してきた』

まさかの展開だった。全国紙や通信社は、新潟支局の記者をすぐさま走らせたようだが、奥羽タイムスは新潟県内に支局を持たない。たまたま、燕市に塚口がいることがわかり、急遽《きゅうきょ》、取材を命じられたのだ。

「ですが、こっちの記者クラブに入ってないから、警察署の取材はできませんよ」

『そんなことはわかってる。出頭したこと以外、何も情報がないんだ。周辺取材でもいい。浜口は、なぜ新潟に行った？　誰かに会いに行ったのか？　そっちに仲間がいるのか？　なんでもいいから、話を聞いてこい』

東京支社長の内藤が、先輩風を吹かせて無茶を言った。そもそも、塚口はオリンピック取材の特命チームに所属していて、内藤の指示を仰ぐ立場ではない。

塚口が抵抗しなかったのは、この事件に興味を抱いているからだ。

出頭した容疑者は、以前、塚口が身体を張って取材を行った、違法産廃処理事件の被告の父親だ。運命的な因縁すら感じる。

もう十時を過ぎているが、警察署の窓を見上げれば、こうこうと明かりが点いている。玄関をくぐるとすぐ、受付にいた年配の制服警官に名刺を見せて話しかけた。

「奥羽タイムスの塚口と申します。こちらの署に、青酸ガス事件の容疑者が出頭したと聞いて、来たのですが」

「ああ、それは」

温厚な雰囲気の制服警官が、名刺を見て気の毒そうに微笑んだ。塚口は本社勤務なので、名刺の住所も東北になっている。ずいぶん遠い場所から来たなと思われたのかもしれない。

「十時三十分から、二階の会議室で広報担当がレクチャーを行いますが、記者クラブ登録の記者さんのみを対象にしていますので」

「ですよねえ」

――まあ、それが一般的だ。内藤の指示が無茶なのだ。

だが、受付がわざわざ開始時刻と場所を教えてくれたのが、気になった。ロビーを用ありげにぶらぶらして、開始の直前に受付を見ると、警察官は後ろを向いて書類に何か書きこんでいた。

心の中で背中を拝み、階段を上がる。小さな会議室の扉が開き、間隔を空けて座る十数名の記者の背中がちらりと見えた。あれが記者クラブの連中だ。廊下の隅で、掲示を熱心に読むふりをしていると、少し後に足音がして、誰かが会議室に入っていった。扉が閉まる。

塚口は扉に近づき、じっと耳を澄ました。十時三十分だ。広報課長なのか、記者たちと短く軽口をたたき合っているのが漏れ聞こえる。

カタカタとパソコンのキーボードをたたくにぎやかな音が、レクチャーの開始とともにしんと静まり返る。

「えー、それじゃ始めようか。東京都青酸ガス事件の被疑者、浜口義三、五十九歳が、本日、午後六時十分、新潟県警南魚沼警察署に出頭し、自分が青酸ガス事件の犯人であると認めた」

声にならない驚きが、室内に広がった。静かにキーボードをたたく音が、再び始まる。

浜口義三は、知人二名に付き添われて警察署に出頭したそうで、すでに容疑を認めており、明日の朝、東京に移送されるとのことだ。

「詳細は、東京に移送した後、警視庁の捜査本部で記者会見が行われるだろう」

「課長、知人二名というのは、どういう人たちなんですか。氏名をいただけますか」

「事件に直接関わりがないので、氏名などの詳細は公表しない。浜口を説得して警察署に出頭させた。いい友達だな」

「浜口は、事件の発覚後、東京からどうやってここまで来たんですか」

「本人の運転で、自家用車で来たそうだ」

「逃げ回っていたということですか。足取りはつかめていますか」

「そこは、うちが発表するようなことでもないからな。とにかく、いま現在言えることは、浜口が出頭し、容疑を認めたということだ。それだけだ」

「ちょっとすみません。東北本線の貨物列車の線路が、爆破されたという話があります。それについては、何か浜口と話しましたか」

「その件については、浜口はいっさい話をしていない。また我々も、何も尋ねてはいない」

「無関係ですか」

「現時点で何も尋ねていないということだ」

不満はくすぶっているようだが、「他には」と課長が尋ね、切り上げてこちらに出てくる気配だったので、塚口は慌ててドアから離れ、先ほどと同じ廊下の隅に逃げた。

出てきた課長が、一瞬立ち止まり、じろりと睨む視線を感じた。何も言わず立ち去ったので、ほっとした。

——浜口は、この建物にいるんだな。

明日、東京に移送されるまで、警察署内の留置所にいる。今夜はここで眠る——あるいは、眠れない夜を明かすのだ。

息子の事件の時には、父親に会って話を聞きたいと申し出たが、会ってもらえなかった。いま同じ建物の中にいるとは、不思議なめぐりあわせだ。

会議室から記者たちが出てくる前に、塚口は急いで階段を下りた。受付の前に、中年の女性がかがみこみ、何かを記入していた。

「うん、あたし、ここに泊まるから。何かあったら連絡して。携帯に電話してくれてもいいし」

警察官を相手にして言う、ぶっきらぼうなのに温かみのある口調に惹かれ、ちらりと様子を窺う。おそらく五十歳前後、八〇年代に大流行した、ソバージュというパーマを当てた長い髪を、首の後ろでひとつに結わえている。日焼けして、健康的な肌の色だ。

「お巡《まわ》りさん、車のこと頼むね。本当に、気をつけて東京まで運んでやってよ。あたしらトラックのドライバーには、自分の車は我が子と一緒なんだからね」

拝むように窓口にかがみこんで、熱意をこめて彼女が言った言葉に、ハッとした。浜口義三はトラックのドライバーだ。ひょっとして、彼女は浜口に付き添って出頭させたという、知人のひとりではないのか。

警察署から出ていく彼女を追い、外に出たところで声をかけた。

「あの、失礼します。私は奥羽タイムスの――」

振り返った彼女は、氷を削った剣のように鋭い視線をこちらに向けた。塚口が、そのまま口を閉じて一歩後ろに下がったほど、厳しい目つきだった。

「悪いけどね。友達の不幸をべらべら喋るほど、落ちぶれちゃいないんだ。あんたも仕事だってことはわかってるけど、よそに行って」

塚口は言葉を失い、その場に立ち尽くした。記者の仕事をしていると、理不尽な取材をしなければならないこともある。どんなに心と言葉を尽くしても、受け入れてもらえないことも多い。浜口義三に取材を申し込んだ時が、まさにそうだった。

仕事とはいえ、こちらも辛い。そう言いつつ、いつの間にか、それが当然のように思い込んでいたのだろうか。

足早に立ち去る女性の背中を、じっと見つめて塚口は考えこんでいた。

彼女の話を聞きたかった、だけではない。自分はおそらく、浜口の息子のことを、彼女に聞いてもらいたかったのだ。

まるで、自分が追い詰めて死なせたような気分が、ずっとしているから。

8

カーラジオからニュースが流れている。

青酸ガスという言葉を耳にして、彼はスピーカーの音量を上げた。タイヤの走行音で、ニュースキャスターの声もかき消されがちだ。

『……午後六時すぎ、新潟県の南魚沼警察署に、浜口容疑者が知人に伴われて出頭しました。

浜口容疑者は、今月十五日に東京で発生した青酸ガス事件について、容疑を認めているとのことです』

――出頭したのか。

それを聞いてしまえば、もうニュースに用はなく、彼はラジオのチャンネルを切り替えて、クラシック音楽が流れるようにした。

胸のあたりが、ざわざわとしている。

メンデルスゾーンもその惑乱を鎮《しず》めてはくれず、ただ奔流《ほんりゅう》のような音が耳障りになったので、音量をミュートしてしまった。

誰かを巻き添えにする気はなかった。

破滅するなら、自分ひとりで充分だった。だが、浜口に出会ったのも宿命だろう。

十トントラックの運転台は、ふだん乗っている乗用車より数段高く、暗い高速道路で前を走っているSUVの向こう側を、かなり先まで見通すことができた。SUVの三百メートル先に、濃い色の軽自動車らしき影が見える。飛ばしているようで、赤いテールライトがどんどん離れていく。

彼の後方には、今のところまったく車の影が見えなかった。先ほど、車高の低いスポーツタイプの車が、追い越し車線を飛ぶように走り、彼を追い抜かしていった。それきりだ。

じき、関南《せきなみ》トンネルだった。

少しスピードを落とし、SUVから距離を取った。関本《せきもと》トンネルに入る前に、前後の車が見えないくらい距離をおき、安全を確保するつもりだ。ＳＵＶのテールランプも、はるか前方の赤い点になるまで待った。

常磐自動車道の上り線を、ひたすら走っている。決行の場所は決めてあったが、タイミングがうまくいかなければ、他の車を巻き込んで、大事故になってしまう。

距離の短い関本トンネルを通過し、またすぐ関南トンネルに入る。百五十メートルほど進んだところで、彼はハンドルを思いきり右に切り、ブレーキを踏んで、走行車線と追い越し車線をまたぐ位置にトラックを停めた。

この位置でなければならなかった。関南トンネルは全長千三百メートルを超える。もっと深く入ってしまえば、外から見て何が起きているか、わからないに違いない。普通に速度を出してトンネルに飛び込んできて、玉突き事故になる恐れもある。

「――ごめんな」

トラックにひとこと謝り、運転台から急いで飛び降りる。

荷台に積んでいるのは、八個のガソリン缶だ。あらかじめ五百円玉大の穴をあけ、テープを貼って密封してある。荷台に乗って、ナイフをテープに突き刺していくと、勢いよくガソリンが噴き出した。

自分にかからないようにだけ、気をつけておけばよかった。

あとは導火線の端をガソリン缶に押し込み、導火線を伸ばしながら、進行方向に走っていく。百メートルも離れたあたりで導火線に火をつけて、さらに駆けた。これから一キロ以上、トンネルの中を走らねばならない。

二百メートル走ったころに、背後で爆発音が聞こえた。振り返ると、導火線のささやかな火は、路面に流れたガソリンに引火し、続いてガソリン缶の中のガソリンをも燃やし始めていた。炎は、暗いトンネル内をあかあかと照らし出している。まるで、彼のもくろみを祝福する、輝かしい松明《たいまつ》の炎のように。

耳を澄ますと、急ブレーキと激しいクラクションが聞こえたが、追突音はしなかった。彼の計算通りに行ったようだ。無関係な第三者を巻き込み、死傷者を出すのは本意ではない。

そのまま走り、トンネルを出たところでガードレールを乗り越えて、道なき山のなかに駆け込んだ。急な斜面だが、木々につかまりながら五十メートルも滑り降りると、ゴルフ場内の道路に下りられる。そこから百メートルほど歩けば、一般道路に出られるのだ。

深夜、ゴルフ場の門はぴたりと閉じられているが、乗り越えられない高さではない。彼は身軽に門を越え、道路に飛び降りて、ホッと息をついた。

昨日のうちに、ゴルフ場の道路のそばに、オフロードバイクを隠しておいた。バイクにまたがり、あとは一目散に東京に向かうだけだ。

――星が出てるなあ。

ヘルメットをかぶりながら、空を振り仰ぐ。このあたりなら、星がきれいに見える。

夜になっても、蒸し暑さはまったくやわらぐことがなかった。安全のため穿《は》いた厚手のジーンズが、汗で濡れている。

彼の計画は、ほぼ仕上げの段階に差し掛かっていた。最後までうまくいくのかどうか、彼自身にもよくわからなかった。

＊

岩坂巧は、ひどく渋滞して前に進まない常磐自動車道の上り線で、じりじりと苛立ちながら、気仙沼を出る直前にかかってきた電話のことを考えていた。

（トラ、今さっきハマさんが自首したの。あんたには知らせておかなきゃと思ってさ）

エツミからの電話だった。彼女と世良は、手分けしてハマさんを捜しだし、説得して警察に出頭させたそうだ。

――あいつら、やるやんか。

彼ら三人は東京におり、自分は宮城県にいる。仕事を放り出してハマさんを捜しに行くわけにもいかない。とはいえ、献身的にハマさんを捜しだした彼らに比べ、己が自分のことしか考えていないように思えて、軽い自己嫌悪に陥っているのだった。

明日は日曜日で、通常なら市場は休みだが、オリンピック直前なので特別にセリが行われる。仕事は待ってくれない。

今でも、ハマさんがテロを起こした犯人だなんて、信じていない。だが、本人が姿を隠していれば、疑われてもしかたがない。エツミは、ハマさんを説得するために、仕事を休んで湯沢にまで車を走らせたそうだ。

——さすがや。

それに比べて、と自分を少し憐《あわ》れむ。

先ほど岩坂のトラックは、関本パーキングエリアを通過したところだ。それまで順調に走行していたのに、そのあたりから急に高速道路が混み始め、走行車線が詰まってきたばかりか、追越車線も込み合い、渋滞で先に進めなくなってしまった。

まだ何のニュースもないし、道路交通情報システムにも新しい渋滞情報は入っていないが、前方で事故でも起きたのかもしれない。

——ちぇ、なんやついてへんなぁ。

顔をしかめてため息をつく。

荷台の冷凍庫では、今朝も大漁だった生ガツオ、メカジキ、サメなどが、氷の詰まった発泡スチロールにおさまり、市場でセリにかけられるのを待っている。

キラキラと銀色に輝くカツオが目に浮かぶと、渋滞も忘れ、岩坂の頰は自然に緩んだ。大阪で生まれ育った岩坂が、結婚して宮城に引っ越し、地元に愛着を覚えるようになったのは、あのカツオのおかげだ。

二〇二〇年、七月に豊洲市場で取り扱われたカツオ類、七百四トンあまりのうち、およそ四十四パーセントが宮城県で水揚げされたものだ。カジキ類は百二十六トンのうち八十四パーセント。蒲鉾などに加工されるサメ類に至っては、二十七トンのうち九十八パーセント以上が宮城県産だ。

豊洲市場に引っ越す前の築地《つきじ》市場は、よく「東京の胃袋を支えている」と言われたが、その市場を支えるのは、各地から夜を徹してトラックを走らせる岩坂のようなドライバーであり、さらには関東近郊を含む地方の港で魚を水揚げする漁業従事者なのだ。

かすかに、サイレンの音を聞いた。

岩坂は運転席の窓を下ろし、外の音に耳を澄ました。間違いない。消防車のサイレンだ。一台ではない。複数の消防車が走行車線と追越車線の隙間を縫うように、こちらに走ってくる。高速上で渋滞している車は、サイレンに気づいて、左と右に分かれて消防車を通そうと苦労している。

「えっ、火事なんか」

慌てて岩坂もトラックを左の路肩に寄せた。前方には関本トンネルが控えている。トンネル内で追突事故でも起きたのだろうか。トンネルの危険性に気づかず、スピードを出したまま飛び込んでいくやつがいたのかもしれない。

だが、もし本当にトンネルで事故が起きたのなら、今夜中に通れるようになるかどうか——。

「おいおい、勘弁してえや」

岩坂の想像の正しさを裏付けるかのように、消防車に続いて救急車とパトカーも走ってきた。前方が騒然としている。車列が動かず、この騒ぎなので、ドライバーはみんな窓を開けたり、いったん車を停めて外に出たりして、前方の様子を窺っている。

「関南トンネルで火事だって。大型トラックが、二車線ふさいでるって」

そんな声が、前から伝わってくる。

「マジか！」

呻きながら、ラジオでニュースを探した。まだ何も情報はない。

鮮魚の配送は時間との勝負だ。セリが終わるまでに、なにがなんでも豊洲市場に着かねばならない。ちんたら走っている暇はないし、いつもトイレだって我慢して、目を吊り上げてトラックを走らせる。半端ではない緊張感だった。

――もし、セリの時間までに、トラックが着かなければ。

背筋を冷たいものが這い上がる。

冷凍庫に入れた鮮魚、二百万円、いや三百万円分にはなるだろうか。すべて無駄になる。高速道路上の事故渋滞という、ドライバーの腕ではどうしようもない原因だから、岩坂自身に金銭的な負担がかかることはないかもしれないが、漁師たちが汗水流して釣った魚はどうなるのだ。「トラ、今日のカツオは旨《うま》いぞ！」と、誇らしげに銀色の魚を摑んで持ち上げて見せた、年老いた漁師の笑顔はどこに行くのだ。

矢も楯もたまらず、シートベルトを外すと、ドアを開けて上半身を外に出し、伸びあがって前方の様子を窺った。

カンカンカンと、消防の三点鐘《さんてんしょう》が聞こえる。焦げくさい臭気が、風に乗って漂ってくる。はるか前方のトンネル付近が、炎でぼんやり明るんでいるようだ。

車列は、びくとも動く気配がない。朝までに動くかどうかも判然としない。たいへんなことが起きていることはわかった。

『ただいま入りましたニュースです。常磐自動車道上り線、関南トンネルの入り口で、ガソリンのようなものを積んだ大型トラックに火災が発生し、消防車が消火作業にあたっています。この影響で、常磐自動車道上り線、いわき勿来《なこそ》インターチェンジから、北茨城《きたいばらき》インターチェンジまでの区間が、現在通行止めとなっています』

岩坂は運転席に戻り、ラジオのニュースに耳を澄ました。もはや、セリに間に合う時刻までに、車が動くことは期待できない。

――あの魚、無駄になるのか？

漁師たちの誇り、海の宝石のような、あのつややかな銀色の魚が。

呆然とし、次いで激しい後悔に襲われた。

ひとつ前のいわき勿来インターチェンジを通りすぎる前に、このニュースを聞けていたら良かった。そしたらそこで高速をいったん下り、一般道で北茨城まで走って、また高速に乗って、ことなきを得たのだ。

胸のなかに、雷雲を抱えた気分だった。

やり場のない、怒りとも悲しみともつかぬ感情にもだえ、岩坂はハンドルに両手をたたきつけた。

涙が滲んできた。

＊

東京メトロ丸《まる》の内線《うち》の霞《かすみ》が関駅《せき》を出て、サンドイッチを買おうとコンビニに入り、梶田警部はいつもと違う雰囲気に気がついた。

レジに並ぶ列が長いのは、いつも通りだ。新型コロナウイルス対策で、間隔を空けて並ぶので、列が店の外まで続くこともある。

しかし、見たところ、ずいぶん棚に隙間ができている。

サンドイッチやパン、おにぎり、弁当やお惣菜《そうざい》など、そのまま食べられる食品の棚は、すっかり空っぽになっていた。カップ麺や栄養食品の類《たぐい》すら、もうほとんど残っていない。まるで災害時のようだ。何が起きたのかと面食らい、レジの列を見直せば、かごに山ほど食品を詰め込んだ客たちが目に入った。

――日曜だよな。

梶田は、オリンピックの直前で、この週末も仕事に出ているが、日曜の霞が関で、コンビニの棚が空っぽになるとは、どういうわけだろう。

電子レンジで温めれば食べられる冷凍食品が、いくらか冷凍庫に残っていた。冷凍のミートドリアと、ペットボトルのお茶を何本かかごに入れる。

「今日、どうしてこんなに商品が残ってないの？」

レジで、ネームプレートから判断してベトナムから来たらしい従業員に尋ねると、少し困ったような表情になり、「たぶんテロで――」と答えて口ごもった。

「ああ、高速道路の火災のせいか――」

むろん、梶田も今朝のニュースは見た。常磐道のトンネル火災は、状況に不審な点が多く、テロの疑いありと見て、茨城県警が捜査している。だが、あれは常磐道の上り線に限定した事件だし、不通になったのはいわき勿来から北茨城までの間だけだ。

東京のコンビニから、食品が消える理由がわからない。

ミートドリアを電子レンジで温めてもらう間に、梶田はスマホでツイッターのトレンドを確認した。トンネル火災については、さまざまな臆測が飛び交っている。

テレビのニュースでも言っていたが、トンネルをふさぐように、走行車線と追越車線にまたがって停車したトラックの運転手は、まだ見つかっていない。

荷台のガソリンがまず燃え、トラックのタンクにも引火したため、大型トラックは真っ黒に焼けこげてしまった。当初、運転手は運転台にいたのではないかとも心配されたが、そうではなかった。今では、わざとトラックをそこに停め、ガソリンに火をつけた後、トンネルを抜けて反対側に出て、逃走したものと見られている。

『青酸ガスのテロ事件の容疑者が、自首した直後だよな』

ツイッターは、その話で盛り上がっていた。

『JRの東北本線でも、爆破騒ぎがあったし』

何か、奇妙なことが起きている。一連の事件は、つながりがあるのではないか。青酸ガスの事件も、真犯人が別にいるのではないか。

そんな臆測が、入り乱れているのだ。

――不安なんだな。

地震、台風など、自然災害が発生すると、スーパーやコンビニから物が消える。東京は人口が多い分、その動きも顕著だ。

温めてもらったドリアを袋に入れ、ぶら下げて職場に向かう。オリンピック開会式が五日後に迫る今日、こんな状況が発生するとは、警察の沽券《こけん》にも関わる問題だ。

そもそも、テロなど起きないよう、予防措置もしっかり行っている。爆発物やその材料に使われる物質の購入には、公安も目を光らせている。爆薬の原材料になるのは農家の肥料にもなる物質だが、農家でもないのに大量に購入すれば、当然チェックする。

しかし、ガソリンなら身元を証明するものがあれば誰でも買える。

ネットを見ると、このところじわじわと広がりつつあった動揺の原因が、梶田にも理解できた。

『#東京兵糧《ひょうろう》攻め』

そんな馬鹿馬鹿しいタグが、ツイッターのそこここで躍っている。

ただでさえ、新型コロナウイルスへの対応に四苦八苦しているのに、この夏は、幾度となく自然災害にも悩まされた。台風で、関越自動車道と中央自動車道の一部が、今も通行止めとなっている。加えて昨日、爆破事件などでＪＲ東北本線と常磐自動車道の一部も不通になった。先日、青酸ガス事件が発生した時も、一時的にではあるが、コンビニから食品が消えたではないか。

——東京が空っぽになる。

そんな不安が、みんなを備蓄に走らせている。そもそも、備蓄とは災害が始まる前に行うものだが、起きてから慌てるのが人間だ。

「あれ、梶田警部。お早いですね」

職場に着くと、総合対策本部に一緒に配属された二年後輩の蒲生《がもう》警部補が、缶コーヒーを飲みながら、資料をパソコンで作成していた。甘党で、缶コーヒーはいつもカフェラテだ。

「もう来てたのか」

「この資料、月曜提出なんですよ」

「まあ、がんばれ。オリンピックまであと五日だ」

梶田は真っ先に縮尺五十万分の一の、関東全図を広げた。青酸テロで宅配便のトラックが狙われたと聞き、用意したものだ。

高速道路だけですら、関東平野を一網打尽にするかのように張り巡らされているというのに、東京に輸送される物資が絶えるなんて、冗談も休み休み言ってほしい。

もちろん道路は高速道路だけではない。大型トラックも通れる一般道が、いったいどれだけ通っていると思うのか。

「どうしました？」

地図を広げた梶田に、好奇心旺盛な蒲生がこちらを見つめている。

「うん、ちょっとな」

ドリアが冷めないうちにと、ラップやふたを開け、コンビニでもらったプラスチックのスプーンで口に運びながら、目は地図から離れない。

関東の高速道路は、ざっくり二種類に分けられる。

東京二十三区から、放射状に各地へと向かう道路と、それらを串刺しにしながら、同心円状に東京を包む道路だ。

放射状に延びる主な高速道路は、東北地方へと向かう常磐自動車道と東北《とうほく》自動車道。新潟方面に向かう関越自動車道。長野・山梨方面への中央自動車道。静岡など西側へ向かう東名《とうめい》高速道路。鹿島灘《かしまなだ》方面に延びる東関東《ひがしかんとう》自動車道、房総《ぼうそう》半島へと下りていく館山《たてやま》自動車道といったところだ。

同心円状の道路とは、二十三区から近い順に、東京外環《がいかん》自動車道と、圏央《けんおう》道だった。

これらは、首都圏という巨大な生物に、すみずみまで血液と酸素をもたらす血管のようなものだ。街も生き物だった。人間が細胞だとすれば、細胞に栄養を与え、老廃物を取り去るのもまた血管——道路だ。

梶田は、赤いフェルトペンで、不通の箇所にバッテンマークをつけていった。

土砂崩れが起きた、関越自動車道の塩沢石打インターから水上インター間と、中央自動車道の上野原インターから勝沼インター間。

昨日のトンネル火災では、常磐自動車道上り線、いわき勿来インターから、北茨城インターまでが不通になった。そして、貨物列車も利用する、JR東北本線だ。

関越自動車道と中央自動車道は純粋な災害だが、昨日の常磐自動車道とJRは、人為的に起こされた「事件」だった。

「青酸ガス事件と昨日のテロは、つながるんだろうか」

思わず呟くと、蒲生も立ち上がり、こちらに近づいてきて、地図を覗きこんだ。

「これは、不通の区間ですか」

「そうだ」

「まあ、このくらい道路が不通になっただけでは、大きな影響はないでしょう。再発しないように、警備は必要でしょうが」

そうだろうか。本当に、大きな影響はないのだろうか。

梶田は地図を見つめた。

昨日のテロが発生したのは、青酸ガス事件の被疑者が警察に出頭した後だ。梶田はデスクの上の固定電話を睨んだ。今朝早いうちに、南魚沼警察署から被疑者が東京に護送される予定だ。あと一、二時間もすれば、警視庁の捜査本部で、事情聴取を始めることができるだろう。

「青酸ガス事件で、奥羽タイムスにかかってきた脅迫電話は、オリンピック開会式の日に、東京で青酸ガスを発生させると言った。だからてっきり、オリンピックを狙った嫌がらせか、愉快犯じゃないかと思った」

——だが、そうではなかったとしたら。

「青酸ガスなんて、ただのハッタリだったのかもしれない。本当の狙いは別にあったんじゃないか」

「本当の狙い——ですか？」

東京都、埼玉県、千葉県、神奈川県をひっくるめた「東京圏」の人口は、三千六百万人を超え、減少傾向にある日本の人口の二十八パーセント以上を占めている。

それに、今はオリンピック直前で、選手やスタッフ、報道機関など、これからますます人口が膨れ上がることは間違いない。

「三千六百万人は、食うぞ」

〈#東京兵糧攻め〉というタグを見て、馬鹿馬鹿しいと一蹴《いっしゅう》した自分が腹立たしい。

これから自分たちが心配すべきことは、首都圏における物資の窮迫と、それに伴って発生するパニックだ。

「蒲生、日曜だが、関係者をたたき起こして集めてくれ。至急、準備することがある」

——間に合うかな。

そんな疑問がふと脳裏に浮かび、梶田は急いでそれを打ち消した。間に合わせるのだ。自分はそのために、ここにいるのだから。

9

集中管理室のスピーカーから、電子的な警告音が流れ出した。

燕エクスプレスの貨物集積場は、日曜日の今日も「工場」のような正確さで、全国から運ばれる貨物を宛先ごとに自動的に仕分けし、それぞれ行き先の異なるトラックに載せている。この音は、その途中のどこかで、ベルトコンベアからシューターに送り出されるはずの荷物が、引っかかってうまく落ちないとか、ベルトからはみ出してしまったとか、エラーが発生した時の警告音だ。

諸戸孝二は急いでモニターを確認し、障害が発生した箇所を見つけて、ヘッドセットのマイクに向かった。

「場内、九州方面のK8エリアでジャミングです。確認お願いします」

『了解、行きます』

場内を監視しているオペレーターが、発生箇所に向かう。諸戸はちらりと腕の時計を見た。そろそろ午前八時で、夜勤シフトの諸戸の勤務時間が終了する。もうじき、早番の後輩がやってくる時刻だ。

早番への引き継ぎ内容は報告書に記入しておいたし、相棒の島本は午前九時までの勤務で、次の当番とは一時間、勤務時間がかぶっているので、夜間に起きたことはきちんと引き継がれるだろう。

『K8到着しました。だけどこれ、まずいな。包装が破れてるわ』

「状態ひどいですか。送り主と連絡とったほうがいいかな」

『うん、これはそうしたほうがいいレベルですね』

「わかりました。そちらに取りに行きます。脇に避《よ》けておいてください」

包装紙が破れて中身が見えていたりすると、送り主と相談して、場合によってはこちらで包装し直して届けることもある。

「行ってこようか。諸戸はそろそろ上がる時間だろ。おまえ、いつも頑張ってるんだから、たまには定時でさっくり帰れよ」

島本が腰を上げかけるのを、諸戸は首を振って制した。胸のどこかを、チクリと刺されるような痛みを覚える。

「いいよ、行ってくる。荷物を持ってくるから、後は頼むわ」

「もちろん」

手を振って、集中管理室の自動ドアをくぐった。仕分け場に下りるエレベーターに乗り込みかけ、諸戸はぐずぐずと立ち止まり、もういちど腕時計を見た。

――今なら引き返せる。

まだ、迷っている。

あいつの言いなりになるかどうか。

しばらく浅い呼吸を続け、くるりと踵《きびす》を返した。廊下の先に、ロッカールームがある。出勤、退勤の際に、私服から作業服に着替え、私物を保管するための部屋だ。

早番の後輩は、時間ぎりぎりに出勤する。思った通り、ロッカールームはまだ無人だった。いてくれるといいなと、ほんの少し考えていた。もし後輩が来ていれば、「おまえ、やっぱりぎりぎりだな」とひとことからかい、それから引き返してエレベーターに乗るつもりだった。

何もなかったような顔をして。

諸戸と書かれたロッカーを開け、文箱《ふばこ》サイズの箱が入ったビニール袋を取り出した。少し、心臓の鼓動が速くなる。

袋ごと、箱を壁にぶつけると、内部で薄いガラス板が割れる音が聞こえた。

ロッカールームを出て引き返し、エレベーターに乗り込んだ。K8エリアは、ここからふたつ下のフロアだ。夜勤の定時の直前というこの時間帯、誰ともすれ違わない。

エレベーターを降りると、東京都内へ仕分けされた荷物のエリアに急ぎ、ビニール袋の中身を配送の籠《かご》にまぎれこませた。箱に貼った送り状は、四日前に関西から発送された本物だ。いちど丁寧《ていねい》に剝がし、また糊《のり》で貼りつけたので、皺になっている。あと十分もすれば、この籠は満杯になり、トラックに積み込まれるはずだ。ビニール袋は小さくたたんで、作業服のポケットに押し込む。

「お疲れ」

Ｋ８エリアのそばで、先ほどのオペレーターとすれ違い、手を振った。包装が破れた荷物を拾い上げる。オペレーターが言った通り、茶色い包装紙は雨にでも濡れたのか、大きく破れて中身の菓子箱が見えていた。

荷物を抱えてエレベーターに乗り込み、集中管理室に戻っても、動悸《どうき》はおさまらない。

「お疲れ様です」

やっと姿を見せた後輩が、席を立って荷物を受け取った。

「あと、やっときます」

「頼む」

また別の区画で警告音が鳴っており、島本はそちらに対応しながら、ほとんど無意識のように「じゃあな」と手を振った。

集中管理室を退出し、ロッカールームに向かいながら、自分は明日の朝、本当に戻ってこられるのだろうかと、不安になった。

＊

「よう、こっち」

トレーを抱えて、きょろきょろと自分を捜しているトラに、世良は手を振った。気づいたトラが、表情を輝かせる。

会社の制服はあるはずだが、彼がそれを着ているところは見たことがない。暑い日だと、白いタンクトップにカーキのパンツ。寒い日なら、白いシャツにやっぱりカーキのパンツ。丸刈りにして首にタオルを巻いているので、世良よりずっとおじさんに見える。

昼過ぎ、常磐自動車道の南相馬《みなみそうま》鹿島サービスエリアの食事処は、自分たちと同じようなトラックの運転手や、背広姿の男性や、家族連れでにぎわっている。

四人掛けの席をひとりで占領するのも気が引けたが、トラがちょうど常磐道をこちらに向かっていると聞いて、待っていたのだ。

「久しぶりやな」

トラが、金属にやすりをかけたような、いつものだみ声で挨拶した。

「春に飲んだきりか？」

久闊《きゅうかつ》を叙《じょ》する暇もなく、トラはハマさんの話を聞きたがった。

「その前に、トラのほうもたいへんだったんだろう。昨夜は」

トンネル火災があった時、たまたま常磐道を東京に向かっていて立ち往生したと聞いた。

「一時はどうなることかと思うたわ。セリには全然、間に合わへんかってん。せやけど、栃木のスーパーが、荷物をほとんど引き受けてくれはって」

トラは、大好物のカレーうどんを置いたまま、昨夜の一部始終を語った。食べるとマスクを外さねばならないからだ。今、病気で仕事を休むわけにはいかない。まず、トラの話を聞いた。

高速で身動き取れなくなった彼が、会社に緊急連絡を入れ、荷物の引受先を探してもらったのだ。市場で売るより、値段が安くなったかもしれないが、魚を無駄にすることなく、トラックを空にできた。

「ほんまは、市場のセリに間に合わんかった時点で、俺の仕事的には落第やねんけどな。魚を無駄にせんかっただけでも、せめてもの慰めやで」

「トラのせいじゃないんだから、あんまり思い詰めるなよ」

素直にうなずいている。今日は休みなので、途中のパーキングエリアでしばらく仮眠を取った後、気仙沼に戻るところだそうだ。

「せやけど、トンネルで車に火つけたやつ、ほんま腹立つわ。人に大迷惑かけて、何がおもろいねん。見つけたら、ぶん殴ってやりたいわ」

朝のニュースでは、トラックにガソリンを積んで火をつけたとか、物騒な話をしていた。それはもう、テロとしか言いようがない。ただでさえ短気なトラが、頭に血をのぼらせるのも無理はない。職業ドライバーのひとりとして、世良だって心穏やかではいられない。いつ、自分の身に同じことが起きるかもしれないのだ。

「ハマさんの件とは関係ないのかな」

湯沢でハマさんを見つけるまでの顚末《てんまつ》と、彼の語った事情を話し終えると、トラも首をかしげて唸った。

「どやろな。俺、ハマさんがそんなことをしでかすとは、今でも信じられへんのやけど」

「俺だって信じられない。正直、俺たち四人のなかで、いちばんそういうことをしそうにないのがハマさんだったから」

「息子がおるとは、前にいっぺん聞いたことがあるねん。せやけど、自殺したことは知らんかった。もっと早くそれを聞いといたら、何とかできたんかなあ」

後知恵というやつだが、こんなとき、周囲は激しい後悔に苛《さいな》まれる。もっと早く気がつけば、少しでも助けの手を差し伸べることができていればと、自分を責めるばかりだ。

「俺たち以外に、ハマさんと親しかったやつはいなかったのかな」

「勤め先の仲間以外は知らんけど。そう言えば、ハマさんの息子のこととは知らんかったけど、産廃処理業者が裁判の途中で自殺した事件は、奥羽タイムスで読んだことあるわ。一年以上前かな」

ローカルニュースなので、全国紙には事件の詳細まで載らなかったのではないかと、トラは言った。

「それ、どうやったら読める?」

「奥羽タイムスのデジタル版で検索できるんちゃうかな?　俺はやったことないけど」

ふと、トラが寂しげに微笑する。

「しかし、今さら事件のことを掘り返してみても、ハマさんの件をなかったことにはできんわな」

もちろんそうだ。だが、世良はまだ、ハマさんの説明だけで、一件落着とは思えないでいる。

「ハマさんは、まだ何か隠しているんじゃないかと思うんだ」

――たぶん、誰かをかばっている。

その言葉が口をつきそうになったが、呑み込んだ。トラは真剣に考えているようだったが、やがてため息とともに首を横に振った。

「俺にはわからへんわ。思い当たるようなことが全然ないし」

それは、世良も同じだ。

これからも連絡を取り合い、落ち着いたらエツミにも声をかけて三人で飲もうと約束した。

世良が席を立つと、ようやくトラがマスクを外し、カレーうどんをすすり始めた。

外に出ると、重そうな濃い灰色の雲が、落ちてきそうなほど近いところにのたくっている。天気予報は晴れると言っていたが、ひと雨きそうな気配だ。予報より速度を早めた台風は、いま沖縄あたりにいるはずだが、今度のは大型で強いという話で、進路を心配しているのは世良だけではないだろう。そうでなくとも今年はもう、充分に日本は被害を受けているというのに。

トラックの運転台に戻った世良がふと目をやると、建物から弾丸のように飛び出してきたトラが、大きく両手を振りながら、他の車を避けて走ってくるところだった。

「青酸ガス事件の続報やて！　今、テレビでニュースやってた」

「続報ってどういうこと？」

血相を変えたトラの様子に驚いて、窓から身を乗り出す。

「さっき、また東京で、宅配の車に青酸ガスが仕掛けられてるのが見つかったって。ドライバーが病院に運ばれたってよ」

一瞬、強い既視感に襲われた。出口のない迷路に入り込んでしまったような、ぐるぐると同じ場所を行きつ戻りつしているかのような感覚だった。

＊

「ほんとに何もないの？　パンも、おにぎりも、カップ麵も？」

五十代くらいの女性客が、レジのカウンターに身を乗り出して、透明シートの裏側を覗こうとしている。何か隠しているとでも思ったのだろうか。

「申し訳ありません。今日はもう、朝からずっとこんな状態で」

世良萌絵は、ＰＯＳレジの後ろで頭を下げた。午前九時に、仕事先のコンビニに着いた時には、もうこのプチ・パニック状態が始まっていた。食料品が、ほぼ売り切れている。早朝のシフトに入っていたアルバイトが言うには、配送車は通常通り来たが、品物を棚に並べるそばから、飛ぶように売れてしまったそうだ。奪い合いにならなくて良かったと話していた。

「ここでもう四軒目なの」

そう言われても、萌絵にもどうしようもない。女性客の後ろにも、所在なげに困惑した顔を並べている客が四人いる。

たいていの客は、いったん店に入り、せいぜい飲み物くらいしか手に入らないと悟ると、しかたなさそうにお茶やコーヒーを買って立ち去った。そうこうするうちに、ペットボトルの飲料水やお茶まで、ほとんどが冷蔵庫から姿を消してしまった。

「夕方の六時ごろには、今日の最後のトラックが来るはずなんですけど」

しかたなく萌絵は説明した。

エリア配送車は、一日に三回、センターから荷物を運んでくる。担当の店舗を順に回るので、道路の混み具合や、荷物の量によって、店に到着する時刻も変わる。

「六時まで来ないの?」

まだ五時間以上もあると知って、女性客が時計を睨みつつ唸った。

彼女がカウンターを離れて、どこかに電話をかけ始めると、洒落たリュックを背負ったアジア系の女性が、英語で話しかけてきた。

「ペットボトルの水、ないですか」

冷蔵庫の前には、彼女の連れと思われる男性が腰に手を当てて立ち尽くしている。

「すみません、ずっと売り切れているんです」

「困りました。夫と、さっき東京に来たばかりで」

「駅前に自動販売機があるので、ひょっとしたらそちらのほうが手に入るかもしれませんよ」

海外からの観客は受け入れていないので、彼らは日本に住んでいて、オリンピックを楽しみに上京したのだろう。萌絵は簡単な地図を書いて彼女に渡した。何度も礼を言って立ち去るカップルの背中を見送り、少しホッとする。

店の外に出ると、西の空が真っ暗になっていた。先ほどのカップルは、傘を持っているだろうか。

　これほど品薄状態になったのは、去年の大型台風で、東京の鉄道が全面的に運休したとき以来だ。先日もこうなりかけたが、すぐ次のトラックが来て、どうにか救われた。

「こんなの初めてですね。何が起きたんでしょう？　またテロですか？」

　萌絵の隣で、三か月前にベトナムから来たルオンが首をかしげている。ベトナムの日本語学校に通ったそうで、達者な日本語を操る二十六歳の男性だ。

「昨日、常磐道のトンネルで火災が発生したでしょう。それに今日は、青酸ガスを発生させるための装置が、また宅配便のトラックで見つかったそうだから」

「でも、宅配便とコンビニは関係ないです」

「まあね。――たぶん、ネットが煽《あお》るせいだと思うけど」

　萌絵は少し考えて答えた。ルオンの言う通り、コンビニの配送業務は宅配便とは無関係だ。ところが、いま都内のスーパーやコンビニは、どこに行ってもほぼ似たような状況らしい。物流センターに行けば豊富に在庫があるから、物資が払底《ふってい》しているわけではない。

「混乱を煽る人がいて、それに踊らされているんだよね、きっと」

〈#東京兵糧攻め〉というタグを見た時、嫌な予感がした。こんな言葉を拡散したがる人は、きっと他人の混乱を喜んでいる。

　先日から、自然災害による高速道路の通行止め、青酸ガス事件、トンネル火災、鉄道の線路の土砂崩れと、物流に関係する災害や事件が相次いでいる。

うち、一件めの青酸ガス事件は、萌絵の夫の知人が起こしたとされている。

——だけど、変なの。

犯人のハマさんは逮捕されて警察にいるのに、新たな青酸ガス事件が起きてしまった。ツイッターなどでは、一連の事件はみな、同じ犯人が裏で操っているという説が流れている。

『物流の危機！』

『真っ先になくなるのは食品』

『「東京圏」には三千六百万人もいるって知ってた？』

昨夜、湯沢から東京の自宅に戻った後、萌絵がネットを見ると、そんな言葉がタイムラインに流れていた。いろんなユーザーがそんなことを呟いているのだが、なんとなく、どれも口調が似ていると萌絵は感じる。

——同じ人じゃないかな。

複数のユーザーアカウントを取得し、煽情的《せんじょう》なことを呟いて、みんなの不安を煽っているのかもしれない。

——よけいなことをするよね。

よく言われることだが、正しい情報は一見すると退屈で、反対にフェイクニュースは鋭く感情に訴えかけてくる。人間が誰でも抱きがちな、怒り、同情心、悲しみ、憎しみを増幅する。この場合は、不安だ。

フェイクニュースを拡散するのは、誰かを騙してやろうと意識している人ばかりではない。

むしろ、生真面目で情報発信力もある人が、正義感にかられ、同情心や憤《いきどお》りのあまり、拡散するのだ。

〈#東京兵糧攻め〉のタグを使った投稿は、共感を呼んでどんどん拡散されている。拡散の回数は、百が千になり、万になり――一万回、リツイートされた投稿は、いったい何十万人が見たことだろう。

気持ちのぐらつきやすい人、あるいは自分は目端《めはし》がきくと考えている人から、食品の買い溜めに走った。そういう人に限って、自分が物資を確保すると、店頭から食品が減っていく様子を、善意から「急がないと売り切れるよ」とばかり、写真に撮って拡散する。写真を見た人たちが危機感を煽られて店に駆けつけたころには品薄になっていて、しだいに焦りに満ちた文章を投稿する。

おにぎりがない、パンがない、食べるものがもう何にもない。コンビニを何軒回った、××スーパー〇〇店にもなかった。良かれと思って店舗の一覧をつくり、在庫の状況をリストに書き込む人まで現れる。

その結果が、これだ。

昨年の緊急事態宣言の頃には、店頭からマスクが消え、消毒用アルコールが消え、果てはトイレットペーパーやティッシュ、カップ麺や小麦粉、ベーキングパウダーなどまで、次から次へと姿を消した。切実に必要とした人が買うのは、理解できる。だが、オークションサイトなどで何倍もの価格をつけて売る「転売ヤー」が買い占めた分もあった。マスクとアルコール消毒液は、国民生活安定緊急措置法で、一時的に転売を禁止されたほどだ。

いい加減にしろ、と萌絵は言いたい。

『スーパーやコンビニの店頭では、買い溜めによる品薄が発生していますが、現在のところ、物流センターの物資が不足しているという情報はありません。皆さん、落ち着いて行動してください。物流の危機なんて起きていませんから、心配しないでください』

誰かが良心的な投稿をしているのを見かけ、萌絵はそちらをリツイートした。

ネットは、〈#東京兵糧攻め〉を脅威と考える陣営と、そうではない陣営とに真っ二つに分かれ、互いに相手を否定しあっている。

——大丈夫だよね。

萌絵の見るところ、実際に品薄が起きているというよりは、みんなの不安が買い溜めに走らせているだけだ。次のトラックが来れば、あるいは明日になって、店頭にきちんと食品が届くことがわかれば、みんなも安心する。そうすれば、この馬鹿げた騒ぎも落ち着くに違いない。

——隆司くん、どうしてるかな。

今ごろ、トラックで東北に向かっているはずの、夫が心配になる。これまで、夫の仕事が多忙すぎて、育児にも手を貸してもらえないことが、萌絵には不満だった。だが、彼が担っているのは物流の一端で、彼自身は認めないかもしれないが、この騒動のなか、まさに世界をぎりぎりのところで支えているひとりなのだ。

「いらっしゃいませ」

誇らしい気持ちで、萌絵は新たに入ってきた客に向かった。

「前回の事件の被疑者は逮捕されたはずですよね。今回の事件はいったい何ですか。愉快犯的な模倣犯ですか」

＊

——いかん。

つい語気が強くなり、梶田は自分を戒めた。ここ数日、睡眠不足が続いて、感情的になりやすい。電話相手の、青酸ガス事件を担当する捜査員の睡眠時間だって、似たようなものだろう。

『まだ何もわかってません。犯行声明はどこからも出ていませんし』

疲れた声で相手が抗弁した。

「前回の——浜口被疑者は、今朝の事件について何か話しましたか」

『いや、浜口は自分の動機については饒舌《じょうぜつ》に語りますが、それ以外はほぼ黙秘しています。青酸ガスの材料の入手方法についても喋りません』

「動機というのは、例の息子の件ですね」

『そうです。息子が自殺した原因となった、違法産廃処理事件です』

梶田は太いため息をついた。

「わかりました。捜査の状況を知りたいので、またお電話します」

通話を切って、こめかみを揉んだ。鈍《にぶ》い頭痛がするのは、目が疲れているせいだろう。

昨夜のトンネル火災の影響に驚き、部下たちを全員呼び集めておいて正解だった。今日の午前中に、二度めの青酸ガス事件が起きたのだ。

——またしても、燕エクスプレス。

江東区を受け持ち区域とするトラックのドライバーが、荷台での作業中にガスを吸いこみ、病院に搬送された。意識はあるし軽症だそうだ。そもそも、ガスを発生させる装置は、最初のテロと同様に単純な仕組みで、ガスの量も少なかったようだ。締め切った荷台にガスがこもっていたので、荷物の積み下ろし作業のため中に入ったドライバーが被害を受けた。だが、作業中は扉を大きく開け放っているため、ごく短時間でガスが拡散し、影響が少なかったのだ。

——中途半端なテロリストだな。

被害が軽いとはいえ、これが二度めの青酸ガステロで、おまけに一度めの事件の被疑者が逮捕された後とあって、ニュースは事件を大きく取り上げている。

——オリンピック開幕まであと数日。こんなことで騒いでいる場合ではないのだが。

青酸ガステロ事件を受け、警視庁は、公共の場に放置された、不審物の警戒を強化している。各地の県警から応援を頼み、パトロールの回数を増やし、警察犬を使って街の隅々まで文字通り「嗅ぎまわって」いる。

人間や警察犬だけではない。空気中の成分を分析し、異常発生を早期に検知するロボットも投入し、人通りの多い街角に設置した。

東京はまだ、一九九五年の地下鉄サリン事件を忘れていない。二度とあのような事件は起こさないし、起こさせないつもりだ。

「今回の荷物の送り状は、関西から東京へ送る内容になっていました」

燕エクスプレスに直接、問い合わせていた蒲生が、メモをこちらに渡しに来る。

「関西から？」

「送り主、届け先とも実在の人物です。警視庁と大阪府警が、双方を確認しました」

「それで？」

「妙なことに、関西から発送した荷物は、二日前にもう届いているんです」

「どういう意味だ？」

「送り状に該当する荷物は、五日前の夕方、関西のコンビニに、女性が持ち込みました。内容物はＤＶＤが三枚、ネットオークションの出品物だったそうです。それで、二日前の夜には、荷物がちゃんと東京の宛先に届いていたんです」

「なのに、同じ内容の送り状で、もう一度別の荷物が送られたということか？」

「ここからが、いっそう妙な話なんですけど。女性が手書きした本物の送り状は、青酸ガス発生装置が入っていた、菓子箱くらいのサイズの荷物のほうに貼られていました。おそらく、いったん剝がして、貼り替えたんです。本物の荷物のほうに貼られていたのは、受け取った人がすぐに捨ててしまったので証拠はないんですが、誰かが偽造したものらしく、用紙は本物だったようですが、その番号では燕エクスプレスのシステムは受け付けてませんでした。登録されていない番号なので、東京の作業店舗で不審に思ったらしいですが、システム上の手違いだろうと考えて、そのまま配達したそうです」

「犯人は、どうしてわざわざそういう複雑なことを？」

混乱し、梶田は眉をひそめた。

青酸ガスの発生装置に貼付した送り状は、正規のもので番号もシステムに登録されているから、誰も疑わずスムーズに通過させる。それを狙ったのだとは思う。

しかし、自分の正体を隠すためだとしても、宅配便の発送なんて、身分証明書を見せるわけではないから、どんな住所、氏名を書いて送ってもかまわないではないか。

「発送する時に、顔を見られるのを嫌ったんじゃないでしょうか」

「それはそうかもしれないが、ちょっと待てよ――」

送り状を偽造できたのは誰だろう。その人物は、窓口で受け付けていない荷物を、正規のルートに紛れ込ませることもできる。

「今の宅配便は、荷物をひとつひとつ、ＰＯＳで管理してる。厳格に管理された仕組みのなかで、そんな芸当ができるのは、内部にいる人間だけだ」

「捜査本部も、それは考えていると思いますが、念のために尋ねておきます」

「頼む」

梶田は、壁に貼った関東地方の地図を睨んだ。現在、自然災害やテロで、通行止めなどになっている場所に、赤ペンで印を入れている。その印も、増えるばかりだ。

部屋の隅で、音量を絞ってつけっぱなしにしているNHKが、ニュース番組に切り替わった。今日の特集は「オリンピック直前」だ。

『今週の金曜日に、東京オリンピックの開会式を控え、羽田《はねだ》空港や成田《なりた》国際空港には、選手団が今も続々と到着しています』

スタジオにいる男性キャスターのコメントの後、画面は羽田空港のロビーを映した。大きなスーツケースを転がして、意気揚々《いきようよう》とバスに乗り込んでいく、各国からの選手たちが笑顔でカメラに手を振っている。

――彼らは、今朝また青酸ガステロが発生したことを、知っているだろうか。

テロとは言っても、二回ともドライバーの気分が悪くなった程度だったので、海外では大きく報道されていないのだろうか。

カメラは次に、晴海《はるみ》のオリンピック選手村にも入った。選手たちが寝泊まりする宿泊棟や食堂などを訪れ、和気あいあいとした競技前のひとときを撮影している。選手たちの多くが若く、オリンピックに参加できる喜びに満ちている。表情を見るかぎり、特に不安はなさそうだ。

続いて、画面がどこかのスーパーの店頭を映し出し、梶田は食い入るように見つめた。食品の棚に、空いたスペースがちらほら見える。魚の冷蔵庫が空っぽだし、葉物野菜は残っているが、根菜がない。カップ麺なども、もうほとんど残っていない。カメラはその様子をクローズアップする。

『昨夜発生した、常磐自動車道のトンネル火災で、東北方面から届く予定だった魚介類が物流センターに届かず、スーパーの店頭はあちこち隙間が目立っています。七月以降、土砂災害による高速道路の通行止めが──』

そのあたりになると、梶田らには既知の事実ばかりだった。

常磐自動車道の上り線、関南トンネルは、火災の影響で天井が崩落する恐れがあり、しばらく不通になる。その間、上り線の一部を通行止めとする予定だ。

とはいえ、明日になれば、別のルートを通って東北地方からの魚や野菜が届くだろう。

──この騒動も、今日限りならまだいい。

それなら、教訓とすることもできる。スーパーやコンビニの棚に、欲しい商品がいつでも必要なだけ並んでいるのは、決して「当たり前」ではない。多くの人々が努力しているおかげなのだ。

考えてみればそれこそ当たり前なのに、なぜかふだんは忘れられがちなその事実に、もういちど目を向けて、感謝の念を抱くことができて良かったと、思うこともできる。

東京の巨大な胃袋が呑み込むものは、広く全国各地から届けられる。

この季節なら北海道から届くはずだった根菜類、牛乳の一部が、貨物列車の線路が被害を受けたために、届いていない。

東北や九州からの魚介類。関西、九州、山梨や長野からの野菜類。ふだん、食卓に載ったサラダを見て、これは長野のレタス、岡山のトマト、茨城のキュウリ、などと考えることはない。

だが、自分たちは今まで、はるばる九州からやってきたダイコンを、おでんにしていたかもしれないのだ。

そしてもちろん、パックに小分けされ、ビニールに包まれて販売される肉や魚、野菜などの生鮮食品だけが「食品」ではない。工場で加工される缶詰、干物、弁当、レトルト食品、冷凍食品。あらゆる調理の手間を加え、賞味期限を延ばす工夫をし、人間はもりもりと貪欲《どんよく》に食べる。

――よくこんな、凄《すさ》まじいことを毎日やっているな。

スーパーの店頭に立っても気づかなかったが、こうして全体を俯瞰《ふかん》してみると、その複雑さに驚嘆する。経済活動という、人間の欲望がこの緻密なシステムを成立させているのだとしても、それを日々、地道に支えている人々は尊敬に値する。

あらためて梶田はため息をつき、その一翼を担っている兄を思った。正直、あの頭のいい兄が、どうしてトラックの運転手になったのかと、不思議に感じていた。だが、これがどれほど現代人の生活に必要な仕事か分かると、兄の選択に頭が下がる。

(働くということは、社会での自分の役割を選び取ることなんだ)

以前、何かの折にふと、兄から聞いた言葉だった。ほとんど交流がないのに、それだけ妙に心の隅に残っていた。

『――いま入ったニュースです』

キャスターの表情がこわばっている。原稿を受け取り、さっと読み下してカメラに向かう。

『青酸ガス事件の犯人を名乗る人物が、インターネットの動画サイトに、犯行声明を投稿しました。専門家は、この動画が事件の犯人によって作成された可能性があるとしています』

予想外のことが起きそうな気がした。梶田は手を叩き、室内の注目を集めた。

「みんな、テレビを見てくれ」

リモコンで、テレビの音量を最大まで上げる。室内にいた総合対策本部の要員らが、何ごとかと集まってくる。

画面に映ったのは、黒い影のような人物だった。たっぷりした黒い覆面をかぶっている。スマホのカメラで撮影したような動画だが、解像度は悪くない。

『青酸ガスを撒くことが目的ではない。それは、先に言っておく』

〈影〉の声は、電気的に歪んだ聞き取りにくい音声に変換されていた。念入りなことに、動画にはテロップもついている。

――少し訛りがあるな。

梶田は〈影〉の声に耳を澄ます。九割以上の確率で、男性だ。

『TOKYOに告ぐ』

テロップに流れる文字に、目を奪われた。

『これから、TOKYOは孤島になる。心ゆくまで楽しめ』

動画が終わると、テレビを見ていた総合対策本部の要員が何人か、電話に飛びつき、どこかにかけ始める。

――孤島になるとは、どういう意味だ。

梶田は眉をひそめた。〈影〉は、次のテロをほのめかしている。だが、詳しいことは何も言わなかった。ひょっとすると、テレビ局が動画を流す際に、犯人の意図《いと》を宣伝するような部分をカットしたのかもしれない。

パソコンを開き、ネットで今の動画のオリジナルを探した。

「これじゃあ、東京はオリンピックどころではなくなるんじゃないですか」

蒲生が、心臓に氷を当てられたような表情で呟く。

――俺だって、本当はオリンピックなんて歓迎してないんだよ。

そう正直に口にしたくなるのをこらえ、首を横に振る。

「俺たちの仕事は、オリンピックを無事に開催することだ。犯人を捕まえるのは捜査本部に任せるが、俺たちは犯人の行動の先を読んで、オリンピックへの影響を最小限に食い止めなきゃならない」

犯人は、オリンピックの直前を狙って仕掛けてきた。まるで、自分たちへの挑戦状のように。

「物資が不足しても、選手村に影響を及ぼすわけにはいかない」

――やるなら、やってみろよ。

そう考え、梶田は自分を奮い立たせた。

挑戦するのは勝手にしやがれだが、そうそう犯人の思い通りにはさせない。

窓際に立ち、資料を読んでいた女性捜査員が、外に目をやり、「降ってきた」と小さく言った。窓に水滴がついていた。

接近中の台風の影響か、東京も雨が降りだしたようだ。今度の台風は、沖縄からいったん太平洋に出ると、四国の沖を東進し、明後日《あさって》の朝から夕方にかけて、関東地方を直撃すると予想されている。

——孤島か。

たしかに、台風も東京を孤立させる要因になりそうだ。

10

蕨《わらび》にあるガソリンスタンドでトラックに軽油を入れ、五分も経たないころだった。

エンジンから、ドリルを回すような振動音が聞こえた気がして、坂本《さかもと》は首をかしげた。

——さっきまで、なんともなかったぞ。

気のせいだろうか。とはいえ、大事な商売道具だ。きちんと様子を見ないと心配だ。

運送業に参入し、中古とはいえ自分のトラックを持てたのは十二年前だが、今は四トントラックを三台抱え、仲間のドライバーと組んで、大規模な業者の下請け仕事をしている。

蕨の冷凍食品工場から、冷凍トラックに製品を積んで、品川の食品倉庫に向かうところだ。

高速に乗る前で良かった。

ウインカーを出して後続のトラックに合図し、路肩に停めて耳を澄ます。気のせいではなかった。金属の玉がエンジンの中を転がりまわっているような、妙な音がする。まずい。非常にまずい。

——なんだこれは。

慌ててエンジンを停め、後ろから来る車の列がとぎれた時を狙って、車を降りた。数分前から降り始めた雨が、無防備な肩をたたく。

「あっ、なんだよこれ！」

エンジンから白煙が出ていた。明らかに異常だ。ふだん車検や修理を頼んでいる工場は板橋《いたばし》区にあるのだが、そこまでこのトラックを走らせることができるかどうか。

坂本は修理工場と連絡を取り、蕨にある工場を紹介してもらうことにした。距離にすれば数キロなので、牽引《けんいん》されなくとも自力でたどりつけるだろう。

エンジンはかかったものの、紹介された工場にたどりつくころには、異音はさらに大きくなり、歩行者が、びっくりしたように振り返るほどになっていた。

「ウォーターハンマーみたいな現象かな」

工場の修理担当者が首をひねって告げた言葉に、坂本は目を丸くした。

「ウォーターハンマー？　水なんか入れてないけどな」

「近ごろ大雨が多かったけど、冠水した道路に入ったりしてないですか」

「いや、そんな無茶はしないよ。長いことトラックに乗ってるけど、こんなの初めてだ」

トラックやバスは、ほとんどがディーゼルエンジンだ。

冠水した道路を無理に渡ろうとして、ディーゼルエンジンのシリンダーに水が入ってしまうことがある。ガスと異なり水は圧縮できないので、ハンマーのようにエンジンを壊す現象で、詳しい理屈は知らなくても、長く車に乗っていれば、ある程度以上の深さの水には絶対に乗り入れない。

今のトラックは、豪雨のなかでも吸気口などから水が入ったりしないように、しっかりフィルターをつけているから、そうかんたんにエンジンに水が入るはずがない。

修理担当者が「ほら」と言って見せてくれたクランクシャフトらしい金属は、無様にねじれたようになっていた。修理には百万円以上かかると聞いて坂本が青ざめていると、担当者はため息をつき、修理するより、中古のエンジンを買って載せ替えたほうが早いかもしれないとも言った。

「どうしてそんな――」

坂本は、そこでハッと気づいた。

「さっき、蕨のスタンドで給油してから、急に調子が悪くなったんだ。おかしいな。それまで、何も悪いところはなかったんだ」

修理担当者は、困ったように生返事をしながら首をかしげている。坂本の勢いは止まらない。彼のささやかな運送会社は、トラックの存在が生命線だ。百万円もする修理やエンジンの載せ替えだなんて、冗談ではない。

坂本は、自分の手が震えていることに気がついた。何年もかけて、ようやく会社を今の規模にしたのだ。絶対に守ってみせる。

「スタンドに電話をかけてみる。大雨が続いたし、前にもほら、ガソリンスタンドの給油タンクに水が混入したことが、あったじゃないか」

給油した際のレシートが、財布に入っていた。そこに印字されている電話番号を見て、スマホで電話をかけ始めた。

＊

「少しずつ商品を補充したって、この騒ぎを鎮静化できないんですよ。次から次へと棚が空になるだけです。商品が充分に足りているってことを、はっきりお客さんの目に見える形にしないと。去年、トイレットペーパーを積み上げて、品薄状態を打ち消したスーパーがあったでしょう」

スーパーマーケット〈エーラク〉阿佐ヶ谷店の店長・明角は、本部の担当者を説得しようとしていた。

——本部は、状況をわかっちゃいない。

食料品売り場の様子は、ただごとではない。午前九時の開店時刻には、店舗の前に長蛇の列ができていた。朝からうだるような暑さのなか、百人近いお客が並んでいただろうか。

客同士のトラブルや事故を防止するため、開店の三十分前からスタッフが店の前に立ち、紐と「最後尾」と書いたプラカードを使って、整列させた。総務の網代が、コミケの常連なんだそうで、こういう状況には慣れていると名乗り出てくれて助かった。

今朝、最初の荷物は、生鮮食品がいつもより少なかった。たっぷりと注文しておいた、カップ麺や缶詰など保存がきく食料品は、開店後一時間ほどで、みごとに売り切れてしまった。生鮮食品も、午前中にはほとんどが消えていた。

普通ならホクホク顔で、大喜びしているところだ。

追加で商品を送ってくれと頼んで、一度はトラックが冷凍食品や缶詰を積んで来たものの、量は申し訳程度で、並べる端から蒸発するように売れていった。

――こんな量じゃ、焼け石に水だ。

大事なのは、買い物客の気持ちを落ち着かせることだ。慌てなくても、店に行けば大量に商品がある。買い占める必要なんかない。棚がスカスカなのを目《ま》の当たりにするから、不安になって買い占めに走るのだ。

『わかってるけどさ、東京中の店から、同じように注文が来てるんだ。言っとくが、もう都内のセンターにも、ほとんどブツはないよ。メーカー各社に、至急、在庫を送ってくれと頼んでるところだ』

物流センターの在庫がないと聞いて、明角は血の気が引くのを感じた。

――もう、そこまで来ていたのか？

在庫はまだたっぷり、センターに行けばある。そう思い込んでいた。

『まあ、心配しなくていいですよ。メーカーがすぐ在庫を手配してくれますから。明角さんが言いたいことはわかってます。たっぷり在庫があるところを、客に見せろってことでしょう。ちょっとだけ、時間をください』

そう言われると、引き下がるしかない。だが明角には、本部の担当者がのんきすぎるように思えた。

そもそも、現代の物流の仕組みは、生産から消費まで全体のプロセスを最適化するよう、計算されている。物流センターとひとくくりにしても、そこには昔のままのイメージの、在庫を抱えたディストリビューション・センター、商品の仕分けや積み込みなどだけ行い、商品は通過するだけで在庫を持たないトランスファー・センター、鮮魚や肉のパック詰めなどの機能を持つ、プロセス・ディストリビューション・センターなど、役割分担も進んでいる。

日々の消費の変動に対応できるだけの余裕はあっても、無駄はない。余剰在庫を抱えるということは、それだけ維持費用をかけているということで、歓迎できない。つまり、メーカー側にも、それほど在庫のゆとりはない。

そこに、瞬間風速八十メートルクラスの暴風のような、一過性の急激な消費が吹き荒れたのだ。

明角には、目に浮かぶようだった。

まず、小売り業者の物流センターから在庫が消える。メーカーの在庫も吹き飛ぶようになくなる。メーカーは急遽、増産態勢を組もうとするが、工場のラインや人手は限られていて、そう簡単に増産できるわけではない。

関東一円の食品メーカーだけでなく、全国規模で商品調達を行うだろうが、どこまで対応できるだろうか。

それもこれも、東京圏の三千六百万人の心理状態が、不安定になったばかりに。

人を動かすのは、「真実」や「事実」ではない。「感情」だ。

「店長！　明角店長！」

総務の網代が、バックヤードから駆けこんできた。四十代の姐御肌で、ふだんものに動じない彼女が、血相を変えている。

「たいへんです、追加の商品を運んでいたトラックが」

「トラックがどうした？」

「経堂《きょうどう》のあたりでエンストして、動けなくなったって。ドライバーさんから電話がありました」

「エンストだ？」

――なんだって、こんな時に。

思わず天を仰ぐ。悪い時には悪いことが重なるものだというが、いくらなんでも、続きすぎるじゃないか。

「商品はどうなる？」

「トラックはこれから修理工場だそうです。すぐ動けばいいけど、無理そうなら商品は他のトラックに載せ替えるしかないかも」

ということは、今日中には到着しないかもしれない。

弱ったぞ、と頭を抱えたところに、事務所のドアが開いた。レジ打ちパートの川上《かわかみ》が、目を大きく開いて明角を手招きしている。五十代の彼女もふだんは落ち着いた女性だ。

「店長、ちょっと来て。今、お客さんから見せてもらったんだけど、たいへんよ」

「たいへんって何が？」

「こっちこっち」

網代も興味を引かれたようで、ついてきた。端のレジで、レジ係が手を振っている。ひょろりと背の高い、二十代になるかならないかくらいの男性が、スマートフォンを片手に、待っていた。

「お客さん、すみません。店長にも、それ見せてもらっていいですか？」

川上が頼むと、男性はうなずき、明角が近づくのを待って、動画を再生した。

小さなスマホの画面に、黒い覆面姿の誰かが映っている。昼のニュースで流れた、青酸ガステロ事件の犯人を名乗る男と同じ格好だ。

背景は、どこかの駐車場のようだ。コンクリートの殺風景な駐車場で、男の背後には、タイヤが十本近く、積み上げられている。

『ドライバーに警告する。これから開会式の日まで、都内でトラックを走らせるな。命を懸ける覚悟でなければ、トラックで東京には近づくな。東京をゴミの山にしたいか』

男が言葉を切った時、突然、タイヤのひとつが爆発音とともに発火し、燃え上がった。火の回りは早く、積まれたタイヤは、オレンジ色の炎に包まれている。そこで、動画は終わった。数十秒ほどの短い動画だが、激しい炎の印象だけが、深く心に突き刺さった。

男の意図は明らかだった。

「――トラックを狙うつもりか」

明角は唸った。

――冗談ではない。

これ以上なにか起きれば、首都圏の物流が破綻《はたん》してしまう。

11

仙台の機械工場に部品を届け、そこから酒田《さかた》の食品工場まで走って加工食品をいっぱいに積み、関越自動車道が一部通行止めのため、東北自動車道を通るルートを選んで東京に帰る途中で、世良はラジオのボリュームを上げた。

山をひとつ越えて、山形《やまがた》市に近づいているころで、時刻は午後六時半になろうとしていた。まだ外は明るく、冷房のためのガソリンを惜しんで、窓を開けていてもトラックの運転台は蒸し風呂だ。アスファルトは暑さで溶けて、濡れて光っているようにも見える。

『……今朝から、東京圏の複数のガソリンスタンドで、軽油を給油したトラックが、エンジンの故障を起こすケースが起きています』

反射的に耳を澄ます。トラックうんぬんという言葉に反応し、よく聞こうとボリュームを上げたのだ。男性のアナウンサーは、淡々とニュースを読み上げている。

『警視庁の発表によりますと、いくつかのガソリンスタンドで、軽油に水が混入していることがわかりました。これらのガソリンスタンドでは、軽油を給油した車のドライバーに、注意を呼びかけています。警視庁は、何者かがいたずらで、給油タンクの注油口から水を入れたのではないかと見て、引き続き捜査を進めるとのことです』

——どういうことだ。

ニュースの内容がはっきり理解できず、世良は眉をひそめた。

ガソリンスタンドの給油タンクに水が混入することは、多くはないが、まれに起きる。大雨で地下タンクの設備に浸水することがあるのだ。ガソリンを給油した後に、車がエンストして発覚したケースもある。ドライバーにとっては悪夢だ。

だが、誰かがいたずらで、給油タンクに水を入れたとはどういう意味だ。

ラジオのニュースは、天気予報に移った。今朝がた沖縄を通過し、今は四国沖に向かっている台風は、非常に強いという勢力はそのまま、さらにスピードを上げたようだ。早ければ明日の夜遅く、関東地方に上陸すると言っている。

二度めの青酸ガス事件については、続報はなかった。

——落ち着かない。

前方を走っているのは、世田谷ナンバーのトラックだ。引っ越し会社のロゴマークと電話番号が、後部扉にデザインされている。それを見ながら、胸騒ぎがおさまらない。

「――ハマさんが出頭して、終わりじゃなかったのかよ」

トラックの運転台にいると孤独だ。ラジオをつけても、結局はひとり。これだけ多くの車が高速道路を走っていて、その中には少なくともひとりずつ、自分と同じように前方を睨むドライバーがいる。

そう思ってみても、彼らと直接、言葉を交わせるわけではない。何か起きても、ほとんどの場合、緊急時の判断は自分自身にゆだねられている。ドライバーには、荷物を安全に、予定通りに届ける責任がある。

その孤独と責任感に押しつぶされそうになる時もある。

これまで、世良がそんな時に電話をかける相手は、ハマさんだった。天候のこと、道の混み具合、世慣れたハマさんなら、落ち着いた声で何でも答えてくれた。ただの情報交換相手ではない、気持ちのよりどころだった。

もう、ハマさんには頼れない。

青酸ガス事件。高速道路のトンネル火災。そして、ガソリンスタンドの水混入事件が、誰かの悪意で行われたものだとすれば、これらが無関係だとは思えなくなってきた。

――待てよ、他にもなかったか。

昨日、ＪＲの線路が土砂崩れを起こして不通になったというニュースも流れた。貨物列車が運行を休止する騒ぎにもなっていた。

青酸ガス事件のターゲットは、燕エクスプレスだった。それで、てっきりテロリストの――ハマさんの――狙いは宅配便だったのだろうと思い込んでいた。

だが、そうではないのかもしれない。

トンネル火災で被害を受けたのは、その高速道路を通過中だった、すべての車だ。ガソリンスタンドの水混入事件では、軽油が狙われた。軽油を入れるディーゼルエンジンを使っているのは、乗用車よりもトラックやバスが多い。

――狙われているのは、俺たちトラックドライバーなのか？

いや、貨物列車も狙われたのだから、標的は「物流」そのものなのだろうか。

ハマさんの告白を聞いた時からずっと腑に落ちなかったのだが、こんなことを彼ひとりで実行できるわけがない。

――ハマさんは囮《おとり》で、真犯人は別にいるんじゃないか。

一時間ほど走って、国見《くにみ》サービスエリアで休憩を取り、ついでに夕食もとることにした。東北自動車道が混んでいるのは、自分と同じように、関越自動車道を避けたドライバーが多いためだろう。駐車スペースに空きがなく、世良はしばらく順番を待って、高速バスが出ていくのと入れ替わりに、ようやく駐車した。

食事の前に、勤務先の東清運送に電話をかけてみた。八時近くになっていたが、総務の担当者はまだ会社にいた。

「さっき、ラジオで聞いたんだけど。軽油に水が混入してたって件」

『おお、お疲れさん。それな、こっちから連絡しようかと迷ってたところだ』

東清運送では、会社の駐車場に軽油のスタンドがあり、会社を出る時には必ず満タンにしてから出る。だが、外での給油のタイミングは、ドライバーの判断に任される。もし、被害にあってエンジンが故障したりすれば、この超多忙な時期にトラックが使えず、会社は大損害だ。

総務担当が説明するには、埼玉や千葉、東京など、東京圏各地の複数のガソリンスタンドで被害が出ているそうだ。今のところ、四軒のスタンドでの水混入が確認されている。混入が確認されたスタンドでは、軽油の給油を中止し、他も確認を急いでいる。

『あと、例の青酸ガステロの犯人が、トラックのドライバーに呼びかける、変な動画が話題になってるんだけどな』

「呼びかける？」

思いもよらない言葉に、耳をそばだてる。

『いまネット見られる？』

「ああ、見られるよ」

総務担当が、ＬＩＮＥで動画サイトのアドレスを送ってきた。ごく短い動画だ。

——なんだこりゃ。

「都内でトラックを走らせるな？　どういう意味だ、これ」

『オリンピックに対するテロだと思うんだけど、トラックとどう関係があるんだろうな。俺にもよくわからん。こっちは、いい迷惑だ』

「明日の朝、東京に戻る予定だけど、このまま東京まで走っていいんだろう?」

総務担当がため息をついた。

『だって、東京に入らないわけにはいかないじゃないか』

そりゃそうだ、と世良も相槌を打つ。

『とにかく、何が起きるかわからないから、充分に気をつけてな。給油はこっちに入る前に、やったほうがいいかもしれん』

言われるまでもなく、そのつもりだった。

通話を終えてサービスエリアの建物に入り、食堂で牛タンのラーメンを頼む。

——トラとエツミは、無事に着いたかな。

トラは今日、気仙沼に帰って休むと言っていた。エツミは昨日、ハマさんの出頭につきあった後、湯沢に泊まったはずだ。それから無事に東京に戻っただろうか。

まずは、ふだん通りに仕事をすること。

そして、仲間の無事を祈ることくらいしか、今の自分にできることはない。

*

諸戸は、夜勤明けで帰宅するといつも、軽い食事をビールで流し込み、倒れこむように眠る。

それが、今日は夜まで一睡もできなかった。

(保存食をたっぷり用意しとけよ)

二週間前、あいつに言われた通り、カップ麺や缶詰、パスタ、レトルトのパスタソースを山のように買っておいて正解だ。帰宅途中にあるコンビニの棚は、空っぽだった。こうなることを、あいつは見越していた。

ワンルームマンションに戻り、カップ麺と鯖《さば》の味噌煮缶を食べ、眠ろうとしたが、目が冴えていつまでも眠気が訪れない。

悶々《もんもん》とベッドで悩んでいるうちに、我慢できなくなってテレビをつけた。

しばらくは、どうでもいいような午前中の情報番組を見るともなく見ていたが、昼前になってニュースが流れると、戦慄《せんりつ》してベッドに起き直った。

──燕エクスプレスの配送トラックで、ふたたび青酸ガス事件が発生。

ドライバーが救急車で病院に搬送されたが、軽症で命に別状はないとアナウンサーが説明するのを聞き、心の底から安堵《あんど》する。

──同じ会社の社員なんだぞ。

今さらながら、自分がやったこととは思えない。

喉がカラカラで、ペットボトルから水を飲もうとして、手が震えて力が入らないことに気がついた。

──俺がやったことは、絶対にバレる。

荷物に指紋は残していない。だが、送り状に番号があり、センターを通過した日時、作業店に到着した日時、すべてシステムに登録されている。つまり、いったん荷物がセンターから消えた日と、復活した日の二回とも、諸戸が勤務していたことはすぐバレる。

それに、貨物集積場にはカメラがある。ビニール袋に入れた荷物を提げて、集積場に入っていく諸戸の姿が、どれかに映っているかもしれない。

心臓がどきどきし、息苦しく、全身の血が泡立つように、ふわふわしている。

——このまま家にいたら、すぐ捕まるんじゃないか。

スマホを自宅に置いて、どこかに出かけるべきだ。少なくとも、あいつが目的を達成するまでの間、隠れるべきだ。

そう思うものの、どこに隠れたらいいのか、アイデアが浮かばない。ただひたすら、怖い。

ニュースは終わり、画面はふたたび昼間のバラエティに戻り、やがてメロドラマになり、二時間ミステリードラマになり、またバラエティになり、ニュースになった。どのくらいテレビの前に座りこんでいるのかも、頭の芯がしびれたような諸戸には、よくわからない。

*

野島《のじま》は少し、気が急いていた。

沼津《ぬまづ》の樹脂工場を出たのが、午後四時。二時間もあれば武蔵野《むさしの》市の塗料工場に着くと計算していたら、東名高速がやたら混んでいて、三時間超かかってしまった。午後七時をすぎ、すっかり暗くなった道路を走っている。

タンクに入っているのは、マンションなどのコンクリート床に使う、塗料の原料だ。液体を積んで走る時は、カーブに注意しなければならない。タンクの中で液体が共振を起こし、そのせいでトラックが横揺れしたり、ひどければ横転したりすることもある。だから、カーブに差し掛かると、タンク内の液体を刺激しないよう、スピードを落としてそろそろと曲がる。

今夜は、予想以上に配送が遅れて、塗料工場の担当者を待たせることになってしまった。しかも、相手の担当者は、子どもの誕生日なので早めに帰りたいとも言っていた。そんなことを考えていたので、いつもよりほんの少し、スピードが出ていたかもしれない。この時刻、ここまで来ると交通量が減って、先ほどまでの仇《かたき》を討つかのように、気持ちよくアクセルを踏んだせいもある。

井《い》の頭《かしら》の交差点で環八《かんぱち》を左に曲がり、都道七号線を右に曲がろうとした時だ。

ライトをつけていたが、曲がった先の道路に何かがあるのは、すぐには見えなかった。

あっと思った時には、それを踏んでいた。警察が暴走車輛を強制的に停める時に使う、スパイクベルトのようなものだったが、形状は異なるようだ。バスンと音がして、右側の前輪が二本ともパンクした。車体が跳ねるように揺れ、慌てた野島がブレーキを強く踏んだのも、良くなかったかもしれない。

野島のタンクローリーは、右へ左へと大きく横揺れしながら、よろめくように右に傾きはじめた。

ハンドルにしがみつき、なんとか重心を左に戻そうとしたが、無駄骨だった。タンクローリーは、そのまま巨象が倒れるように、ゆっくりと対向車線に向かって轟音《ごうおん》とともに横転した。

フロントガラスにひびが入り、サイドミラーが吹き飛んだ。

対向車線が空っぽだったのが不幸中の幸いで、シートベルトをしっかり締めていたから良かったものの、運転台の野島が受けた衝撃もそうとうなものだ。

——ああ、くそ！

何が起きたのか、状況を把握して頭がちゃんと働き始めるまで、数秒かかった。

横転したタンクローリーが、道路を斜めにふさいでしまっている。先ほどまで交通量は少ないと思っていたのに、道路をせき止められると、急に乗用車のライトがひしめきあって見える。

「大丈夫ですか！」

走ってきた男性が、フロントガラスを覗き込むようにして、声をかけてくれた。野島が「大丈夫」と手を上げると、ホッとした様子になった。

「警察に電話します。誰か、この人を助けてあげてください」

歩いていた会社員風の人々や、買い物帰りらしい人や、制服を着た高校生まで、駆けつけてくれる。彼らに助けられ、野島はどうにか運転台から這い出すことができた。あちこちガラスで切っていたし、軽いむち打ち状態なのか、首に痛みを感じたが、大きな怪我《けが》はないようだ。

「道路に何か置かれていて――」

集まっている人々に説明しながら、横転したタンクローリーの下を覗き込むと、尖った細い金属の杭のようなものがついた、板状の金属を見つけた。

「なんだこれは――」

「ひどいな」

周囲の人たちも、口々に呟いている。異臭がして、野島はタンクから液体樹脂が漏れ始めていることに気づいた。

「警察はまだでしょうかね」

さっきの男性が、警察に通報してくれたはずだ。警察は救急車や消防車を連れて、来てくれるはずだ。先ほど助けを呼んでくれた男性の姿を捜したが、見当たらなかった。

――おかしいな。

会社員風の男性が、「僕、電話してみます」と申し出て、すぐスマホで一一〇番に通報してくれた。通報を終えると、首をかしげた。

「おかしいですね。そんな通報はなかったそうです。さっきの人、電話しなかったのかな」

奇妙な話だ。急用でも思い出したのだろうか。それとも、これだけ人がいれば、誰かが通報するだろうと思い直したのか。

あるいは――通報できない理由があったか。

あの男は、横転したタンクローリーに、真っ先に駆けつけてきた。運転台の自分を心配し、声をかけた。大きな怪我がないと知ると、ホッとした様子だった。

——どんな男だっけ。

顔を思い出そうとしたが、周囲が暗いし、気が動転していたので、男の顔立ちや服装など、何ひとつ覚えていない。マスクをかけていると、表情もよく見えないし。

遠くから、パトカーのサイレンが聞こえ始めた。

＊

ジェシカは、旅行に出かける時、まずＳＮＳの〈レディット〉で情報収集する。どんなガイドブックよりも現地の最新情報に詳しいし、なにより嬉しいのは、自分たちと同じ、一般の旅行者の目線で情報を語ってもらえることだ。

夫のマイケルは退職までの七年ほど、愛知県の精密機器メーカーに勤めていたので日本語が堪能だが、ジェシカは日本語の読み書きが苦手だ。

マイケルが定年を迎えた後も、すぐにはアメリカに戻らず、日本に残ることにした。ふたりとも海外旅行が好きなのに、アジア各国をまだあまり回っていなかったので、日本を拠点に旅行するつもりだったのだ。これまで、シンガポールやタイ、フィリピン、ベトナム、韓国に行った。去年は東京オリンピックのチケットが当たり、これで観戦できると大喜びしていたのに、突然の新型コロナウイルス騒動だ。アメリカにいる娘のアーニーは、戻ってこいと最初は言ったが、しばらく迷っているうちに向こうのほうが感染拡大し、危ないから戻るなと言われた。そのままずるずると日本に居続けている。

今年はやっと、オリンピックだ。もう中止かと半ばは諦めていたが、さまざまな対策を取って開催するというので、上京してきたのだ。どうせならマウント・フジを観なければならないとマイケルが譲らないので、先に日帰りバスツアーに参加して富士山《ふじさん》の五合目まで登ってきた。さして高い山ではないが、いかにも日本らしく、形が優美で絵になる。桜、紺碧《こんぺき》の空、紅葉、雪、四季折々の景観のすべてによく合う。

バスツアーは意外に参加者が多かった。新型コロナウイルス感染防止にもしっかり対応しているとアピールしていたからだろうか。

台風が沖縄の近くを移動しているそうで、富士山も雨が降っていたのは残念だった。

（お客様たちは幸運でしたよ。明日ならきっと、台風でツアーが中止になっていたと思います）

添乗員にそう説明され、たしかにそうだと思い直す。登れただけでも幸運だった。

新宿《しんじゅく》駅に戻ると、雨は本格的に降りだしていた。バスの中で、ジェシカはレディットを使い、情報収集をしていた。

『いま、東京はテロの影響で、スーパーやコンビニで食品がほぼ売り切れています』

同じ時期に東京観光に来ると書いていた、カリフォルニア出身で関西在住のユーザーが、すっかり棚が空っぽになったコンビニの写真つきで、そんな投稿をしていた。

「ちょっと、あなた。コンビニの食品は売り切れですって」

「ええ？　別にいいじゃないか、イザカヤに行こうよ。サケも飲みたいし」

どんな国に行っても、アルコールがあれば満足するマイケルは、あまり気にした様子がない。日焼けして頬が赤く、健康そうな彼は、アルコールにも強い。ビールならいくら飲んでも水と同じだ。

新宿は外国人や観光客も多く、居酒屋が何軒もあるし、言葉も通じやすい。そう聞いて、新宿駅から歩いていける部屋を、Ａｉｒｂｎｂ《エアービーアンドビー》で安く借りている。長期間の滞在になるので、気楽に泊まれる宿を、手ごろな価格で予約したかったのだ。

これという居酒屋を、マイケルがいくつか目をつけていて、彼の案内でビルの階段を上る。だが、異変はもう始まっていた。

「お客様、申し訳ありません。今日は、食材がすでに底をついてしまって、もう閉店することになったんです」

――まだ午後七時なのに？

本心から申し訳なさそうに頭を下げる若い女性に、ジェシカは目を丸くした。

「まあいいさ、店は他にもたくさんあるよ。美味しそうな店がこっちにもあったんだ」

マイケルはめげずに、次の店を目指す。だが、彼がリストアップした五軒とも、同じように頭を下げられるか、張り紙をして店を閉めていた。

「――どうなってるんだ、いったい」

朝は、ここまでひどくはなかった。コンビニの棚にはもう何もなかったが、ファーストフードの店が開いていて、ハンバーガーを朝食にした。だいぶ悪化している。

「こんなことなら、高速道路のサービスエリアに寄った時、何か買ってくればよかったわね」

「まったくだ。まさかこんなことになるとは」

「もう、どこでもいいんじゃない？　こだわらなくても」

諦《あきら》めて、手近な店を選んで覗いてみると、そこは満席状態だった。人気店はすでに食材が払底していて、いつもはそれほどでもない店にも客が集中しているらしい。

「本当にコンビニにも何もないのかな」

マイケルがコンビニチェーンの看板を見つけ、一緒に覗きに行った。

──これはまた。

みごとなまでに、食品はない。パン、おにぎり、お弁当、お惣菜、カップ麺、カップスープ、おつまみ、チョコレート、スナック、冷凍食品──。

がらんとした店内で、文房具や日用品の棚だけ、別世界のように充実している。なんだか、昔、報道写真で見た、共産主義国のスーパーの棚のようだ。マイケルは冷蔵庫に向かい、缶ビールだけを抱えてレジに向かった。まだ、飲み物はいくらか残っている。

彼が支払いをすませている間に、ジェシカは店を出て、夜空を見上げた。

まぶしいくらいの新宿の照明も、今夜はくすんで見える。

──TOKYO《トーキョー》が、空っぽ《ハズボロウドアウト》になってしまった。

ふいに、その言葉が脳裏に浮かんだ。

12

ポケットの中で、スマホが震えている。

鈍い水銀色がひらめく海面から目を離し、彼はスマホの画面に視線を落とした。『孝二』と表示されている。もう、何度も着信があったが、そのたび彼は無視してきた。

午前四時半の若洲《わかす》海浜公園に来ている。

台風が接近中だ。まだ風はさほど強くないが、空はどんよりと曇り、そのままずるりと滑り落ちてきそうなほど重そうだ。

コンクリートの護岸に腰を下ろし、暗い海を見つめ、単調な波の音に耳を澄ましていると、ざわついていた心が冷え、鎮まっていく。寄せては返す、この繰り返しが、荒ぶる魂を宥《なだ》めてくれる。

——本当にもう、迷いはないのか。

自分の心に問いかけ、内奥を覗き込むと、そこに見えるのは、ただぽっかりと開いた「穴」だ。

自分はとっくに、空っぽになってしまった。

もうずっと、そう感じている。

「――うるさい奴だな」

鳴りやまぬスマホに呟き、通話ボタンを押した。

「――孝二？」

『やっと出た！　今まで何やってたんだよ。これからどうするつもりだよ』

海を見ていたと口走りかけ、彼は口ごもる。

『俺、どうしよう――たいへんなことをしてしまった』

「お前のせいじゃない。俺の指示に従っただけだ」

『だけど、手を下したのは俺だ。荷物に青酸ガスの発生装置をまぎれこませたのは俺なんだ。警察に捕まったら――』

「俺に命令されたと言うんだ。ちゃんと説明しただろう。教えた通りに言え」

『だけど――』

孝二は幼いころから真面目で、少し臆病なところのある男だった。

学校の掃除当番をみんなに押しつけられ、夕方になっても帰宅しない弟を心配して小学校に迎えに行くと、途中で夜道に怯えて立ちすくんでいた。

そういう男を事件に巻き込んでしまった。気の毒だと思うべきなのだが、心のどこかが麻痺《まひ》したようで、感情が枯渇している。

『テレビ見たか？　あちこちで大変なことが起きてる。あれまさか、全部お前が――』

――そうだ。全部、俺が仕掛けた。

彼は、そう答える代わりに大きなあくびをした。

「眠くなってきた。もう切るぞ」

『お前——』

通話を切り、スマホの電源も切って、護岸にごろりと横になる。昨夜は興奮しすぎて、眠れなかった。ひと晩中、これまでに自分がしたこと、これからの計画について考え続けた。

もうじき夜が明ける。東の空が、薄桃色に滲みはじめている。

空気はすでに生ぬるく、湿りけをたっぷりと含み、日中の猛暑を予感させる。護岸に横たわって、ひんやりしたコンクリートに身体を預け、目を閉じた。

ざああああっと押し寄せる波の音が、強風にわさわさと揺れる裏山の木々の声のように聞こえて、ほのかに懐かしむ。

——もうすぐ、すべてが終わるから。

そうしたら、後はずっと、この波の音を聞いていよう。もう何も残されていない自分に、たったひとつ残されたこの波の音を。

＊

給油の場所には、世良も迷った。

東京圏内のガソリンスタンドで、軽油に水を混入させるイタズラが発生しており、できれば東京圏内に入る前に、給油したほうがいいという。

――サービスエリアは高いけど。

サービスエリアのガソリンスタンドで給油すると、ずいぶん高くつく。だが、東北自動車道を走っている間に給油しておきたかった。佐野《さの》サービスエリアで仮眠を取り、朝の七時に起き出して、給油を行った。

価格を見て、思わず舌打ちする。世良の会社も、ガソリン代はドライバー持ちだ。事件の影響でガソリン代が高くつく分だけでも、会社が保証してくれるのならいいが。

高速を走っていると、いつもよりトラックの数が少ない気がした。

そもそも、オリンピックの開催期間、道路が混雑することを嫌い、その間は東京からなるべく離れた場所で仕事を請けていた運送会社だってあるはずだ。

おまけに、この夏は各地で台風被害が相次ぎ、高速道路の通行止めも起きている。ただでさえ、トラックが走りにくい。

そこに加えて、今回の青酸ガステロ事件だ。

――高いガソリンも、走る分には何も変わらないな。

そんな愚痴をひとりこぼしながら、東京に乗り入れていく。ラジオをつけると、ニュースが始まっていた。水混入の被害を受けたガソリンスタンドの数が八店舗に増えたこと、都内の二か所でトラックの横転事故が起きたことなどを報道している。

『――この男性は、横転したトラックのドライバーに対し、「大丈夫か」などと声をかけた後、気がつかないうちにその場を離れていたとのことです。警視庁では、男性が事故について何らかの情報を持っていると考え、行方《ゆくえ》を追っています』

横転事故は、警察が使うスパイクベルトのようなもので引き起こされたそうだ。

——冗談じゃないぞ。

被害を受けたのは、二台とも特殊な化学薬品や塗料などの液体を運ぶトラックだった。塗料のほうは、横転した際に道路に漏れ、しばらく通行止めになるなど、大きな被害が出た模様だ。

容疑者らしい男性が、二か所とも目撃されている。年齢は三十代後半から四十代前半といい、容貌は特別な特徴がないか、ドライバーが動転していて、はっきり見ていない。

『——今朝、オリンピック・パラリンピック競技大会総合対策本部が記者会見を行い、オリンピック会場と選手村の警備強化について発表しました。警視庁や他の都道府県から応援に来ている警察官には余力がないため、さらに民間の警備員に応援を要請するものと見られています。また、期間中の選手と観客、スタッフの安全を守ることを最優先にすると発表しました』

対策本部にいる弟——梶田淳の顔を思い出す。今ごろ、向こうも大変な状態だろう。

「命だけじゃない。胃袋問題もたいせつだぞ、淳」

ラジオを聞き流しながら、ふと呟く。仮眠をとる前に、妻の萌絵に電話をした。萌絵の職場のコンビニも、昨日の夕方から食品の入荷がほとんどない状態で、たいへんな思いをしているようだ。客の中には、夕方には次のトラックが到着すると言われ、近くで待機していたのに、結局手に入ったのは飴《あめ》だけだったという人も少なからずいたそうだ。

（コンビニだけじゃなくて、スーパーにも何にもないの。あと、そろそろ外食のお店も、営業できないところが出てきたみたい。今日はもう、大変な日になりそう）

（うちは大丈夫なのか？　萌絵や大介は、ちゃんと食べるものある？）

（買い置きしてある缶詰やレトルトで、しばらくしのげると思う）

どうしようもなくなれば、防災用に買ってある非常食を開けるしかないね、と萌絵は言った。彼女はしっかり者で、いざという時に備え、防災グッズをそろえている。こんな時、彼女が動じていないのは心強い。

世良も、東北から東京に向かっているのを幸い、サービスエリアの売店で、腹の足しになる食品を探してみたが、みんなが似たようなことを考えたらしく、売店の食品コーナーすら、ほぼ空っぽになっていた。

長らく飢えから遠ざかっていた街が、じわじわと飢えに向かっている。

東京の静かな混乱が、目に浮かぶ。

決して、みっともない大騒ぎはしない。だが気がつくと、みんな途方に暮れている。そんな感じだ。

数台のトラックが故障させられたり、横転したり、一部の道路が通行止めになったりしただけで、もうスムーズな物流に支障をきたしているということは、考えてみれば、現代の物流が、それだけ無理を重ねているということでもある。

全国どこからでも、すみやかに大量に物資を運べることを、自分たちは誇りに思ってきたが、それはある意味、無理やりその状態を維持してきたということでもある。

地産地消、地元で採れたものを地元で消費するスタイルが主流なら、日本全国を隅から隅へと、これだけ大量のトラックが駆け回る必要もない。

睡眠時間を削り、一週間くらい家にも帰れず、肩凝りや腰痛を訴えながら、長距離ドライバーが車を走らせる必要もなくなる。

──せめて、高速道路上だけでも、長距離は自動運転システムを取り入れるとかすればいいんだ。

ふと、そんなことも考える。

自動運転のシステムができると言われてから、米国ではトラック協会がストを実施したそうだ。自動運転で、トラックドライバーは職を失うと懸念されているからだ。

いま、その不安は下火になっている。

日本国内では、これから急激な少子化と高齢化が進むなか、トラックドライバーの人数だけが、現状を維持できるはずがない。むしろ、過酷な長距離輸送を自動運転システムが担ってくれるのであれば、ドライバーも助かるだろう。

──不思議だな。

事件前、世良はただ、一介のドライバーとして、自分の仕事を効率的にこなすことだけを考えていた。だが事件が起きてからは、まるで全体を俯瞰するかのように、物流を見渡し、どうすればこのシステムを救うことができるかと考えている。

朝の八時半ごろ、ようやく東清運送の駐車場にトラックを停めた。今回も、長い旅路だった。日報を事務所に提出し、総務の担当者と事件について短く言葉を交わし、業務終了だ。

「台風、大丈夫かな」

青酸ガスの事件も心配だが、台風のほうがもっと切実だ。今夜遅くから関東地方を直撃するという予報もある。直撃を受ければ、走っているトラックなんて横転することもある。

「進路予想では、直撃っぽいな」

だが、総務の担当者は休めとは言わない。

駐車場では、世良のマイカーが彼の帰りを待っていた。

やれやれと呟きながら、車に乗り込み、スマホをチェックすると、エツミからのメッセージが入っていた。

『あたしも、もう東京に戻ってるからね。今日から仕事』

湯沢に残り、ハマさんの車を東京に運搬するための手配をしたり、ハマさんの身柄が東京に送られてからは、留置所に衣類や雑誌などを差し入れたりと、身寄りのない彼を支援してくれていたらしい。

「いま電話で話せる？　俺も、仕事先から東京に戻ったところ」

メッセージで尋ねるとすぐ、折り返しの電話がかかってきた。

「いろいろ任せちゃって、悪かったよ。エツミがいてくれて、助かった」

『何日も休んだからさ、今日からしばらく休日返上で頑張らなきゃ』

エツミの言葉は前向きだが、声に張りがない。ハマさんの事件を考えれば無理もない。

「ハマさんには、あれから会えた？」

『ううん。弁護士を通じて、差入れを渡してもらっただけ。会えてない』

そうか、と世良の気持ちも沈んだ。弁護士は接見しているそうだが、ハマさんとの会話を、部外者にべらべらと話すはずもない。

『それよりさ、ハマさんが出頭したのに、どうして事件が続いてるんだろ？　やっぱり、ひとりでやってたわけじゃないってことだよね？』

「もちろんそうだ。だいいち、青酸ガスの作り方なんか、ハマさんが知ってるわけがないもんな」

『変だと思ったんだ。ハマさんは、まだ仲間をかばってるのかもしれないね』

「ともかく、トラックを狙ったおかしな事件が続いているし、台風も来そうだし、エツミも気をつけてな。宅配便だけがターゲットってわけじゃなさそうだけど、用心には越したことがないから」

『うん、わかってるよ』

エツミの勤務先は、二度も犯人の標的にされた燕エクスプレスではないが、同じ宅配便サービスの会社だ。

不安を隠しながら、また連絡を取り合おうと約束し、通話を終えた。

自宅に戻る道で、開店前のスーパーに並ぶ行列を何度か見かけた。ものものしい、殺気立った気配を感じた。

＊

——オリンピックの存在感が、すっかり薄れてしまった。

日比谷のプレスセンタービルに向かう途中、塚口は売店で全国紙をひと通り手に入れた。どの新聞も、一面トップは「狙われた東京の物流」だ。コンビニやスーパーの空っぽになった棚、早々と店じまいしたレストランや居酒屋、横転したトラック、そんな写真で溢れている。オリンピック開会式の四日前だ。本来なら、紙面は選手やスタッフの躍動感溢れる写真と記事で満ち満ちているはずではなかったか。

「——犯人は、オリンピックが嫌いなのかな」

首を振りながら、奥羽タイムス東京支社へのエレベーターに乗り込む。

この騒ぎで、気の毒なのは各国代表の選手たちだ。彼らにとっては生涯に一度かもしれない晴れ舞台をめざし、これまで心身ともに厳しい練習に耐え、新型コロナ禍でやきもきし、ようやくここまでたどり着いたと思ったらこのありさまでは浮かばれない。

今朝は、この後すぐ、選手村でケニアの陸上選手団にインタビューする予定だ。

塚口も、青酸ガス事件の容疑者が、奥羽タイムスともゆかりの深い違法産廃処理事件の関係者だったとわかってから、事件の取材に巻き込まれてきたが、本来はオリンピック取材のために東京に派遣された特派員だ。

インタビューを申し込んだ際、広報担当者がちらりと漏らしていたが、選手らはオリンピックに集中し、現在、東京で起きているテロ事件や事故については、なるべく意識に入れないように努めているそうだ。とはいうものの、どうしても情報は入ってきてしまうので、よけいな不安との闘いになっている。

奥羽タイムスのフロアは、閑散としていた。

朝刊の最終版の締め切りが午前一時ごろだから、記者たちはそれまで必死で記事と格闘し、午前二時、三時ごろに帰宅して眠りについたはずだ。午前九時前なんて、彼らにとっては早朝だ。

床に寝袋を置いて寝ている社員を踏みそうになり、塚口は慌てて避けた。

「おう、塚口か。おはよう」

爽やかに声をかけられて顔を上げると、支社長の内藤が、朝っぱらからこざっぱりとした笑顔で手を挙げた。

内藤だって二、三時間しか寝てないだろうに、いつ見ても毎日八時間くらい寝て、トレーニングジムにでも通って、スムージーでも飲んできたかのような爽快な雰囲気を保っている。彼くらいタフでなければ、新聞社の主筆なんて務まらない。

新聞の束を抱えたまま、内藤のデスクに近づき、前に置かれた椅子にどさりと腰を下ろした。

「どうした。お前、今朝はちゃんとメシ、食べられたのか？」

心配そうに聞かれた。コンビニやスーパーから食品が消え、都内は昨夜からプチ・パニック状態に陥っている。

「大丈夫です。泊まっているビジネスホテルが、かんたんな朝食を用意してくれまして」

「それは良かった」

トーストとコーヒー、それにバナナが一本ついただけだったが、この状況でそれ以上を望むのは、ぜいたくというものだろう。そのパンとバナナを手に入れるために、ホテルチェーンがあらゆる手段を駆使したという話も聞いている。

「うちはまだ、缶詰やレトルトもあるし、非常食の準備もあるからな。なんなら今夜は、うちに来てもいいぞ」

自宅にいれば備えもあるが、遠く離れた東京のホテル住まいではどうしようもない。内藤の気遣いが身に染みた。

「ありがとうございます。外でも探してみますが、どうしても困ったら甘えさせてください」

「当たり前だ。特派員にしっかり仕事させるのも俺の仕事だ。甘えるなんて思うな」

はい、と神妙に頷く。

「で、その後、どうですか。事件の進展は」

「進展はないな」

内藤があっさり言って、奥羽タイムスの朝刊の画面を見せた。地元で印刷されてから、東京に届くのは翌日になる。最新版は、ネット経由で見るほうが早い。

「東京都は、災害対策で備蓄している食品を、都民のために放出する検討を始めたようだ。ただ、今回は一般的にいう災害ではないので、適切な価格で販売することも検討しているらしい」

「――なるほど」

食べるものがなくて困っている人々なら、喜んでお金を払うだろう。

「だがまあ、放出した直後に天災が起きたらどうするんだという反論もあってだな。いつものことだが、議論はなかなか進まない」

「宅配便やガソリンスタンド、道路に対してのテロについて、防止策は――」

「なんだ、俺にインタビューしてどうする」

内藤が唇をゆがめ、塚口は思わず照れ笑いをした。

「すみません。立て続けに事件が起きたので、警察はどうするつもりなんだろうと思いましてね。犯人の後手後手に回ってますよね」

「一時は、自衛隊の災害出動を依頼することも、都庁で検討されたようだ」

内藤が声を低めたのは、聞かれてまずい内容だからではなく、すぐ後ろで椅子を並べて寝ている記者が、もぞもぞと身動きしたからだろう。

「自衛隊ですか」

「うん。だが、オリンピック直前に、都内がまるで戒厳令みたいな様相になるのは、いくらなんでも不穏当だという声が出てな。その案は、今のところボツになった。代わりに他道府県警察からの支援と警備員を増やすらしい」

そう言えば、駅からここまで歩いてくる間にも、辻に立って目を光らせる制服警官の姿を、あちこちで見かけた。

昨夜、道路に仕掛けられたスパイクベルト状の物を踏んで、トラックが横転する事件が二件、発生した。それを受けて、幹線道路を集中的に警備しているのかもしれない。

民間警備会社の警備員は、ただでさえ全国各地から集められている。そのため、例年なら同じ時期に開催していた各地の花火大会の中には日程を変更するものがあるほどだ。これ以上、警備員を増やすことはできるのだろうか。

「トラックの運転手は、どう感じているんでしょうね。だってほら、宅配便が狙われたり、軽油に水を入れられたり、完全に標的はトラックですよね。タイヤを燃やす脅迫動画もあったし、そろそろ気味悪くなってきたんじゃないですかね」

「どうかな。とはいえ、テロリストに狙われたからって、仕事しないわけにもいかんだろう。トラックが動かなきゃ、東京が干上がるんだから」

――干上がる、か。

内藤はうまいことを言った。たしかに、今の東京は、「干上がって」いる。

「そろそろ、オリンピック選手村のインタビューに行ってきます。彼らが元気ならいいんですけど」

立ち上がると、内藤が思いついたように、飴の袋をよこした。

「腹のたしにはならんが、非常食だと思って、これでも舐めとけ。少しは空腹がしのげる」

「ありがとうございます」

顔がほころんだ。内藤は、若いころから常に、引き出しにお菓子を常備していた。まさか、自分がその恩恵をこうむる日がこようとは。

外に出ると、むっと湿気た空気に取り巻かれた。今日もまた、暑い一日になりそうだ。

＊

晴海地区に建設された選手村は、十四階から十八階建ての中層住宅二十一棟と、商業施設からなる。オリンピック終了後は、さらに超高層ビル二棟を建設して、住宅として分譲・賃貸する予定だ。

梶田淳警部は、部下の蒲生と一緒に、選手村を視察していた。テレビのニュースでもたまに選手村が映るが、実際のところは現地に行かねばわからない。

選手村の食堂は、世界中から集まる選手たちの宗教、好み、文化的制約などに合わせて、さまざまなメニューや食材を用意している。なるべく母国と同じようなものを食べられるように、彼らが最高のコンディションで試合に臨むことができるように。

オリンピックなんだから、食事ですら一流のものを用意せねばならない。一流のアスリートには、一流の食事だ。

食堂のカウンターに並ぶサラダや、食事中の選手らの食卓をちらちら覗くと、今のところ十分な質と量の食事が提供できているように見える。事件の影響は、まだなさそうだ。

——だが、これもいつまでもつか。

選手の人数は、およそ一万一千人。メインダイニングでは、一日最大、四万五千食を提供する予定だ。その他、カジュアルダイニング、テイクアウト、スタッフダイニングなど、主な食事の提供は、一日およそ六万食にも及ぶという。

数字を聞いてもその規模はぴんとこないが、その供給が止まれば、暴動も起きかねないくらいのインパクトがあることは、想像できる。

メインダイニングを運営する責任者と、待ち合わせていた。競争入札の結果、落札したケータリング業者から派遣されている。

「今ある食材で明日までは充分もちますが、それ以降は困難です」

重野《しげの》というスーツ姿の中年男性は、冷凍・冷蔵エリアに梶田らを案内しながら、困惑を滲ませた。

巨大な冷凍・冷蔵エリアだ。毎日、一万一千人を食わせるためには、この巨大な冷凍・冷蔵エリアが必要なのだ。

「日々の食材搬入が計画通りに行われれば問題ないですが、既に葉物野菜やフルーツが都内で入手しにくくなっていると連絡を受けています。農家と直接契約もして食材を確保する予定でしたが、物流がテロの標的になるとは。正直、このままでは致命的です」

選手村の食堂が稼働せず、腹をすかせた選手が最悪のコンディションで競技に臨んだりすれば、わが国の末代までの恥だ。

選手が安心して、安定した環境で、競技に臨めること。それが、日本で開催する最大のメリットだったはずだ。

まさかこんなことになるとはと、臍を噛んでも遅い。

——だから、俺はオリンピックなんかやめとけと言ったんだ！

その八つ当たりめいた罵詈雑言《ばりぞうごん》をぐっと呑みこみ、梶田は頷いた。

「オリンピック会場に食材を運びこむトラックには、先導車と後続車をつけて警備しましょう。とにかく、何があっても選手には影響が出ないようにすることです」

重野は、梶田の言葉を聞いて、ようやく肩の荷が少し下りたような表情を浮かべた。

13

『とにかく、いま必要なのは、都内の物流に責任を持つ人たちが、断固とした姿勢で「東京の物流は問題ない」というメッセージを発信することなんです！』

電話の向こうで、都知事が吠えている。

スーパーマーケット〈エーラク〉代表取締役社長の永楽好美《えいらくよしみ》は、うかつにため息を漏らさないよう口を閉じた。

戦後すぐ、世田谷で産声をあげた〈エーラク〉は、現在、都内および、埼玉、千葉などの関東全域に計五十の店舗を持ち、二千五百人あまりの従業員を擁するスーパーマーケットチェーンだ。オイルショック、コンビニの台頭など、歴史の中でスーパーはたびたび打撃を受けたが、そのつど生き残ってきた。

そして今また、物流テロという、日本人がこれまで体験したことのない困難に立ち向かおうとしている。

『記者会見の会場には、都内のスーパーマーケット、コンビニ、飲食チェーンなどの経営者が集まり、食品提供には問題ないことをお話しいただく予定です！』

声が甲高く、喚《わめ》くように喋るので、陰で〈スピッツ〉とあだ名されている都知事の東海竜太《とうかいりゅうた》郎《ろう》が、力説している。

――いやあ、問題ありすぎでしょ。

そう思ったが、永楽は賢く口をつぐんでいる。彼女が社長の座に就いたのは、創業一族の長女だからではない。父である前社長のお気に入りだったからでもない。先に、兄である長男の聡一《そういち》が社長になったが、業績が低迷した後は仕事に身が入らず、好きな絵の世界に挑戦すると言い残して逃げ出し、妹である彼女にお鉢が回ってきただけだ。

だが、永楽好美は辛抱強い性格だった。

大学を出てすぐ金融機関の総合職として入社し、十五年あまり働いた。そこで学んだのは、男性社会で仕事を容易に進めるためには、言葉遣いと態度にコツがあるということだ。

まず、真実をあからさまに口にしないこと。特に、目上の人間に失礼にあたることは、何重にもオブラートに包み、果ては毛布にも包み、中に何が入っているのかわからないぐらいぐるぐる巻きにして、そっと表明すること。言いたいことが相手に伝わらない可能性もあるが、それはしかたのないことだ。真意に気づいた誰かが、そっとこちらに目くばせし、終業後にはビールでも飲みながら愚痴をこぼすネタにする。それでいい。仕事で熱くなるんじゃない。

そして、男性社員の会話に頻出する用語をよく聞いて、真似すること。彼らはまるで仲間内の隠語のように、それらの単語を使う。永楽が入社したころは「選択と集中」もキーワードのひとつだった。

それらの言葉は、男性中心の社会に溶け込もうとする時、扉をノックしてくれる。

今年の二月には、東京オリンピック・パラリンピック組織委員会の会長が、「女性の話は長い」だの「わきまえておられ」る女性は役に立つだの、二十一世紀とは思えない偏見に満ちた問題発言で更迭《こうてつ》された。「わきまえない女」というタグがツイッターでトレンド入りするほど流行したが、女性の怒りは当然のこととして、永楽の年代では、「わきまえたふり」の上手な女性が多かったと彼女は思う。ワタクシはわきまえてますよとニコニコしながら、じわじわと自分の大きな尻の居場所を広げていく。みんなが気づいた時にはしっかり地歩を固めている。パワーを手にしなければ発言権がないのだから、最初はそうするしかなかったのだ。ただ、いつまでもそんなことではいけないというのも本当だ。

兄が社長職を投げ出して遁走《とんそう》したので、永楽が社長の座に就くことになった。社員がどう思っているかはいまだによくわからない部分もあるが、「いきなりトップ」のこの幸運を、彼女は存分に活用するつもりでいる。

そういう乾いた仕事観と皮肉な人生観を身に着けている永楽は、都知事の熱弁を、あくびを噛み殺しつつ聞いていた。

〈スピッツ〉は、財界の協力を取りつけ、首都圏の物流には問題ないと、このタイミングで宣言させ、民心を安定させたいのだ。万が一の時には、「あのとき問題ないと言ったじゃないか」とこちらを責め、都民の非難を浴びる人柱にするつもりなのだ。

『〈エーラク〉さんもぜひ、会場でみんなを安心させるメッセージを発信してください！』

〈スピッツ〉が、あいかわらずキャンキャン吠えている。

――んなこと、言えるわけないでしょうが。

永楽は鼻の上に皺を寄せた。

「で、会場に来る他のスーパーさんやコンビニさんは、いったいどちら様なんです？」

とは、彼女は尋ねなかった。

どこも出席しないと知っているからだ。〈スピッツ〉がそういう都合のいい記者会見を画策しているという話は、今朝から業界人の間を光の速さで駆け巡っていた。

（いやあ、虫のいい人だからね。そんなこと言えるわけないじゃないか、僕らが。うちなんかさ、いま物流センターが空っぽなんだぜ。振っても塩のかけらも出ねえよ）

自嘲ぎみに、スーパー〈三盃《さんばい》〉のオーナー社長が嘆いていた。

〈エーラク〉だって、状況は似たようなものだ。五十ある店舗のうち、四十以上が都内にあり、異様な買い占め騒動にさらされている。物流センターもついに昨夜、ほぼすべての食料品が底をついた。

長い取引のあるメーカーや、農家などと個別に交渉し、在庫を少しでも多く放出してもらったり、関西方面に回すはずだった商品を回してもらったりと、工夫を重ねてどうにか商品を手に入れている。

店頭では「おひとりさま××個限り」と手書きで書き殴られたポップがあちこちに見られるが、そうでもしなければ開店後、五分も経たずにカップ麺やレトルト、冷凍食品が売り切れてしまう。それもこれも、テロリストの執拗《しつよう》な波状攻撃に、都民が浮足立っているからだ。

「民心を安定させるのは、あんたの仕事でしょうが、このドアホ！　さっさと犯人を見つけて、逮捕しなさいよ！」

とも、永楽は口にしなかった。どれだけ愚かな男であっても、都知事を敵に回す必要はない。

実際には、「都民の不安をやわらげるため、協力したいのは山々なんですがね」とだけ呟き、小さく吐息をついた。

『〈エーラク〉さん、民心が落ち着けば、テロなんて恐れるに足りませんよ！』

「都知事、今朝は何を召し上がりました？」

〈スピッツ〉は、明らかにひるんだ。

『朝は、卵焼きと味付け海苔《のり》でおにぎりと決めておりますので』

「私は、コーヒーを一杯だけ飲みました。社員やお客様が、食材が手に入らず困っている時に、私だけがおなかいっぱい食べるわけにはいきませんものね。後は、引き出しにチョコレートがありましたので、これでどうにか一日、しのぐつもりですの」

〈スピッツ〉が黙り込む。

――ざまあみろ。

「そういう状況では、私から発信するメッセージも、力のこもらないものになるかもしれません。申し訳ありませんが、このたびは参加を辞退させていただきます」

挨拶もそこそこに電話を切った。

この期《ご》に及んで、精神論の権化のような、記者会見で民心を安定させれば大丈夫などという茶番につきあっている暇はない。

永楽は社長室を出て、「危機管理センター」にしている会議室に乗りこんだ。

「どう、何か進展はあった？」

携帯電話や固定電話で各地のメーカーや工場などと連絡を取り合っている幹部社員らが、こちらを振り向く。本来は仕入れを担当する商品部の仕事だが、管理部門なども総出で電話をかけまくっている。〈エーラク〉の総力戦だ。

「品川の冷凍倉庫から、九州に積み出されるはずだった冷凍食品を、こちらに回してもらえることになりました。単価を上乗せしようと思ったんですが、先方は『困った時にはお互いさまだ』と」

永楽は、相手の名前を聞き出して胸に刻んだ。苦しい時に手を差し伸べてくれる相手は、黄金よりも尊い。いつか必ず、自分も何かの形で相手に返す。

「北海道からの牛乳が届かない件ですが、熊本県の牧場からトラックで送ってもらいます。品質のいい牧場です」

「いいじゃない。他には？」

だが、いいニュースはそれきりだった。特に、野菜などの生鮮食品が手に入りにくい。もともと〈エーラク〉と直接契約している近郊の農家は、ふだん通りの量を出荷してくれるが、それでは足りない。足りないと言ったところで、急に野菜が生長してくれるわけでもない。

「豊洲市場では、魚が高騰してます。うちもある程度は押さえましたが」

価格が見合うものでなければ、とても手を出せない。〈エーラク〉はあくまで庶民のためのスーパーマーケットなのだ。

永楽はリストアップされた打診先をぱらぱらと繰った。中に、見知ったメーカーの名前を見つけ、携帯電話を握った。規模は小さいが、美味しい豆腐をつくる工場を持っている。ファンも多い。

「ここは私がかけるわ。商品部に配属された時の、最初の担当先だったの。長いことお世話になったから」

とはいえ、他のスーパーやコンビニも、このメーカーを放っておくはずがない。誰も出ない電話の呼び出し音を聞きながら、永楽は「無理だったかな」と諦めかけた。

『はい、川島《かわしま》食品です』

野太い声が流れてくる。

「川島さん、永楽です。ご無沙汰しております」

永楽の声が弾んだ。

「このたびは――」

『ああ、わかってる。言わなくていい。昼過ぎには、二百丁、そちらに納めるから』

息が詰まりそうになった。

「え――」

『焼け石に水ですまん。オヤジがな、昨日から眠らずに豆腐、つくってるんだ。こんな時に寝てられるかってさ。きっと〈エーラク〉さんからも電話があるからって。好美ちゃんから電話がかかってくるとは思わなかった』

川島食品の社長の息子で、専務の信也《しんや》が快活に笑う。永楽は口元をほころばせた。商品部の仕事に慣れない新米の彼女を、「好美ちゃん」と呼んで可愛がってくれた人だ。取引先だが、兄のような親しみもあった。

「ご無沙汰しちゃって、ほんとに申し訳ないです。都合のいいときばかり頼るやつだって、思ってるでしょう」

『忙しいんだろ。いいことじゃないか』

「――都民の、ささやかな食卓を守りたいなと思って」

『俺たちもだ。みんな思ってることは、おんなじだよ、好美ちゃん』

電話を握ったまま、頭を下げた。

そして、何もこれは、特別なことが起きているわけでもないのだ、とも悟った。

ただちょっと、状況がエキセントリックなだけで。川島も自分も、庶民のつつましやかな食卓を守るために、日々、闘っていることに変わりはない。

「川島食品さんから、豆腐二百丁、入るわよ！」

永楽の声に、会議室の中が活気づく。

——ぜったい、大丈夫。

テロになんか、負けるはずがない。

そう、思った。

＊

いつもよりは魚の種類や数がぐっと少なかったが、豊洲市場は活気に満ちていた。

川勝《かわかつ》は、顔見知りの仲卸《なかおろし》で、頼んでおいたアジとヒラマサを買い付け、氷詰めした発泡スチロールに入れて、バンに積んで走る。

これでどうにか、昼の営業は、定食の体裁を整えることができそうだ。

（川勝さんだから、売らしてもらうよ。今日はもう、商売あがったりだ。魚が高くて）

仲卸がそんなことをぼやいていた。

――食堂が、出すもんがないとあっては恥だからな。

川勝の店は、〈勝《かつ》めしや〉という名の、昭和初期から神田《かんだ》の片隅でつつましく営業している老舗《しにせ》の食堂だ。自分の代で潰すわけにはいかないし、定食が出せない事態を許すわけにもいかない。

七十歳を過ぎた手で自らハンドルを握り、毎日、市場で買い付けをしているが、これほど真剣に市場に向かったことは、ここしばらくなかった。

――あの魚だって、トラックの運転手が、死にものぐるいで東京に届けてくれたんだからな。

荷台の魚をちらっと振り返る。

それにしても、物流テロとは。

長く生きてみるものだ。昨年からのパンデミックといい、物流テロといい、自分の目の黒いうちに、こんなことが起きるとは思わなかった。

店の前に車を停め、発泡スチロールを店内に運びこんでいると、それまで近くで建築物の写真を撮っていた年配の外国人夫婦らしいふたりが、吸い寄せられるようにこちらを見つめていた。

「今日は営業されますか？」

おずおずと女のほうが声をかけてきた。

川勝は、発泡スチロールの箱のふたをひとつ開け、中にびっしり詰まったアジを見せた。ふたりの目が輝く。

「腹が減ってるんだろ。あと三十分、待ってくれ。営業開始は一時間後だが、しかたがないから三十分後には店を開けて、フライでも出せるようにするよ」

「ホントですか！」

ふたりの目が輝いた。日本滞在が長いのか、こちらの言葉もちゃんと理解してくれたようだ。しきりに「ありがとうございます」と繰り返しながら、満面に笑みを浮かべ、おとなしく店の前に並んで待ち始めた。

午前中、人通りは多くない道路なのだが、近所に店をかまえるスナックの店主が自転車で通りかかり、やはり「おっ」という表情を浮かべて、何度も発泡スチロールの箱を振り返りながら走り去った。

――やれやれ、この分じゃ、あっという間に売り切れちまいそうだ。

妻の妙美《たえみ》と息子夫婦が、厨房《ちゅうぼう》でしたくを始めている。魚を運びこみ、声をかけた。

「おい、アジを手に入れてきたんだがな。常連の分は、いくらか別に除《の》けておこう」

「あら、よく手に入りましたね」

銀色に輝く鱗《うろこ》を見て、三人が目を輝かせる。昨夜はみんな、店の残りものでかんたんな夕飯をすませた。朝食はおにぎりと沢庵《たくあん》だ。

「えっ、もう行列ができてるよ」

息子の良明《よしあき》が外を見て、驚愕《きょうがく》の声を上げた。こんな光景は、何年も見たことがない。

「そうだろう。今日は営業開始を早めるが、後から来る常連のために、食材を残しておく。この店が今もあるのは、毎日ここに食いに来る常連が支えてくれるからだからな」

リーズナブルな価格で、家庭的かつ美味しいものをおなかいっぱい食べさせるのが、〈勝めしや〉のモットーだ。

妙美が魚を覗き込んだ。

「ボリュームを増やす工夫をしようか。揚げ物のほうが、カロリーが上がるから」

「うん、フライがいいな」

「つけあわせは芋のサラダでも」

家族が口々にメニューのアイデアを話しだすのを、川勝は満足げに眺めた。

車に鞄を置いたままだったと気づき、取りに戻ると、マスクをかけた近所の主婦たちがタッパーを片手にお喋りをしていた。互いに気づいて、小さく会釈する。

「えらいことになりましたね。スーパーはもう、完全に空っぽだった。川勝さんのところも大変じゃない？」

「ええ、今日はどうにか魚を手に入れましたがね。明日はどうなるか」

「私たち、家にあるものでおかずを作って、みんなで物々交換しているの」

楽しそうに笑っているのは、顔見知りの年配の主婦たちだ。タッパーを持ち寄っているのはそういうことかと合点した。

「ちょっと、昔に戻ったようね」

「子どものころは、よくおかずの交換したもんね。お弁当を食べながら」

川勝も笑いを誘われた。たしかに、今ほど物が溢れる前は、自分も友達と、卵焼きと唐揚げの交換なんてやったものだ。

とんでもない状況のはずだが、主婦たちの表情はむしろ生き生きしている。

——みんな、タフだなあ。

商業地からは少し奥まっているせいで、ふだんは眠ったように静かな街で、高齢者は自宅に引きこもってテレビを見ていたりする。それが、今日はどうだろう。街全体が、奇妙な熱っぽさに包まれているかのようだ。

——追い込まれた時こそ、人間の本来の姿が出るものだな。

鞄を持って店に戻りながら、川勝は首を振った。まだまだ、人間も捨てたもんじゃない。

*

世良が帰宅したのは朝だったが、次の出勤は夕方だった。

サービスエリアで仮眠は取ったので、さほど眠くもなく、神経が高ぶっているのか寝つきもよくなく、ほぼそのまま出勤だ。

萌絵のコンビニは開店休業状態で、今夜は遅くに台風が直撃すると予報されていることもあり、店長から休みを指示されたと彼女は言った。本当は少し不安で、世良と大介、親子三人でいられる時間を作りたかったのかもしれない。

「行ってくるけど、もし心配なら、大介とふたりで実家に行ったほうがいい。これから何が起きるかわからないし」

萌絵の実家は、栃木にある。スーパーマーケットの状況なども、都内ほど緊迫してはいないらしい。

「大丈夫。私も仕事があるし」

萌絵が首を横に振った。たしかに、コンビニもそう長期にわたり休ませてはくれない。

乾麺のスパゲティに、ツナ缶をほぐして紫蘇《しそ》と醤油で味付けしたソースをからめて食べた。外の騒動が嘘のような、ごく普通の食事だった。今は何より「普通」がありがたい。

「隆司くんも、外でちゃんと食べてね」

「もちろん。俺は東京を離れるから、むしろ食べるものがあるんだ。遅くなるけど、帰りには何か買ってくるよ。ちょくちょく、電話するから」

自宅の前で手を振っている大介に笑顔を見せ、世良は車で東清運送に向かった。マンションの駐車場から外に出たとたん、強い風が吹き荒れていた。まだ雨は降っていないが、今夜は外を走る車の数も少ないようだ。東清運送に着くと、従業員用の駐車場に車を停め、事務所の建屋に入ってようやく、異様な雰囲気に気がついた。

「――どうしたんだ？」

事務所に入ると、総務課のカウンターがすぐ目の前にあり、そこで勤務予定表をもらったり、睡眠時間の申告をしたり、飲酒、発熱など、いろんな検査を受け、仕事の相談もし、それからトラックに乗りこむ。

いつもはさほど混雑していない事務所の中が、今日はドライバーで溢れていた。

「野田《のだ》らがゴネてるんだ。辞めたいってよ」

顔見知りの、津島《つしま》という六十歳前後のドライバーが、振り返って小声で教えてくれた。

「どうして」

驚いて世良は尋ねた。

「だってお前、ガソリンはどんどん値上がりするわ、道は遠回りになるわ、あちこち事故は起きるわ、そいでこのテロだろ。実質、収入はずるずる下がってるわけだし、仕事の環境が悪くなるばかりだからな。まあ、俺らの歳になると、やってられんわな」

津島が肩をすくめる。

野田とはさほど親しくないが、津島より少し年配だったはずだ。長距離トラックの運転は、一か月のうち、自宅に戻れるのも数えるほどしかない、過酷な仕事だ。ハマさんが六十歳の誕生日を機に退職すると言っていたように、年齢が上がるほど疲れもたまるのだろう。

「俺らに何かあったら、会社が責任取ってくれるんか！」

いきなり、事務所の奥から野田の喚き声が響いてきて、世良は津島と顔を見合わせた。

その場に居合わせた他のドライバーたちも、そわそわと落ち着かない様子だった。みんな、内心の不安を押し隠して仕事に来ている。

「野田さんの気持ちはわかったけど、今日言って、今日辞めるというわけにはいかないだろう?」

社員の声も漏れてくる。

「俺たちは特攻隊じゃないんだぞ! 自分の命をかけてまで、荷物を運べっていうのか!」

野田が怒鳴っている。

いつもなら、すぐ現れて対応してくれる総務課の社員は、野田を宥めるのに手を取られているようで、誰もこちらに来ない。おかげで、帰社したばかりのドライバーと、これから出かけるドライバーが、事務室のロビーにどんどんたまっていく。そして、野田の怒鳴り声に不安を募らせる。

「奥さんは、何も言わんか」

津島がぼそぼそと尋ねた。

「まあ、仕事だから。向こうも仕事があるし。しばらく安全な実家に帰って、のんびりしたらどうかと言ってみたんだけど、断られた」

世良も低い声で応じた。

「そうか。共稼ぎなら、そんなもんかな。うちはさ、今日は休めとしつこく言われて、本気で困ったよ。台風も近づいてるしさ」

津島の表情は暗い。ドライバー本人は、「まさか自分が事故になんか遭うはずがない」と思っていても、家族の理解が得られないと辛いだろう。

――都内を、何台のトラックが走っているると思ってるんだ。

都内に登録されている、トラック運送事業者の数は、五千四百社近い。登録されているトラックは、1ナンバーの普通貨物車、4ナンバーの小型貨物車、トレーラーを合わせ、三十八万台を軽く超えているのだ。もちろん、それらがすべて、同時に都内を走り回っているわけではないだろうが――。

「帰ってきた組は、申し訳ありませんが、もう少しだけ待っててください。これから出る組の人、います?」

奥から、総務の担当者が疲れた顔を覗かせた。何人かが手を挙げ、ぱらぱらとカウンターに寄っていく。世良もそちらに交じる。これから乗るドライバーの表情にも、不安とかすかな不満がないまぜになっている。

こんな時に不満の声が上がるのは、要するに、トラックドライバーの勤務環境が過酷だからだ。特に、改善されつつあるとはいえ、長距離はきつい。そのわりに、昨今の燃料費高騰で、稼ぎも落ちている。それなら、別の仕事を探したほうがマシじゃないか、ということだ。

ここ何年か、東北地方の復興工事や、オリンピックに向けての工事などで、土木・建築業界は景気が良かった。ドライバー稼業を辞めて、転職した人もいる。

少子化で若い人が減り、人口も減っていくなかで、ただ無理を重ねるだけでは続かない。

自分の番が来て、勤務予定表を渡された世良は、驚いた。

「あれっ、今日も東北だった? 長野じゃなかったっけ」

しかも、この予定表通りに走ると、これから十日は休日がない。

「きついな、これ――」

世良は苦い表情になった。トラックドライバーの労働時間も、労働基準法で厳しいルールが課せられているのだが、二〇一八年七月には、運送業の事業所のうち八十四パーセントが長時間労働や賃金未払いなどの法令違反を行っていたと、厚生労働省が発表した。

そもそも、一日の拘束時間は、原則として十三時間以内、最大で十六時間まで。十五時間を超える日は、一週間のうち二回以内に抑えなければいけない。勤務と勤務の間の休息は、継続して八時間以上取らなければならないし、運転時間は二日平均をとって、一日九時間以内、連続の運転時間は四時間以内と定められている――が。

その通りに運用していては、とても業務が回らないのが本音だ。だが、万が一、疲れがたまって事故を起こしでもすれば、責任を問われるのはドライバーだ。

「――野田は会社に来ただけ、マシなほうでな。熱が出たと言って、来なかったやつらが何人もいて。人手が足りないんだ」

総務の担当者が目を伏せ、声をひそめて囁いた。

「それは、俺のせいじゃないよ」

「俺のせいでもないだろう」

世良の抗議に、弱々しい不満が返る。不毛な会話だ。

「時間ないからとりあえず出るけど、交替要員を探して、予定表を組み直してくれよ。こんなんじゃ、俺だってやってられないよ」

「無理させて、すまんと思ってる。俺だって、できるものならそうしたいんだよ」

これ以上、言い争ってもしかたがない。世良はしかたなく、予定表にサインした。唯一の救いは、これから東北地方に向かうなら、おそらく台風からは逃げられるということだ。

——国内でも、トラックドライバーのストが起きるかもしれないぞ。

車に向かいながら、そんなことをふと考える。二〇一八年五月には、ブラジルのトラック運転手の労働組合が、燃料価格の高騰に反発して全国規模のストを決行し、十日間にわたりブラジルの物流が麻痺した。石油を運搬するトレーラーも動かなかったため、ガソリンスタンドにガソリンが届かず、車を動かすこともできなくなったそうだ。

同じ年の六月には、中国でもトラック運転手が待遇改善を求めてストを起こした。七月にはインドだ。世界中でトラック運転手が反乱を起こすほど、この業界は待遇が悪いのに、改善されないのだ。

テロ事件を契機に、トラック運送業界の不満や「きしみ」、社会の不備がどんどん表面に浮かんでいる。

14

警察の人が受付に来ていると守衛室から言われ、何ごとかと島本は慌てた。

――やっぱり、青酸ガスの件かな。

事件の第一報を受けて、燕エクスプレスの本社とやりとりしたのは、この集中管理室だ。

今日は、相棒の諸戸が無断欠勤しており、朝から心配でならなかった。ひとりでも集中管理室の仕事は回せるが、こんな時期だけに、不測の事態が起きた際にはひとりで対応したくない。

――諸戸のやつ、どうしたんだろう。

昨日の朝、夜勤明けで帰っていくのを見て以来だ。今朝から何度もスマホに電話をしてみたが、電源を切っているのか、夕方になっても諸戸は出なかった。

「お忙しいときにすみません。警視庁の野々《のの》村《むら》と申します」

警察バッジを見せながら、私服の警察官がふたり、集中管理室の自動ドアの外に立っていた。ここまでエスコートしてきた警備員が、「では私は」と言いながら守衛室に帰っていく。あとは、島本に任されたようだ。

「どうぞ、お入りください」

島本はドアを開けるスイッチを押した。物珍しげに周囲を見回しながら、警察官ふたりが入室する。貨物集積場を映しているカメラの映像を、野々村と名乗った中年の警察官が、熱心に見つめている。

「おひとりで、こちらの集中管理室に詰めておられるのですか」

野々村が尋ねた。島本はなんとなくためらいを感じながら、頷いた。

「いつもはふたりなんですが、今日は相方が調子を崩してまして。あの、今日はどういったご用件でしょうか」

諸戸の代わりに、本部から助っ人が来るはずだったが、まだ現れていないのが残念だ。

「こちらの貨物集積場を映した録画ですが、一昨日《おととい》と昨日、つまり土日の分は、まだ残っていますか」

「残っていますが、どうして――」

「例の、御社を標的にした青酸ガス事件を捜査しているんです。二回目の事件で使われた、送り状の動きを調べましてね。どうやら、日曜の早朝に、ここを通過しているんです」

警察官は、青酸ガスが仕込まれた荷物の送り状は本物だったが、発送した人が本当に送った荷物ではなかったという説明をした。島本は混乱を覚えながらそれを聞いていた。

つまり、本物の送り状を荷物から剝がし、偽の送り状を貼ってその荷物を届けた。そして、正しい送り状で青酸ガス入りの偽の荷物を運ばせたというのか。

「どうしてそんな面倒なことを――」

「おそらく犯人は、青酸ガス発生装置が入った荷物を、怪しまれないようにしようと考えたんでしょうね。先の荷物のほうは、送り状がシステムに登録されておらず、ドライバーが不審に感じたそうです。ただまあ、何かの手違いだろうと考えて、ちゃんと送り届けたそうですが」

では、青酸ガスの発生装置は、この貨物集積場を通過したのだ。タイミング次第では、ここでガスが発生した可能性もあったのだろうか。幸い、二回とも、運転手に大きな健康被害は出ていないと聞いているが――。

「それで、土曜の夜から日曜の朝にかけて、こちらの集積場で異状がなかったか、映像を確認したいのです。捜査のための令状も持ってきています」

裁判所の印鑑が押された令状を見せられ、島本は心臓が跳ねるのを感じた。自分は気が小さいのだとあらためて思う。

「――わかりました。それでは、向こうの端末で、映像を確認できるようにします。だけど、その前に一応、本部にその旨を報告して、確認を取らせてください」

令状があるとは言っても、自分ひとりの判断で監視カメラの映像を見せることには抵抗を感じた。なんといっても、自分は単なる集中管理室のオペレーターにすぎず、こういった面倒な話には、上司に責任を持ってもらいたい。

「ええ、どうぞ。確認なさってください」

ふたりの警察官は、目に笑みを浮かべて一歩引き下がり、島本が電話するのを待つ間、壁に掛けられたホワイトボードや、場内の監視カメラ映像、走り回るトラックを光点で表示した都内の地図などを眺めていた。

驚いている上司から許可を取って振り向くと、警察官がホワイトボードを見ながらひそひそと話し合っている最中だった。

「ええと――許可が出ましたので」

「ああ、ありがとうございます」

中年の警察官が振り向く。

「ひとつお伺いしたいんですが、この集積場で働いている人は何人ぐらいいるんですか」

「この建物全体ですか？」

島本は首をかしげた。

「はっきり知りません――。というのも、この建物には、燕エクスプレスの別部門もいろいろ入っているんです。集積場だけなら、百人かそこらでしょうね」

「こんなに広いのに、そんなものですか」

「ほとんど自動化されてますから。貨物はみんな、ああやってベルトコンベアで行き先ごとに振り分けられます。たまに、荷物がうまくシューターに入らなかったりして、滞留が発生すると、人間が飛んでいって直しますけど」

島本が指さした画面を見て、「ほう」と感心したように警察官が頷く。

「この、集中管理室には何人おられるんですか」

「ここは全部で八名です。二名ずつのペアで、二十四時間のシフト勤務なので、三交替なんです。それに休日やバックアップもいりますからね」

「失礼ですが、あなたのお名前を聞かせていただいてもよろしいですか？」

相手は手帳を用意している。事情聴取を受けている気分になってきた。

「島本です」

「島本さん。相方とおっしゃったのが、二名ずつペアを組んでいる相手の人ですね。そちらは、なんとおっしゃるんですか」

「諸戸です」

「この質問は、こちらにお勤めの皆さん全員に伺っているんですが、土曜、日曜と、何か変わったことを見聞きしませんでしたか。この建物の中で、部外者を見かけませんでしたか。あるいは誰か、いつもと様子が違う人がいたりはしませんでしたかね」

だんだん、混乱してきた。この警察官は、どうしてそんな質問をするのだろう。

「何か気がつきませんでしたか、島本さん」

「いや――」

おかしいと言えば、諸戸は今朝から無断欠勤しているじゃないか。

ふだん、そんな真似はしたことのない男だ。相棒として頼りになるし、真面目なやつだった。それがなぜ、今日に限って、電話の一本もよこさずに欠勤したのか。それに、何度かけても電話に出ないのはなぜなのか。

口の中が乾いてくる。

警察官が、じっとこちらを見つめているような気がする。

*

夜のニュースは、どの局も東海都知事の記者会見がトップになっていた。

諸戸は、床に体育座りをして膝を抱えた姿勢で、もう何時間もテレビを見ていた。今朝は、とうてい会社に行く気になれず、連絡を入れることすらおっくうだった。汗がひどく流れて、やっとエアコンをつけていないことに気がついた。

——いかれている。

島本から何度もスマホに着信があったが、昼を過ぎるころには、スマホの電池も切れてしまったので、その後はどうなったのか知らない。

朝と昼にカップ麺を食べたきりだが、おなかも空《す》かない。胃がキリキリと痛むような不安を感じ、気がつくと右手が胃のあたりをさすっている。

『現在、スーパーやコンビニの店頭では、食料品が手に入りにくい状態が続いていますが、それはごく一時的な現象です。都民の皆さんは、落ち着いて、冷静に行動してください。食品の買い溜めを行う必要はありません。現在、東京都が防災対策の一環として備蓄している非常食を、都民に販売することも検討しています。心配いりません。今夜は台風に備えて、不要不急の外出は避け、安全な場所で待機してください！』

画面の中で、色黒で顔が小さく、甲高い声の都知事が吠えるように喋っている。

昼すぎのニュースでは、スーパーなどで食料が手に入らないため、周辺の県まで買い出しに出かける人々の姿も報じられていた。食べるものがなくとも、仕事はある。企業の社員食堂などども、保存食を放出したり、安心して仕事をしてもらうために、家族を社員食堂に受け入れることを許可したりして、対応に苦慮している。しかも、それらすべてを新型コロナウイルスの感染拡大を避けながら行うのだ。

——ここまで混乱するなんて。

そもそも、精密に整えられた社会のシステムは、ひとたびほころびが生じると、そのほころびがどんどん大きくなって取り返しのつかない状態になる。社会には「遊び」の部分が必要なのだ。ゆとりや余裕のないシステムは、いざという時に破綻しやすい。

昨日、帰宅した時には、逃げ出したくてたまらなかった。だが、どこに逃げればいいのか。考えがまとまらないまま、ひたすらテレビを見ている。夜だけ、床に転がって少し眠った。こんな状態に自分を追い込んだ「あいつ」を恨んだ。

ふいに、玄関のチャイムが鳴った。

諸戸は、びくりとしてテレビの音量を下げた。

「諸戸さん！」

誰かが、玄関のドアを叩いている。またチャイムが鳴った。身体がすくんだ。

「諸戸さん、マンションの管理人です。すみませんが、ちょっと開けていただけませんか」

——管理人だって。

半信半疑で立ち上がり、震える足で玄関に向かう。鍵を開けず、玄関ドアについた魚眼レンズで外を見ると、たしかによく見かけるマンションの管理人が立っていた。

だが、ひとりではなかった。背後に何人か、スーツ姿の男性を連れている。

——警察だ。

直感でそう悟った。ついに、自分を探し当てたのだ。もちろん、バレないわけがない。二度めの青酸ガス事件に自分が関係していることは、詳しく調べればすぐわかることだ。

諸戸は視線を泳がせ、迷った。部屋にいることは、テレビの音でわかっただろう。このまま玄関を開け、警察官と話をするべきだろうか。警察はどこまで摑んでいるのだろう。事件と自分との関わりを確信しているだろうか。あるいは、今日会社を休んだので、事情を聞きに来ただけだろうか。

——そんなわけはない。

よろめくように玄関を離れる。

またチャイムが鳴った。

「だめだ」

呟き、ベランダの窓を開ける。とたんに、突風が吹きこんで、床に散乱していたカップ麵の容器や割り箸が吹き飛び、どこかに転がっていった。

マンションのベランダに出て、下を覗く。ここは三階で、ベランダのすぐ下は道路だ。

——三階なら、逃げられるんじゃないか。

ロープなんて気の利いたものはない。だが、窓の左右二枚のカーテンをつなげれば、ある程度の長さになりそうだ。

「諸戸さん！　ここを開けてください！」

いま扉を叩いているのは、管理人ではない。あの声はきっと、後ろにいたスーツ姿の男だ。

諸戸は無視して、急いでカーテンレールからカーテンを外した。

——逃げる。逃げる、俺は、逃げる——。

「あいつ」のために、刑務所になんか入るものか。「あいつ」は父さんのためだと言った。お前には父さんを悼《いた》む気持ちがないのかとも詰《なじ》った。人生に一度くらい、家族のために、お前をこの世に生み出した両親のために、良い行いをしてみたらどうだと責め立てた。

弟の俺は、いつも非難される側だ。

俺は父さんの牧場に、人生を縛られたくなかった。だから東京に出ると宣言した。

それきり帰らなかったが、それがなんだ。

だいたい、故郷にいた時に、「あいつ」が俺のために何かしてくれたことがあっただろうか。歳の離れた次男坊を、いつも責める目つきで見ていたくせに。お前は牧場を継がなくていいから、気楽なものだと常に棘《とげ》だらけの言葉で俺を苛んでいたくせに。

「あいつ」が何もかも失ったからって、俺には何の関係もないことだ。なのに、手を貸してしまった自分が馬鹿だった。

しっかり結んだカーテンの端を、ベランダの手すりに結びつける。子どものころ、ボーイスカウトでロープワークをやった経験が、ちょっぴり生きている。

今や、玄関ドアを叩く音はしていない。代わりに、鍵を開けようとしている。管理人がマスターキーを持っているのだ。

きつく結んだのを確かめて、諸戸はカーテンのもう一方の端を外に投げ、自分も手すりを乗り越えて、ロープ替わりのカーテンにしがみついた。

長さは全然足りないが、二階のベランダくらいの高さからなら、落ちても怪我はしないだろう。

「諸戸！　待て！」

玄関のドアが開き、なだれ込むように警察官らが飛び込んでくる。迷っている暇はない。諸戸はカーテンを握りしめ、いっきにすべり降りようとした。

「ああっ」

がくんと身体が下がる感覚がして、見上げるとカーテンが裂けていた。勢いがついたまま、落下していく。警察官らがベランダに飛び出してきて、口々に何か叫ぶのが見える。諸戸も叫んでいた。

落ちきる寸前、道路の向こうから燕エクスプレスの配達車が走ってくるのが見えた。まっすぐ、こちらに向かっていた。ライトが、ふたつの黄色い目のように、諸戸を厳しく睨んでいた。

マンション前の植え込みに落ちて、弾んだ諸戸の身体は、供物のようにライトの前に投げ出された。

――兄さん！

衝撃を受ける直前、諸戸が叫ぼうとしたのは、その言葉だった。

まるで、台風から逃げるようだ。

*

世良は、前後を大型トラックに挟まれ、暗い東北自動車道をひたすら北上している。明日の朝いちばんに、盛岡《もりおか》の食品工場に到着し、冷凍コロッケや牛肉の缶詰を受け取る予定だ。だから今日は、冷凍・冷蔵モジュールのついたトラックで来た。

盛岡で受け取った後は、石巻《いしのまき》、仙台と少しずつ南下し、やはり食品工場を回って、荷物を積み込んでいく。ひとつの工場で荷台を満載にできればいいが、そういうわけにもいかなかったらしい。なるべく効率を上げるために、明日は各地を回るのだ。

これが届けば、少しは都内に食料が回る。

焼け石に水かもしれないが、世良と同じ思いで、今も多くのドライバーがハンドルを握っているはずだ。

フロントガラスをたたく雨は、すこし弱まってきた。ワイパーの速度を落とす。

これだけ雨風が強ければ、もっと涼しくなってもいいと思うのだが、気温はちっとも下がらない。窓を開けることもできず、運転席はサウナのようで、しかたなくエアコンをつける。

風はまるでトラックを追い立てるかのように、ごうごうと吹き荒れている。ラジオは、東海都知事の都民へのメッセージを流していて、つまらなかったので天気予報や台風情報を探してチャンネルを切り替えた。

四国の南を横断した台風は、和歌山に再上陸し、現在、浜松《はままつ》周辺をゆっくりと通過しているそうだ。

じき、空っぽになった首都圏を、台風が直撃する。

15
――天も、自分に味方している。

窓の外で吹き荒れる暴風を見て、そう感じた。

この日のために、残されたわずかなものを全てなげうってきた。と言っても、それはこの数年の間に、みるみる減少し、実体を失っていたのだが。

ここしばらく、車中泊が多かったが、今夜は台風の影響も考えて、ビジネスホテルを予約しておいた。もし部屋が取れなければ、しかたなく車の中で過ごすつもりだった。万が一、警察官に不審がられれば、オリンピックのためにわざわざ東京に出てきたが、どのホテルも予約が取れなかったと言い訳するつもりだ。そのために、いちばん安いオリンピック競技のチケットも一枚、買ってある。

シングルベッド、座って朝食をとるのがようやくの机と椅子、壁掛けタイプの薄型テレビ、それにユニットバス。

これが、人生で最後に、自由な時間を過ごせる場所になるのかと思うと情けないが、とにもかくにもベッドに寝そべり、身体を伸ばせば、ここしばらくの緊張で凝り固まっていたものが、少しはほぐれる気がする。

窓の外は、脅迫めいた風が吹き荒れ、天界の風呂場がひっくり返ったような土砂降りの雨で、一寸先も見えない状態だ。ホテルには駐車場がなく、近くのコインパーキングに停めてきた車が心配になる。彼の、最後の財産らしい財産だ。

うとうとしかけていたが、神経のどこかを「音」が刺激した。

念のためにテレビをつけ、国営放送にチャンネルを合わせて、音量を絞ってかけっぱなしにしておいたのだ。今、そのテレビが何か重大なことを喋った気がした。

壁のテレビを見上げると、ニュース番組が始まっていた。

『宅配便テロ事件に関与か　男性が重傷』

ニュースキャスターに重ね合わせるように表示されたキャプションを見て、彼は思わず跳ね起きた。

――何だって。

先ほどテーブルの上に放り出した後、滑って床に落ちたリモコンを慌てて探し、音量を上げる。

『――本日、午後六時半ごろ、宅配便の青酸ガステロ事件に関与したとみられる男性の自宅を、捜査員が訪問したところ、この男性が窓から逃亡をはかり、路上に落ちてトラックに撥《は》ねられました。男性は現在、意識不明の重態とのことです』

弟の住むマンションの一部が映っている。捜査にあたる警察官が出入りし、マンションのそばに、燕エクスプレスの宅配トラックが停まっているのも見えた。

――トラックとは、あれのことか。

孝二も運が悪すぎる。きっと、警察が来てパニック状態になり、とっさに窓から飛び出そうとして、危険に気がつかなかったのだろう。子どものころからそうだ。ハプニングに弱く、すぐ頭の中が真っ白になる。大人になり、少しは落ち着いたかと思っていたが、今でも成長していなかったらしい。

頭を抱えて、ため息をついた。

とはいえ、孝二を事件に巻き込んだのは自分だ。物流の一翼を担う企業に勤めているので、都合が良かった。孝二の存在は、パズルの最後のピースだった。

親父と家族に少しでも恩義を感じるなら手伝えと、嫌がるあいつを責め立てた。

ほとんど八つ当たりではあった。それは自覚している。実家の牧場を継ぐ気はないと言って、高校を出るとすぐ東京に出ていった弟を嫌いながら、心のどこかで羨ましいと思っていた。

羨ましい。いや、妬《ねた》ましかったのだ。

責任を持たない次男だから、できることだ。長男の自分は、家族と牧場、酪農《らくのう》に縛られる。牛と豚の世話、エサにする牧草を育て、乳製品や肉製品の開発もする。家族だけでなく、従業員の生活にも責任を持たねばならない。

学生時代、彼は全国大会に行ったほどサッカーが好きだったが、牧場の仕事を始めると、自分の趣味や好きなことにかまけている時間などどこにもなかった。ボールやユニフォームは置き、仕事ひと筋に打ち込んだ。

東京にいて、ひとり暮らしを満喫している弟が、時には腹立たしかった。

牧場の仕事が嫌だったわけではない。長男だから、という義務感だけで務まる仕事ではなく、考えてみれば子どものころから、自分は牧場で働く日を心待ちにしていたのだ。

だから、これは単なる八つ当たり。そうわかってはいた。

（お前、父さんがあれだけ精魂《せいこん》込めた牧場が、こんな目に遭って悔しくないのか）

（自分ひとりだけ、東京に逃げていって。ぬくぬくと都会で暮らしてさ。それでお前は平気なのか）

（お前はいいよな、次男だから。責任感なんて、かけらもないだろう）

子どもの頃から、弟を言葉で責め立てるのは得意だった。べつに、弟が気に入らないわけではない。身近にいる、自分より年下で劣る存在だから、いじめやすいのだ。

無口な孝二が、彼の言葉にどんどん追い詰められるのが手に取るようにわかった。

『男性は、燕エクスプレスの貨物集積場に勤務しており、警視庁は、事件になんらかの関わりがあったものと見て、意識の回復を待っています』

少し、ホッとした。つまり、孝二は意識の回復を期待できるくらいの怪我なのだ。命に別状はないと見ていいのだろう。

テレビは、台風のニュースに移っていた。

今回の台風は大型で強く、速度がゆっくりだ。舐めるように陸地や海上を進み、関西地方でも土砂崩れなど、大きな被害を出している。古い家屋の屋根は飛び、道路は通行止めになり、橋を渡ろうとしたトラックが風にあおられて横転し、橋をせき止めてしまう。

その台風が、勢力を保ったまま、関東地方に襲いかかろうとしている。

彼は微笑んだ。

今夜はもう、自分は何も動く必要がない。北上する台風が、すなわち自然が仕上げをしてくれる。

*

テロに、大型台風。

――オリンピックの直前だというのに、東京は踏んだり蹴ったりだな。

梶田淳警部は、強風に翻弄《ほんろう》されて、右へ左へと柳のようになびく楠《くすのき》を眺め、胃薬を口中に放り込んだ。

不幸中の幸いは、台風が夜に来て、朝までに去ると予測されていることだ。

ただでさえ、各地で発生した道路の通行止めやテロの影響で、物流が滞《とどこお》りがちだというのに、これで台風が日中の、トラックが駆け回るただなかを直撃したりすれば、その日は完全に物資の移動がストップしてしまう。

関西での被害状況が明らかになるにつれ、関東地方の人々も戦々恐々としていたが、今回は「時間帯」が味方してくれそうだ。

ほとんどの公共交通機関は、午後三時すぎには早じまいをすると早々に宣言し、実行してのけた。人間、やればできるもので、三時を過ぎると電車がなくなるとわかって、多くの人たちが外出を避けたり、仕事を早く終えて帰宅したりしたようだ。

梶田はとても自宅に戻る気になれず、このまま職場に泊まり込むつもりだった。この嵐の中を外に出れば、どんなアクシデントに見舞われないとも限らない。

同じことを考えた職員は何人もいたらしく、オリンピック・パラリンピック競技大会総合対策本部には、居残り組が少なくとも六人いる。ふだんから寝袋を持ち込んでいる職員もいるらしい。

先ほどから、救急車が何台か、サイレンを鳴らして内堀《うちぼり》通りを走り抜けていった。この嵐の中でも、救急車は走る。火災が発生すれば消防車が走るし、事件が起きれば、パトカーも走る。

窓に手を当て、救急車を走らせている救急隊員のことを黙然《もくねん》と考えていると、デスクに置きっぱなしになっていたスマホが、鳴り始めた。官舎にいる妻からの電話だった。

『テレビを見てびっくりして。そっちはなんともない？』

泡をくった様子の妻の声を聞き、面食らった。

「どうして？　何かあったのか」

『良かった、大丈夫なんだね。あのね、近くにテレビがあったらつけてみて。東京ゲートブリッジの橋桁《はしげた》に、この台風で大型貨物船がぶつかったんだって。ほらあの、若洲公園から埋め立て処分場に行く長い橋。船もひっくり返ってるけど、橋桁が損傷しているかもしれないから、東京ゲートブリッジもしばらくは使えないかもしれないって』

──なんだって。

梶田は眉をひそめた。

東京ゲートブリッジは、豊洲の選手村へのルートとは、直接は関係ない。どちらかと言えばあれは、東京都の埋立廃棄物を処分するための道路だ。

だが、これだけテロや自然災害の影響で、あちこちの道路が通行止めになっている時に、そんな橋まで不通になるとは──。

道路一本、橋一基という単純な話ではない。東京の主要な橋のひとつが不通になることで、都民に与える心理的な影響が心配だった。

「誰か、テレビつけてくれないか。東京ゲートブリッジで事故があったらしい」

黙々と仕事をしている職員らに声をかけると、テレビの近くにいた職員が、すぐ行動を起こした。

『──貨物船は、強風を避けるため、埠頭や護岸から離れた東京湾に錨泊《びょうはく》していました。船長によりますと、気がついた時には一キロ以上も流されており、急いでエンジンをかけて橋から離れようとしたが、波が激しくて止められなかったとのことです。十五人の乗組員は衝突の直前に自力で脱出し、怪我はありませんでした』

この嵐のなか、若洲海浜公園側からテレビ局のレポーターが、レインコートを風に煽られながら、背後の橋と転覆した貨物船を紹介している。橋桁の一部が歪んでいるようだ。

——この、「絵」が困ったものだ。

誰もかれもが写真や動画を撮影し、それをSNSなどにアップする現在、見た目の印象が衝撃的であればあるほど、その拡散速度は上がる。SNSの参加者は、自分の行動の結果にじっくりと考えを巡らせることなく、その瞬間の気分や感情で拡散に手を貸すので、内容の正確さより、「見た人の感情をどれだけ動かすか」が肝心なのだ。

その結果、ネットは「ちょっと気の利いた言葉」や、「衝撃的なフェイクニュース」で溢れかえっている。

「誰か、ツイッターやってるか？　この件、ネットでの反応を調べてくれないか」

若い職員が、急いで検索を始めた。

「今のところ、テレビで流れている以上の情報はありません。みんな驚いているようですが」

「時々でいいから、ネットの様子を見てくれ。流言飛語《りゅうげんひご》が出回るようなら、対策が必要だ」

次から次へと問題が起きる。

また胃のあたりに鈍痛を覚え、梶田は顔をしかめた。早くオリンピックが無事に終わってほしい。そうすれば、自分は楽になれる。

*

「すごい風だな」

どこかに隙間でもあるのか、窓のそばに立つと、鋭い笛のような音が聞こえる。

万が一、台風の被害が出た時のためにと、輪田《わだ》は泊まりこみの宿直を買って出ていた。オリンピック前にテロ事件が続いていることもある。何が起きても驚きはしない。

個人では食料など手に入らなかったが、職場には、災害対策として非常食の買い置きがあった。出勤者には、職場からそれを配布されている。

――まさに、非常時だもんな。

上司から電話がかかってきたのは、午後九時を少し過ぎたころだった。

「はい、中防《ちゅうぼう》管理事務所です」

輪田の勤務先は、東京二十三区清掃一部事務組合の、中防処理施設管理事務所だ。管理係にいる輪田は、ふだんは人事などの事務作業を担当している。

中央防波堤を省略して「中防」と呼ばれているが、この人工島ほぼ全体が、東京都のゴミを処理する施設になっている。

上司の電話は、若洲海浜公園と中防を結ぶ東京ゲートブリッジが、貨物船に衝突され橋桁に損傷を負ったと知らせるものだった。

「橋がしばらく使えないということですか」

愕然とした。中防への道路は四か所ある。ひとつは東京ゲートブリッジ、もうひとつは青海から中防への第二航路海底トンネル、有明と中防を結ぶ海の森トンネル、最後のひとつは大田《おおた》区城南島《じょうなんじま》と中防を結ぶ東京港臨海トンネルだ。

『この台風で、損傷の調査にかかれるのも明日以降になるだろうから。はっきりしたことは、まだ何もわからない』

「橋がだめでも、トンネルがありますからね。何とかなるでしょう」

『そう願いたいね。胃が痛いよ』

山口《やまぐち》というのだが、あまりに愚痴が多いのでグッチーと呼ばれている上司がぼやいた。

苦笑いしながら、輪田は受話器を置いた。

再び窓に近づいても、嵐の激しさは変わらず、暗い敷地内に暗い雨が降っているだけだ。

「おおい、早く止んでくれよ、台風」

ぼそりと台風に話しかける。

中防は、東京都民の生活を支える「縁の下の力持ち」のひとつだ。

インフラの重要性は災害のたびに叫ばれ、そのありがたみが見直されるが、意外と忘れられがちなのが、輪田らの担当する「廃棄物処理」だ。電気やガスが停まる、水が使えない、その状況は想像しやすいが、都会のゴミ処理がもし滞ったら何が起きるかは、意外に深く考えられていないようだ。

東京二十三区で出たゴミは、まず可燃ごみ、不燃ごみ、粗大ごみの三種類に分類される。紙類、瓶や缶、ペットボトルなどはゴミではなく、資源として扱われ、再利用に回される。

可燃ごみは、建て替え中の目黒《めぐろ》と江戸川を入れて、二十一か所ある清掃工場に送られ、大気汚染などを防ぐ、環境保全に留意した施設で燃やされる。

不燃ごみを処理する施設は二か所だ。大田区の京浜島《けいひんじま》不燃ごみ処理センターと、ここ中防にある不燃ごみ処理センター。そこで、効率的に埋立を行うため、細かく破砕される。また、不燃ごみの中には、鉄やアルミニウムといった資源が含まれるため、磁石を利用してそれを選別する。

粗大ごみも、中防にある粗大ごみ破砕処理施設へ運ばれる。木製家具などの可燃系と、不燃系に分別し、どちらも細かく砕いて燃やしたり、埋め立てたりするのだ。

ただのゴミと侮《あなど》ることなかれ、だ。環境を汚染せず、できるだけボリュームを減少させ、あと数十年で満杯になると言われる、東京湾の埋立処分場をなるべく長持ちさせなければならない。そのために、高い技術を駆使している。

廃棄物の量もまた、膨大だ。なにしろ、全国の一割弱の人口を抱える東京二十三区。平成二十九年度に、東京二十三区で収集されたゴミと、持ち込まれたゴミを合わせると、約二百七十七万トン。一日平均、七千五百トンを超えるゴミが、処理されている計算だ。

もし、何らかの理由でそのゴミ処理が滞ることになれば、たちまち毎日、七千五百トンのゴミが、どこかに溜まっていく。

それは、家庭内かもしれない。集積所かもしれない。清掃工場や、処理センターかもしれない。だが、毎日、七千五百トンものゴミが増え続ければ、当然のことながら、いつかは溢れる。災害時には、さらに膨大な量のゴミが発生する。建物やブロック塀が倒壊してがれきとなり、壊れた家具などの粗大ごみも出るだろう。災害のために失われた家や家具を「ごみ」と呼ぶことにも抵抗は感じるが、それらはいわゆる「災害ごみ」だ。

昨年、新型コロナ対策で自宅でこもる人が多かった時には、集積所にゴミが溢れてニュースになり、作業員の感染リスクにも注目が集まったものだ。

また、当然のことながら、都内で出るゴミは、中防や清掃工場に持ち込まれるものだけではない。工場、事業所、商店、飲食店などから出る産業廃棄物は、専門の業者が別に処理を行っている。

そしてこれが、家庭から排出されるゴミの量をはるかに超える。平成二十八年度、東京都から排出された産業廃棄物の総量は、およそ二千六百九十二万トン。上下水道の量を除くと、千二百二十四万トンだ。うち八十五パーセントを、建設業から出る廃棄物が占める。

毎日、平均して三万三千五百トンの産業廃棄物が、都内で発生しているのだ。家庭ゴミと合わせると、一日四万トンを超える。

物流を人体にたとえるなら、ゴミ処理は静脈のようなものだろうか。

ゴミ処理についての啓蒙《けいもう》活動が功を奏し、一般ゴミの量は減り続けているが、それでもこれだけ大量に排出される。

輪田は、雨音と鋭い笛のような風の音を聞きながら、大きなあくびをした。

ふいに、思考停止に陥ったのだった。

輪田は、時おり幻影を見る。いつかこの、「東京湾最後の埋立処分場」が満杯になる日。処理しきれなくなった、一日四万トンのゴミが、都内の各地で堆積して小さな山となり、道路や公園をふさぎ、腐敗し、悪臭を漂わせながら、ざらざらと崩落する。

ぞくりと、背筋に悪寒《おかん》が走る。

その幻は、近いうちに、幻ではなくなるのかもしれない。その時、輪田は知るのかもしれない。あれは予知夢だったのだと――。

*

「大介、寝た?」

世良が妻、萌絵の携帯に電話をかけたのは、日付が変わるかどうかという時刻だった。矢巾《やはば》パーキングエリアにトラックを停め、朝までここで仮眠を取る予定だ。八時半には盛岡の工場に冷凍コロッケと牛肉の缶詰を取りに行く。明日の予定も、綿密に立てられている。

『うん、もう寝たよ』

「台風大丈夫か? なんか、橋に船がぶつかったらしいけど」

『そうそう。若洲海浜公園のところの橋ね。橋桁が傷ついたから、しばらく通行止めだって』

「またか。ごめんな、今日、帰れなくなって。そっち、大変じゃない？」

『こんな時だもん。しかたがないよ。家の中にいれば安全だと思う。そっちこそ大丈夫？』

「こっちはほとんど風も吹いてないよ。明日はわかんないけどな。台風に逆らって南下するのかな」

『天気予報だと、関東から東の海上側に抜けるみたいに言ってる。そっちには行かないかも』

「それなら助かるなあ」

『青酸ガス事件に関わった人が、警察に踏み込まれて逃げようとして、重態って知ってた？』

「何それ」

世良はラジオをつけていたが、たまたま好きな音楽番組に合わせていた。

『燕エクスプレスの社員みたい。警察が事情を聞きに行ったら、マンションのベランダから逃げようとしたって。でも三階から落ちて、トラックに撥ねられたの』

「——なんだそれ」

聞いただけで気分が悪くなるような話だ。青酸ガス事件に関わっていたということは、ハマさんも知っている人間だろうか。

「重態ってことは、生きてるんだよな」

『うん。でも意識不明みたいよ』

「そいつが事件の首謀者だったのかな。もうテロ事件は起きないことを祈るなあ」

今も留置所にいるはずのハマさんは、その男についてどう言っているのだろう。世良は、正直に言えば、その男のことはどうでもいい。ハマさんが実刑を受けたとしても、短い刑期ですんで、また戻ってこられればいいと思う。

「——萌絵は、明日も仕事？」

『一応ね。朝になれば台風は抜けてるだろうから、店も開けるし。でも、荷物が入るかどうかわからないから』

萌絵が勤めるコンビニのような、小売店が今はいちばん大変だろう。売りたくともモノがないというのは、日本人が近ごろあまり経験していない状況だ。

休憩中に、世良は思いついてネットショップを覗いてみた。こんな時、ネットショップでなら、食品だって手に入るのではないか。

だが、試しにレトルト食品を注文しようとすると、購入はできるのだが、最後の最後に「関東地方へのお届けは、現在、一週間から二週間程度のお時間をいただいております」という真っ赤な文字の注意書きが現れた。

——そりゃそうだよな。

そもそも、トラックが通れないから物流が平常通りに動いていないのだ。小売店だからどう、ネットショップだからどう、というわけではない。

「とにかく、大介も萌絵も、安全第一でな。気をつけて」

『うん、隆司くんもね』

電話を切り、運転台の後ろのスペースに潜り込んで、横になる。あまりにも暑いので、エアコンをつけた。まだこのあたりまでは、雨も追いついてきていない。窓を開けるとやぶ蚊が飛び込んでくるし、隣のトラックの排気ガスを吸いながら眠ることにもなるので、開けられない。

今日のトラックは冷凍・冷蔵モジュールがついているので、仮眠中でもどのみちエンジンはかけっぱなしにするしかない。エンジンをかけたまま休憩していると、環境について何も考えていないとお叱りを受けることもある。ところが、冷凍・冷蔵モジュールをサブエンジンで稼働させられるタイプなら、車のエンジンを切ることができるのだが、世良の会社の車は、そうではないのだ。エンジンを切ると、冷凍・冷蔵庫の機能も停まる。

狭いキャビンに寝そべり、目を閉じる。眠ろうとするが、ハマさんの顔や事件のことが次から次へと脳裏に浮かび、なかなか寝つくことができなかった。

16

だんだん、オリンピック特派員の生活に、肩身が狭くなってきた。

塚口は、壁の時計が午前一時十五分を指すのを待ち、ひそかに吐息を漏らした。ようやく降板――朝刊の締め切り時刻だ。これ以降、新たな事件が万が一、発生したとしても、よほどのことがない限り、記事は夕刊か次の朝刊に回される。

それまで怒号が飛び交っていた、奥羽タイムス東京支社の編集室も、今は嘘のように静かになっていた。

——なにしろ、ひどい一日だった。

事件につぐ、事故につぐ、天災。

東京各地で発生した、トラックを狙ったテロ事件のニュースが少し落ち着いたかと思えば、次は青酸ガス事件の容疑者がマンションから飛び降りて意識不明となり、続けて襲ってきたのが大型で強い台風だった。おまけに、とどめを刺すかのように、東京ゲートブリッジに貨物船が突っ込んだ。

塚口は取材を手伝うと申し出たのだが、支社長の内藤が、がんとして首を縦に振らなかった。

(これは役割分担だ。おまえはもう、オリンピックに集中しろ)

内藤がそう指示するのも無理はない。日付が変わり、オリンピックの開会式は、明々後日《しあさって》になった。

——犯人の高笑いが聞こえそうだな。

こんな時に、橋がひとつ通行止めになるなんて、犯人の思うつぼではないのか。

昨日、取材に行ったオリンピックの選手村は、今のところ、俗世間から隔絶されたように平穏を保っていた。東京で起きているテロ事件のことは、もちろん選手たちの耳にも入っているだろうが、彼らの安全や食事については、責任を持って守るとオリンピック委員会が約束している。

インタビューした選手たちは、晴れやかな笑顔で、四年に一度のこのスポーツの祭典に参加できる喜びと希望を語っていた。一年延期になり、中止の恐れもあったのだから、喜びもひとしおだろう。

出身国によって、メダルの重みも、オリンピックに参加する意義も異なる。メダルの色によっては、一生の生活に困らない報奨金をもらえる国があったり、そのスポーツでは、その国から初めての参加者だったり。

オリンピックに参加することは、決して当たり前でも普通でもない。

――思いきり、楽しんでくれよ。

塚口自身も陸上をやっていた。スポーツにおいて、勝ち負けは決して小さな差ではない。みんな、できれば勝ちたいと願っている。

だが、勝ち負けだけで終わってほしくないと、今の塚口は思う。世界中で、オリンピックやパラリンピックに参加できるアスリートが、いったい何人いることか。特別な瞬間、特別な祝祭だ。国のためとか、応援してくれる人のためとか、謙虚な姿勢はたしかに美しい。だが、それ以上に、自分自身の生涯の記念に残る祭典として、記憶にとどめてほしい。

だからこそ、テロ事件の犯人が憎らしい。なぜ、よりによって、オリンピックの時期を狙ったのか。もちろん、耳目を集めるのに最適なのはわかるが――。

外の雨風が、多少、弱まった。どうやら、台風の目に入ったようだ。

塚口は今夜、職場の椅子を並べて、仮眠を取るつもりだった。台風のなか、ホテルに戻るより、ここにいたほうが安全だ。夕方には、内藤が自宅から抱えてきた五キロの米を使い、誰かがどこかから調達した電気炊飯器を使って、炊《た》き出しと称して給湯室で米を炊いた。おかずはないが、おにぎりにしてラップにくるんだものを、塚口ももらった。朝からろくなものを食べておらず、塩味のきいたおにぎりが、腹に染みるほど美味《うま》かった。

——おにぎりって、これほど美味いものだったんだなあ。

知っているつもりだったが、究極まで腹をすかせて食べると格別だ。

「——なんだ塚口。お前まで泊まるのか。帰れば良かったのに」

内藤が席の後ろを通りかかり、ぽんと背中をたたいた。

「いえ。嵐の中を帰るより、泊まったほうが楽ですもん」

「まあなあ。なんか、せっかくオリンピック特派員で来たのに、周囲の環境がオリンピックどころじゃなくて大変だな」

内藤とともに苦笑する。

「でも、事件のおかげで得たものもありますよ」

「ほう？——なんだ」

興味深そうにこちらを見下ろす内藤に、にやりと笑った。

「塩だけのおにぎりが、めちゃめちゃ美味しいってことですよ。ごちそうさまでした」

笑い飛ばしかけた内藤が、ふいに真顔になり、隣の椅子を引っ張ってきて腰を下ろした。

「おにぎりだけじゃない。——俺はな、今回のテロ事件で、物流の恩恵にあらためて驚かされてる」

「――たしかに」

「もうひとつは、この現代社会が、いかに無理を重ねて、ぎりぎり今の生活を成り立たせているかってことだなあ」

内藤の感慨に、塚口も同意した。まるで、何百メートルもの高みに張られた細いロープの上を綱渡りしているようだ。ひとつトラブルが起きると、連鎖的にすべて崩壊する。

「人間ってのは、悲しいよな。ごく普通に機能している間は、そのありがたさを本当には理解できないんだ。トラブって初めて、それがどれだけ大事なものだったか、よくわかる。俺の邪推かもしれないが、テロ事件の犯人は、何かそんなことを訴えたくて、この事件を起こしたんじゃないかと思うくらいだよ」

まさかと言いかけ、塚口は黙った。浜口という容疑者は逮捕されたが、彼は主犯ではなさそうだ。身内の不幸が原因で、誰かにそそのかされ、事件を起こした。本当の意味での「犯人」は別にいる。

その「犯人」は、いま何を考えているのだろう。

＊

世良は五時間ほどうとうとし、よく眠れないことに苛立って、いっそ起きることにした。

ラジオはまだ砂嵐状態だ。トイレに行って、歯を磨いたり、ざっと顔を洗ったり、身支度をする。フードコートは午前七時からの営業なので、昨夜のうちに売店で買っておいたパンをかじり、缶コーヒーを飲んだ。東北まで来れば、食料はごく普通に手に入る。

ここから盛岡の工場までは、一時間もあれば着くだろう。少し時間をつぶしてから出発しようと、スマホでニュースを追いかける。

——台風は、ひどい爪痕を関東地方に残していた。大きな被害は、東京ゲートブリッジだけではなかった。

都内を含む各地で、瓦《かわら》屋根や看板が落ちたり、電柱や街路樹が倒れたりした。強風の中、無理に橋を渡ろうとしたトラックが横転して道をふさぎ、出動した救急車がスリップしてきた別の乗用車と接触する事故なども起きた。人命に関わる被害はなかったのが、不幸中の幸いだったが——。

ひとつひとつの記事をチェックし、それでも世良が胸を撫でおろしたのは、昨夜の台風で、都内の交通状況が大きく悪化することはなかったからだ。あえて挙げるなら東京ゲートブリッジだが、あれは中防にゴミを運ぶ役割が大きいだろう。

荒れ狂う台風一過、都内はその前とほぼ同じ平静を取り戻した。

——世良はそう思った。

＊

始業開始後、昼ごろまでには電話が鳴りっぱなしになった。

「はい、武城《たけしろ》運送です」

田代愛海《たしろまなみ》が受話器を取る横で、先輩社員らもみんな電話応対をしている。

聞こえてくる言葉もほぼ同じだ。

「ええ、申し訳ありません。今、うちのヤードも満杯なんですよ。新規の引き受けは、いったん停止させていただいておりまして」

「いつもありがとうございます。たいへん申し訳ないのですが、今はうちのヤードが満杯状態でして」

愛海も先輩らを見習い、同じように言葉を返す。彼女が電話を取ったのは、産廃処理業者、武城運送のホームページを見てかけてきた、飛び込みの新規客だった。

「本当に、たいへん申し訳ありません。弊社もできることならお引き受けしたいのですが、なにぶんヤードが満杯で。二週間後でしたら、なんとか空きができると思いますが」

二週間、と絶句して相手が電話を切る。

きっと、ホームページを検索しまくって、あちこちの産廃処理業者に電話していることだろうが、あいにく都内の多くの業者が、現在、新たな産廃を引き受ける余力はなさそうだった。

何もかも、青酸ガステロ事件のせいだ。

春以降、道路の通行止めが多発して、ただでさえトラックの出入りが難しくなっていたところに、宅配便の青酸ガステロが発生した。それも、「異臭がする」という事件をきっかけとして、テロが明らかになった。

武城運送は、平成になってからの創業で歴史は短いが、環境にも留意した優良事業者だ。それでも、排出事業者から産廃を積んで戻ってくるトラックに、臭気はつきものだ。

トラックのドライバーらは慣れているから気にも留めないが、産廃を引き取りに行った先の、近隣住民らは違う。

武城運送のトラックは、青酸ガステロ事件以来、三回も通報された。排出事業者から産廃を受け取り、積み替え用のヤードに持ち込むまでに、そばにいた住民らが通報したのだ。

(トラックから異臭がしている。青酸ガスではないか)

もちろん、武城運送の責任ではないし、住民らも良かれと思ってしたことだ。警察は駆けつけてきたが、少し調べて、何のお咎めもなかった。

だが、近ごろどうも、仕事がやりにくい。

(青酸ガステロの件が落ち着くまで、トラックを走らせる時間帯を限ろうか)

人通りの多い時間帯や場所を避け、なるべく誰にも会わないような道を通行する。いろいろと対策を立ててみた。その結果、ふだんより産廃処理にかかる時間が長くなった。

積み替え用のヤードに産廃を保管する期間も長くなったし、埼玉県の山中にある中間処理施設に積み上げる期間も延びた。その結果、現在、どちらも満杯状態で、新規の受け入れを停止せざるを得ない。話を聞いたところでは、都内の同業者がみんな、同じ悩みを抱えているようだ。

「まったく、テロのせいで、真面目に仕事してるあたしらが迷惑するなんてね。異臭とか言って、自分たちが出したゴミなのにさあ。よく言うよ」

姐御肌の石村《いしむら》が、受話器を置いてぶつぶつと文句を言った。そろそろ六十歳になろうという年齢で、武城運送にとって事務員のボスキャラだ。

「どうして今日に限って、こんなに電話が多いんですかね？」

愛海も受話器を置いてため息をついた。

「台風のせいじゃないの。会社に出勤してみたら、きっとえらいことになってたんだよ」

「ユーチューブに、すごい動画がアップされてましたもんね。看板が風に持って行かれたり、マンションの壁タイルが剝がれたり」

武城運送の本社ビルは被害がなかったが、ヤードでは物置小屋が倒壊し、トタンが吹っ飛んだらしい。愛海の自宅は賃貸マンションで、マンションそのものに被害はなかったものの、今朝、出勤のため外に出ると、路上に折れた木の枝や、どこかから飛んできたゴム草履《ぞうり》などが転がっていた。

ユーチューブには、各地で録画された台風被害をまとめた、十分近くの動画がアップされていた。見て呆然としてしまったが、あれでもごく一部に違いない。

また電話がかかってきて、石村が受話器を取るのと入れ替わりに、もうひとりの女性事務員、倉田《くらた》が電話を終え、会話に加わった。

「こんな状況だと、また無資格の業者が産廃を受け入れたりしてさ、問題起こすんじゃない？

そっちも心配だよね」

産廃の違法な処理が全国で相次ぎ、廃棄物処理法にもとづく東京都の監視や調査も、ずいぶん厳格に行われている。

それでも、いまだに毎月のように、ルールを逸脱して行政処分を受ける業者がいるのだ。いわく、排出事業者から産業廃棄物管理票の交付を受けなかった。許可された事業範囲に積み替え保管が含まれていないのに、産廃の保管を行った。まだ運搬が終了していないのに、産業廃棄物管理票には終了した日付を入れて、依頼した客に送った。都から報告を求められたにもかかわらず、報告を行わず、あるいは虚偽の報告を行った――。

ルールが厳しすぎるのか、あるいは業者がルーズすぎるのか。愛海には理解しがたいが、それで産業廃棄物収集運搬業の許可を取り消されたりもするのだ。

「真面目にやらない業者がいるから、真面目にやる業者は手間ばっかり増えてさ。こんなの本当に大迷惑だよ」

再び受話器を置いた石村が、ぷりぷりと怒りを振りまきながら言った。その通りだ。

また、愛海の目の前の電話が鳴り始めた。「あーあ」とため息をつき、受話器を取った。

*

――弁当がある！

コンビニに入り、最初にチェックしたのはそこだ。塚口はいそいそと冷蔵の棚に近づき、ミートボールが入った弁当をひとつ取り上げた。種類は少ないし、残りもわずかだが、今日はコンビニに食品が入荷したようだ。

「買い占めが一段落したのかな」

テロ事件が発生した直後は、都民の不安が募り、とにかく必要なものを買い溜めする衝動に走ったようだった。それが、二日かけて、やっと理性を取り戻したのかもしれない。

おかげで今日の昼は、まともな食事にありつけそうだ。塚口は、お茶のペットボトルも二本持ち、いそいそとレジに向かった。

だが、よく見ると弁当に貼られた値札シールが、いつもコンビニで見かけるものと違うようだ。パソコンで適当に作って貼ったような、手作り感が満載の――。

「お弁当、やっと入荷したんですね。ありがたいです」

レジの中年女性に話しかけると、「ええ」とどこから話そうか迷うような表情を浮かべた。

「それね、正規の商品じゃないんです。うちが売り物なくて困っていたら、仲良くしている近所の奥さんたちが、手持ちの冷凍食品を使って作ってくれたんです。実は、本部の許可を取ってないんですけどね」

「えっ」

そう言えば、弁当の棚に何か書いた紙が貼られていたのだが、やっとまともな食事にありつけるという喜びで、よく見なかった。あれは、そういう注意書きだったのか。

——本部の許可なんてかまうものか。

とにかく、食べられればいい。

いくつか弁当を買って、支社のスタッフに差し入れすることも考えたが、この暑さでは、支社に戻る時には傷んでいるかもしれないと思って、諦めた。

コンビニを出ると、肌を焼くような陽射しに照らされる。かあっと、足元からフライパンで炒《い》られるような暑さだ。昨夜から早朝にかけての嵐が嘘のような、真夏日だった。

まぶしさに目を細め、歩きだす。

勝《かち》どきの駅で地下鉄を降り、晴海のオリンピック選手村に向かうところだ。清澄《きよすみ》通りを歩いて途中のコンビニで食料があれば買い、公園にでも立ち寄って食事をして、選手村のインタビューに向かうつもりだった。まあ、食料が手に入ることは期待していなかったのだが。

まだ、テロ事件の犯人が逮捕されたというニュースは聞こえてこない。事件に関与した疑いのある、燕エクスプレスの社員は、今朝もまだ昏睡《こんすい》状態なのだそうだが。

「このまま落ち着けばいいいな」

それは、都民全員の祈るような思いだっただろう。明々後日からオリンピックだというのに、こんな状態では先が思いやられる。

橋を晴海側に渡り、朝潮《あさしお》運河に面した、ちょっとした公園のような場所で、弁当を開こうと下りていった時だった。

——何だこれは。

ゴミが散乱している。塚口はさほど東京に詳しいわけではないが、都内でこんな場所の、こんな状態は見たことがない。

足元に注意しながら段差を下りていくと、そこらじゅうに、木々の破片やレンガ、剝落《はくらく》した壁タイルなどの建材、プラスチックや金属片など、台風で被害を受けた家屋から出たと思われるゴミが散らかっている。

——しかし、なぜこんな場所に。

周囲を見回しても、高層ビル群は、つるりとした外観を損なっていない。このあたりのビルから出たのではなさそうだ。どこかから持ち込まれたのだ。

放置されたゴミからは、悪臭も漂いはじめていた。建材などだけでなく、ヘドロのようなものまで捨てられているせいだ。胸が悪くなり、塚口は何枚かスマホで写真を撮影すると、その場を離れた。とても、食事ができるような雰囲気ではない。

「内藤さん、朝潮運河のそばの公園が、こんな状態になっています」

内藤にメールを書き、写真を添付して送った。彼のアンテナに響けば、記者が足を延ばして来るだろう。

せっかく、台風が去って晴れ晴れとした天候になり、おまけに弁当が手に入って気を良くしていたのに、すっかり不愉快になりながら、選手村に向かった。こうなっては、選手村の食堂の隅にでも座り、弁当を食べるしかないだろう。

そのうち、ふだんは目にしないものが路上でも目に入るようになった。

大量のゴミだ。

それは、民家や商店の軒先から、「はみ出した」ように路上に溢れていた。

本当は道路になど置いてはいけないものだとわかっているが、と言って室内に置くこともできず、いたしかたなく「はみ出して」いる。やはり瓦などの建材だったり、折れた木の枝だったり、風で落ちたらしい看板だったりした。

「ごめんなさいね、それ置くところなくて、しばらくここに置いておくしかないのよ」

路上に倒れた状態で「はみ出した」巨大な木彫りの観音像を、塚口がまじまじと見つめていると、屋内から老婦人が顔を出して申し訳なさそうに謝った。

「ああ、いえ――」

思わず手を振ったが、頭の中では「しかし、前はこれ、どこにあったんですか？」という言葉が渦を巻いている。

よく見れば、観音像は倒れた衝撃で右腕が折れたようで、肩から先が失われていた。

自分が考えていたより、台風の被害ははるかに甚大だったということか。

観音像も写真に撮り、追加で内藤にメールした。すぐ、内藤から電話がかかってきた。

『晴海か？』

「そうです。勝どき駅のほうから歩いてきたんですが、かなり大変なことになってます」

『選手村から、競技場までのバスが通るルートだよな』

「そうですね。見た目もですが、臭気もすごいです。晴海だけではなく、都内全域でこうなんでしょうか」

『いま、調べさせてる。朝のうちは気づかなかったんだが、どうやら産廃を一般ゴミの集積所に、黙って捨てていくやつらも横行しているらしいな』

「えっ、ゴミ捨て場にですか」

『災害ゴミなら、他にやりようもあるはずなんだが、街のあちこちが「祭の翌朝」みたいな状態になってるらしいぞ』

内藤の言わんとすることは、なんとなくわかった。塚口も記事で読んだ覚えがある。花見や、夏祭りなどのイベントの翌朝、現地はゴミの散乱に悩まされるという話だ。参加者が、自分の出したゴミを持ち帰ればいいだけの話なのだが、それをせず路上に放置する。あるいは、イベントの運営者が気をきかせて、イベント独自のゴミの集積所をその日限りで用意すれば、イベントとはまったく関係のない椅子や箪笥《たんす》などの粗大ごみを、これ幸いと近隣住民が捨てていくという。

そんな馬鹿なと真偽を疑いたくなる話だが、どうやら本当にあるらしい。

『オリンピック直前だからな。さすがに、都が面子《メンツ》にかけても、なんとかするだろう』

電話を切って、塚口は額の汗を拭った。ぽっちゃりぎみの身体が、そろそろこの蒸し暑さに悲鳴を上げている。

せっかくコンビニで弁当が買えたと喜んでいたのに。

重い足を引きずるように、選手村に向かう。警備の警察官とすれ違い、彼らがちらりと胡散《うさん》臭《くさ》そうな視線をこちらに投げてきた。

「お疲れ様です。奥羽タイムスです」

塚口は腕章を示し、にこやかに頭を下げた。警察官だって忙しいのだ。警戒する必要のない人間まで警戒させて、時間と神経をすり減らさせる必要はない。

「ああ」と呟き、頷いて警察官らはまたパトロールに戻った。

前方から来た軽トラックから、作業服姿の中年の男性が降りてきた。白髪が目立つ。見ていると、彼は路上に散乱するゴミを拾い、トラックの荷台に投げ込んでいる。荷台はすでに、折れた木の枝や建材の破片などでいっぱいになりつつある。軽トラックは「わ」ナンバーだった。会社の名前なども入っていないし、古そうな傷だらけのトラックだ。

「すみません、都の清掃の方ですか」

離れたところから声をかけると、男性はいぶかしげに黙って頭を下げた。

「なんだかひどいことになってますね。でも、もう東京都が動いてくれているんですね」

男が、何度か「うんうん」というように頷く。

「そうです。ゴミは片づけていきますので、ご心配なく」

低い、穏やかな声だった。

17

バイタルサインのチェックに入った看護師の長尾《ながお》は、クリップボードに血圧や体温、心電図、血中酸素濃度の値などを次々に書き込んでいった。

数値は安定している。救急車で患者がこの病院に運びこまれてきた時には、みんなが遺体だと思ったのに。

とはいえ、全身あちこち骨折しているし、打ち身も多い。内臓は無事だったのが、ほとんど奇跡だと医師が言っていた。

マンションの三階ベランダから逃げそこねて、車に撥ねられた。そんな不運に見舞われたくせに、最後の最後に強運を発揮したのだろうか。

念のためにＰＣＲ検査も受けて、陰性を確認した。院内感染を防ぐために、入院患者の面会制限も設けている。

彼女はちらりとベッドの上の患者を見た。

色白で鼻筋の通った、きれいな顔立ちをしている。燕エクスプレスの社員で、先日からの青酸ガステロ事件の容疑者らしいが、とてもそんなふうには見えない。

まだ目を覚まさないのは、頭を強く打ったからだろう。脳震盪《のうしんとう》を起こしたのだ。ＣＴスキャンによれば、脳内に血腫《けっしゅ》などができた様子はなく、腫《は》れもなく、時間がたてば自然に目を覚ますだろうと言われている。

体温計をポケットにしまい、クリップボードをベッドの脇に吊るして、病室を出た。個室の外には、警察官がひとり、パイプ椅子に腰を下ろしている。

「まだ、目を覚ましませんか」視線で問いかける彼に、彼女は静かに首を横に振り、「まだ意識が戻りません」と告げた。

「でも、バイタルは安定しています。早く目を覚ましてくれるといいですね」

「まったくです」

警察官が頷く。

ベッドに横たわる諸戸孝二という男は、テロ事件の鍵を握っているらしい。

この病室を訪れる家族や、恋人、友人などはひとりもいない。病院も、緊急連絡先を探したが、勤務先の燕エクスプレス社は、「出身地に兄がひとりいるはずだ」と教えてくれたものの、あまり協力的ではなかった。

それも当然だ。あれだけの事件を起こした容疑者なら。

目を覚ますのが、彼にとっていいことかどうかは、また別の話になりそうだった。

＊

テロ事件の影響で、トラックを運転する時は、細心の注意を払えと指示されている。なにしろ、当初は宅配便を標的にしているのかと思われた犯人は、トラックを無差別に狙っているらしいのだ。

常井《つねい》は、野鳥公園のそばを通り抜けて城南島に入り、地下トンネルを通って中防に向かうところだった。粗大ごみの破砕処理施設に、収集したゴミを運んできたところだ。助手席では、同僚の田無《たなし》が、たいくつそうに窓の外を眺めている。二年後輩のこの男とは話が合わず、会話が噛み合わないので、同じチームになるとふたりとも退屈するのだ。

——今日は特に、ふたりともろくな食事をしていないので、不機嫌だし。

大の男が、カップラーメンひとつで昼食とは、わびしいものだ。

今朝、江東区の粗大ごみ集積所に出されていたのは、どう見ても災害ごみばかりだった。だがまあ、ルールにのっとって出されたゴミなら、こちらもなるべく引き取る。明らかに産廃だと思われたものには、「産業廃棄物は引き取ることができない」旨を記したメモを添付し、その場に残してきた。

あまりにも量が多いので、午前中にも一度ここまで運んで、これが今日の二度めだ。それでも全ての集積所を回りきれておらず、今日はおそらくあと一回は来なくてはならないだろう。

「——あれ？　何だあれ」

ふいに、肘を窓に載せてぼんやりしていた田無が声を上げた。

「どうした？」

「トンネル。なんか変じゃないですか」

常井は明るすぎる陽射しを通して、海底トンネルへと続く暗い入り口を見つめた。田無のほうが、視力がいいようだ。

「わからんな。俺には何も見えんけど」

「ものがいっぱい落ちてませんか。何だろう、ゴミかな、あれ」

「ゴミ？」

驚いて、車のスピードを落とした。ゆっくりと近づいていくと、田無の言う通り、トンネルの内部にゴミが捨てられている。

それも、道をふさいで山積みになるほど。

常井は驚いてトラックを停めた。

「――なんだこりゃ。午前中に来た時は、なかったよな」

田無が助手席のドアを開け、確認に降りていく。

「誰かが落としたとか？　台風で折れた木の枝じゃないですか、これ。あとレンガとか。まさか、誰かがここに捨てたんじゃないでしょうね」

「おいおい、こんなところまで、ゴミを捨てに来たっていうのか？」

「これ、どかさないと俺たち通れませんよ」

「何の嫌がらせだよ、それ」

常井はすぐスマホで事務所に電話をかけた。

『わかった、すぐ警察に通報するから、そこにいてくれ』

呆然と佇《たたず》んでいると、後ろから来たトラックに、クラクションを鳴らされた。この道を通るのは、ほとんどが廃棄物の運搬車だ。向こうは、窓から首を出してこちらの様子を憎らしげに見ている。きっと向こうも、腹を空かせてイライラしているのに違いない。

——しかたがない。

常井はしぶしぶ運転台から降り、説明するために後ろのトラックに近づいていった。

遠くから、パトカーのサイレンが近づいてくる。

*

盛岡で冷凍コロッケと牛肉の缶詰を積んだ。石巻で蒲鉾、仙台で冷凍した魚のフライを積み、やっと満杯になった状態で、世良が佐野のサービスエリアに着いた時には、そろそろあたりが薄暗くなっていた。

午後七時。

燃料が覚つかない状態になっている。

そう言えば、東京圏内で軽油に水を入れられる事件が発生したため、東京圏内に入る前に給油したほうがいいと言われているのだった。

また高くつくなあとため息をつきながら、世良は給油ステーションに向かった。

会社の事務所で、他のドライバーたちに丸聞こえなのもかまわず、辞めたいと愚痴をこぼしていた野田を思い出す。

(俺たちは特攻隊じゃないんだぞ!)

——まあ、愚痴りたくなる気持ちはよくわかる。

野田は、ドライバーみんなの気持ちを代弁したようなものだった。みんな、口に出さないだけで、似たようなことを感じているはずだ。テロ事件のせいだけではない。社会の仕組みに無理があるとき、そのひずみは立場が弱いものへと押しつけられる。

たとえば、儲《もう》からない仕事を断れないドライバーとか。

給油しながら、会社に電話をかけた。近ごろ、遠方に行って戻ると、都内で大事件が発生していることが多いので、戻る前に念のために連絡を入れている。

『ああ、世良さんか』

総務担当者の声の暗さに、内心おののく。

「いま佐野なんだけど、何か変わったことはあった?」

『こっちは、色々とひどいことになってるよ。野田さんが昨日の晩、めいっぱい文句を言ってたろう。あれをみんなが聞いてたからさ。今朝なんか、風邪だの熱だの言って、三分の一が休みやがった。コロナだったらまずいから、無理に出てこいとも言えんよな』

もはや、笑うしかないという感じで、総務担当者が力なく笑いとばす。

「それじゃ、どうしたんだい」

『しかたがないから、出勤してくれた奴らが手分けして、休んだ連中の分まで分担したり、あとは以前に辞めたドライバーにまで電話して、頼み込んで手伝ってもらったりしてさ。それでも、とても間に合わなかった。取引先に頭を下げて、明日にしてもらった荷物もたくさんあるよ。一日がかりで、みんなくたくただ』

弱者が割を食うという意味では、零細運送会社の東清運送だって弱者だ。

この程度の給与を出す運送会社なら、他にもたくさんある。もし首を切られても、今トラックのドライバーは売り手市場だから、いくらでも仕事があると踏んで、休みに踏み切った連中もいるだろう。

「だけど、彼らの言い分もわかるよ。俺たち、身体が資本だからな。事件のせいで何かあったらと思うと心配なんだろう」

『まあな。それもわかるから、あまり強くは言えねえんだ』

総務担当者がため息をついた。

「でもまあ、良かったよ。大きな事件はあれから、起きてないんだな」

ドライバーの反乱も犯人の計算のうちかもしれないが、また新たな事件が起きていないのなら、良かった。そう思って尋ねると、『いやあ、違う』と総務担当者が声を上げた。

『台風がすごかったんだ。そうとう、被害が出てるよ。ゴミの不法投棄も各地で起きていて』

「不法投棄?」

『テロの影響で、廃棄物処理もうまくいかなくなってるんだと。俺も、そこまでは気が回らなかったよ。ゴミの集積場に、本来は捨てちゃだめなものを捨ててあったり、置き場がなくて道路にまでゴミが溢れていたりな。それに、中防に行く道が、ゴミでふさがれていたりしたそうだ。テレビのニュースは、そればっかりやってるよ』

——ゴミか。

考えてみれば、ゴミだって「物流」の一部なのだ。トラックが動かなくなれば、他に行き場所がなくなって、溢れる。

『食品もまだちゃんと入ってこないし、東京はグダグダってことだ』

「わかった。俺はこれから、〈エーラク〉さんに納品して、それから戻る」

『ああ、気をつけてな。遅くまですまんな』

お互いにねぎらいつつ、通話を終えた。

運んできた食品は、スーパーマーケット〈エーラク〉が、東北各地からかき集めたものだ。ふだん〈エーラク〉と取引している運送業者が、軽油に水を混入された事件に巻き込まれ、トラックを何台か故障させられてしまった。なんでも、会社のそばにあって、ドライバーがよく利用するサービススタンドが被害に遭ったそうだ。そのおかげで、運搬の仕事がこちらにも回ってきた。

〈エーラク〉の物流センターに荷物を届けるころには、おそらく午後九時にはなっているだろうが、何時でもいいから届けてくれと言われている。向こうも必死だ。

——しかし、ゴミまで溢れ始めたとは。

物流は、人体にたとえるなら血管のようなものだ。必要なものを必要な場所に届け、老廃物も血管を通じて運び、身体の外に排出する。そのシステムが崩れたのだ。

血管が詰まったり、血流が滞ったりすれば、たちまち起きるのは細胞の死であり、ひいてはその人間の命も危うい。

物流がこれ以上滞れば、じきに「東京が死ぬ」。だいたい、東京都だけで千三百九十万人を超える人口を抱えるのだから、何か起きると影響が大きいのだ。

給油を終えて車を出す前に、思いついて弟の梶田淳に電話をかけてみた。

『――はい。梶田です』

「俺だ。世良の――隆司だけど。今いいか」

『ああ』

兄さん、という言葉を出しかけて、ひっこめたように聞こえた。あいかわらず、実の兄弟だというのに、自分たちは不器用だ。

「トラックで食品を運んでるんだけど、そっちはどうしてるかなと思ってさ。大丈夫か」

『――うん、何を大丈夫と呼ぶかによるかな』

梶田が、皮肉な声で、初めて冗談らしき言葉を口にした。

『それより、食品って都内に運んでくれてるんですか』

「そうだよ」

『それは助かるな。ありがたい』

「なんだ、疲れた声だな」

『オリンピックの安全を守る担当ですからね。会期が終了するまでがピークで』

「そうだったな。俺は昨日の夜から、ほとんど東北にいたんだ。佐野まで戻ってきてやっと、都内でゴミが溢れてるって話を聞いて」

『ああ、その通りですよ。自然災害や都民のマナーだけが原因ではなくて、どうも妙なことが起きてますね』

「妙なこと？」

『これも、例のテロの一環かもしれない。以前、「東京を孤島にする」と動画で宣言したやつがいたでしょう。あの男が、新しい動画を公開したんです。ゴミの件にも触れています』

後で見てみようと、世良はその動画のタイトルなどを聞いた。

「ゴミを使ったテロとは、妙なことを考えるやつだな」

梶田が何か考え込むように黙ると、世良も言葉の接ぎ穂《つぎほ》を見つけられず、しばらく沈黙が続いた。なにしろ、いまだに梶田は、「です・ます」口調で世良に接してくるし。いつになったら兄弟らしい口調で話せるのだろう。

『――どうしてトラックのドライバーになろうと思ったのか、聞いてもいいですか』

突然あらたまって尋ねられ、世良はたじろいだ。笑いとばしてごまかしそうになり、それでは良くないと思い返す。

「――いきなり何を聞くかと思えば」

『いや、答えたくないなら、かまわないんですが』

「答えたくないわけじゃないが。――そうだな、お前がどうして警察官になろうと思ったのか、教えてくれるなら話してもいいな」

『え、僕？』

梶田の戸惑いに、今度こそ笑いだす。

「だって、俺の記憶の中では、淳はけっこうよく泣く子どもだったんだ。大人になってから、警察官になるタイプには見えなかったのに、急に見違えるようになって」

電話の向こうで、梶田が困惑して唸るのも面白い。

『――そうだなあ。実を言うと、たいした理由じゃなくて。覚えてるかな。じいちゃんの弟が、群馬で警察官をやってたって』

梶田の口から「じいちゃん」などという言葉が飛び出すと、ちょっとホッとする。彼の祖父は、世良にとっても祖父だ。そのせいか、言葉遣いも急にくだけた。

「憲和《のりかず》おじさんか。警察官だっけ？」

『うん。当時はもう定年退職してたけどね。ときどき遊びに来ていて、よく麻雀《マージャン》とか教えてもらった。四人そろわないと、ゲームができないから』

「警察官が子どもに麻雀を教えたのか」

『賭けないからね。ただのゲームだ』

「まだ群馬で元気にしてたよな」

祖父が亡くなった後は、群馬の自宅で家庭菜園の世話を楽しみにしているはずだ。

『うん。その憲和さんが、僕にとっては怖い人でさ。悪いことをすると、睨むわけじゃないけど、じっと僕のことを見て「お天道様が見てるぞ」って言うんだ。嘘をついてもすぐ見抜かれるし。それで、警察官ってのはずいぶん怖い存在だなと思って』

「怖い存在なのに、目指したのか」

『僕はさっき言われた通り、ひ弱で泣き虫だったから。強くなりたかったんだ』

そう言えば、弟は大学の成績もよく、国家公務員の総合職試験にも合格できると言われていたのに、そちらは受験せず、警視庁の採用試験を受けたのだと、祖母が嘆いていた。

父方の祖母は、見栄を張るところがあったから、梶田が国家公務員になり、警察庁にでも入っていれば、大いばりではしゃいだことだろう。

「そうか。――国家公務員だと、最終的にどの省庁に採用されるかわからないもんな」

『そうだよ。希望通りにいくとは限らないからね。――僕は話したけど、で？』

そっちの番だと言われて、世良は苦笑した。

「――ちょっと、長い話になるけど」

早く〈エーラク〉に荷物を届けなければいけないのだが、とはいえ、五分、十分の遅れは大目に見てもらおう。

「うちの父さんは、水道の施工や保守をする会社で経理をしていただろう。家ではあまり、仕事の話をしない人だったんだ。で、子どものころ、向かいの家に住んでいたのが、体格のいい背の高いおっさんでさ。お前も知ってるはずだけど」

その藤増《ふじます》という男がどんな仕事をしているのか、子どものころの世良は知らなかった。それどころか、不規則な時間帯に家で寝ていることがあったので、働いているのかどうかもよくわからなかった。

「その人が、長距離トラックのドライバーだったんだ」

どちらかと言えば、子ども心にもおっかない男だった。夏場は半袖シャツを肩の上までまくり上げ、汗どめのタオルを首に巻いて、日焼けして真っ黒になった顔で、溝《どぶ》掃除をしたりしていた。いかにも肉体労働者風で、目つきもきつい。

その評価が一変したのは、一九九五年の一月だ。世良は小学四年生で、当時、小学二年生の梶田は、もう祖父母の家に引き取られていた。

──関西で、阪神《はんしん》・淡路《あわじ》大震災が起きた。

「母さんの妹がひとり、結婚して神戸に住んでいたんだ」

『──そんな叔母さんがいた？』

「うん。電話はつながらないし、今みたいにメールもないし、災害時のスマホの掲示板もないしさ。母さんはものすごく心配して」

すると、藤増がその話を聞いて、自分がトラックで関西に行ってみると言いだしたのだった。震災被害に遭った地域では、水や物資が足りなくて、避難所でもたいへんな生活を送っていると、ニュースで言っていた。建物が崩れて道路も寸断されているようだが、自分は何度も関西の道を走っているから、事情はよく知っている。緊急援助物資を積んで行き、向こうで親族の消息を尋ねるくらいなら、なんとかなるだろう。

(いちばん道を知ってるのは俺らなんで、大丈夫ですよ。関西に知り合いもいますから、無線で様子を聞きながら行きます)

両親や、近隣の有志がカンパして、水のペットボトルや缶詰などを大量に用意し、藤増のトラックに積み込んだ。藤増の発案で、トラックの前面には、「緊急援助物資」と大書したシーツを結びつけていた。これなら、被災地の道路でも通行を止められないだろうというアイデアだ。

そのとき初めて、世良は彼の職業が、大型トラックのドライバーだと知ったのだ。時間帯も、休みも不規則な職業だから、平日の日中に、自宅でごろごろしていることもあったらしい。

(じゃあ、ちょっと行ってきます。電話の通じるところから電話しますんで、安心して待っててください)

つい隣の町まで行くような気楽な言い方で、藤増はジャンパーを着こんで大型トラックの運転台にのそのそと這い上がり、エンジンをかけると手を振って、あっという間に道を曲がって消えた。

雪の降りそうな、凍える冬の日に、世良は彼のトラックの後ろ姿を、寒さも忘れて食い入るように見つめていた。

――その時から、藤増は世良のヒーローになった。

「今から思えば、両親は俺に、大学くらいは出てほしいと思ってたらしいんだけどな」

父親は大卒で経理の仕事をしていた。心の中では、そういう職業に就かせたいと思っていたかもしれない。だが、世良の気持ちは、あの時の藤増と、大型トラックの心強さに魅せられたままだった。

そもそも、自分の力でどこにでも、何でも運べるという、その力強さを超える魅力には、ついぞ出会うことがなかった。

『それで、高校を出てすぐ、ドライバーになったんですか――』

「ヒーローってのは、案外、身近なところにいるもんだよな」

子どものころの思い出話など、恥ずかしくて素面《しらふ》ではできないと考えていたが、梶田が黙って真面目に聞いてくれたせいか、意外にそうでもなかった。

むしろ、懐かしい。いい思い出だ。

それに、青酸ガス事件以来の緊急事態の連続に、自分がそれほど動じていない理由も、理解した。

あの日の藤増が原点だったのだ。自分にできないことを、いともたやすく実現してみせた男。緊急事態に対応するために、自分はトラックに乗ろうと思ったのだ。

『人間、どんなきっかけで天職に出会うかなんて、本当にわからないものですね』

「なあ、淳。みんなが自分の持ち場を守るしかないよな」

『僕もそう思います』

「早く犯人を捕まえてくれ。お前の担当じゃないかもしれないけど。警察の一員として、ぜひともあいつを捕らえてくれ。俺たちはそれまで、なんとかして『東京』の物流を支えるから」

梶田は短く『ええ』と応じただけだったが、その声には力強い熱がこもっていた。犯人が逮捕され、オリンピックが終われば、久しぶりに弟に会いに行こうと、世良は思った。

18

ガソリンスタンドの軽油タンクに水が混入された事件は、その後もずっと捜査が続いていた。青酸ガスによるテロ事件、ＪＲ貨物の線路の爆破事件、トンネル火災の事件、都内の道路で発生した車止めによるトラック横転事故。東京港臨海トンネル内のゴミ投棄事件。それにこの、軽油に水を混入させる手口。

一連の事件は、すべて同じ犯人による、オリンピックに対する、あるいは東京に対するテロではないか。

その疑いから、「青酸ガステロ事件」の捜査本部は、一連の事件の情報を収集し続けていた。

「――この車か？」

テロ事件の捜査を最初から担当している戸成五郎《となりごろう》刑事は、なんの変哲もない、白い乗用車の写真を指でつついた。

「そうです。レンタカーでした」

水が混入した軽油を給油して故障したトラックの運転手らから、いつどこで給油したか聞き取りを行い、犯人が水を入れた時間帯を割り出した。

あるガソリンスタンドは、事件当日の午後五時二十分から午後六時五分の間に被害に遭ったと割り出せたので、付近の防犯カメラの映像から、その時間帯に通過した二百台の車の所有者を、一台ずつ洗い出したのだ。

ほとんど、素性のはっきりした車だったが、この一台だけがレンタカーだった。しかも、このレンタカーは、他の軽油混入スタンドの近くでも、防犯カメラに映っていた。

「レンタカーを借りたのは？」

捜査員が見ているパソコンのモニターに、運転免許証の写真が表示される。白髪まじりの、地味な中年男性の顔が、無表情にこちらをまっすぐ見つめている。

「この男です。諸戸肇《はじめ》。四十七歳です。免許証の住所は＊＊県ですね」

「諸戸？」

青酸ガス事件に関与した疑いで、逮捕寸前までいった、燕エクスプレスの社員の名前も、諸戸というはずだ。たしか、諸戸孝二。

「おい、何か関係があるんじゃないか。調べてみろ」

戸成は勢い込んで指示した。

「諸戸孝二の兄が、同じ名前です。この男でしょうか」

やはり、という手ごたえに、血が沸く。戸成は手をたたき、捜査本部に居残っている警察官らの注意を引いた。

「ガソリンスタンド周辺の防犯カメラに、諸戸肇という男が映っていないか、手分けして調べてくれ。あと、このレンタカーの店に誰か行って、諸戸が借りた車について調べてくれ。それから誰か、＊＊県警に連絡して、諸戸肇の免許証の住所に人をやってくれ。家族がいれば、本人の居場所を含め、状況を尋ねるんだ」

周囲が慌ただしく動き始める。

「諸戸孝二はまだ意識が戻らないのか？　いま病院にいるのは誰だ」

「富田《とみた》が監視しています」

「富田に言え。少しでも話ができる状態になれば、兄の肇について尋ねるんだ。特に居場所を聞けと」

とはいえ、諸戸肇が、弟が警察に踏み込まれた後も、同じ場所に居続けるとは思えなかった。

──これで青酸ガス事件と、軽油に水を混入させた事件が、つながる。

一連の事件が、同一犯の犯行だとする捜査本部の考え方は、間違っていなかったのだ。

「諸戸兄弟には何かあるぞ。兄弟の背景を洗うんだ。徹底的にな！」

激励《げきれい》しながら、戸成はふと、オリンピック・パラリンピック競技大会総合対策本部の警部が、この事件を非常に憂慮《ゆうりょ》していることを思い出した。

犯人の手がかりについて、知らせておいたほうがいいかもしれない。

戸成はカヌー競技が好きで、オリンピックのチケットまで購入している。自分が生きているうちに、まさか東京で再びオリンピックやパラリンピックを開催してくれるとは思わなかった。正直、決定の瞬間からホクホクして、楽しみにしていたのだ。

だが、こんな状況になってしまっては、とても自分が観戦する余裕などないだろう。今日だって、夜になっても仕事が終わらない。

――犯人はよっぽどオリンピックが嫌いなのかもしれないが、ひとの楽しみにケチをつけるなよ。

梶田警部の電話にかけながら、戸成はやれやれと肩を落とした。

*

スーパー〈エーラク〉では、世良は英雄扱いされた。

冷凍コロッケ、冷凍フライ、蒲鉾、牛肉の缶詰と、荷台から食品が現れるたびに、待ち構えていた物流センターのスタッフから、「おおーっ」と声にならぬ歓声が漏れる。

「ありがとうございました。おかげで明日は売るものがある。助かりました！」

心底ほっとした様子で、握手を求めてきたマネージャーの男性の手を握り返しながら、世良は困惑の笑みを浮かべた。もう若いとはいえないマネージャーが、感極まった表情でつよく世良の手を握る。

「いえ、これが僕らの仕事ですから」

「心から頭が下がります。今回はいろんな配送業者さんに断られたりもしたんです。当然だとも思います。皆さん、やはりそうとうテロの影響を恐れておられますよね」

何が起きるかわからない。軽油に水を入れて、エンジンを故障させるような犯人だ。自分を守りたいと思うのは人として当然だろう。

東京に入る幹線道路が、今夜は少し空いていたようにも感じた。

空になったトラックを会社に回送するため、〈エーラク〉を離れる時には、スタッフが一列に並んで頭を下げてくれた。

——いくらなんでも、そんなおおげさな。

とはいえ、苦労が報われた気分にはなる。

この騒動のなかでの長距離輸送を敬遠する仲間たちの態度は、当然と言えば当然だ。自分の行為は、野田の言う「特攻隊」のようなものだ。もちろんそれなりに自信があるからだが、リスクを自分で引き受け、危険な仕事に飛び込んだのだ。

本来は、リスクなどできるだけ低いほうがいい。誰でもできるようにするのが正しい。そのために、自分にできることは、何かないのだろうか。

会社に戻ってトラックを返した。事務所には当番の職員がいて、世良の日報を受け取ると「お疲れさま」とだけ言って、あっさり引っ込んでしまった。もう、まっすぐ帰るしかない。明日も、朝から仕事が入っている。しばらく、休みらしい休みはないのだ。

「――エツミ？　どうだった。問題ないか」

帰りの車から、ハンズフリーでエツミに電話をかけた。

『ちょっとぉ、問題ないわけないじゃん』

エツミが、ハスキーな声で応じる。

「どうした？」

『ひどかったんだよ、道路が。台風のせいでさ。あんた知らないの？　電柱は倒れてるし、瓦は落ちてるし。まともに走れないんだって』

「そんなに？　俺は東北に行って、さっき東京に戻ったんだ。大量のゴミが出たって話は聞いたけど」

『のんきだねえ。東北ならしかたないけど』

電柱をなくし、電線は地中に埋めるという計画は、ずいぶん昔から聞いているように感じるのだが、実際には、もっとも進んでいる東京都ですら、五パーセント弱だそうだ。二十三区でようやく、八パーセントに迫る勢いという。

おかげで、大きな災害のたびに電柱が倒れ、民家や乗用車を押しつぶしたりする。

『順調に走ってても、電柱が倒れた場所で立ち往生食らったり、引き返そうとしたら、もう後ろもいっぱいだったり。ひどいもんよ』

エツミが乗っているのは小型トラックだが、世良が乗っているような大型なら、にっちもさっちもいかない状態に陥っただろう。

「道路の状況が、リアルタイムにわかればいいのにな。幹線道路だけじゃなく、一般の道路まで、道路の陥没とか、電柱が倒れてるとか、テロが発生したとか」

『ああ。昔なら、無線でそういうやりとりもしたらしいよね。ドライバー同士で』

仲間内で無線を使い、情報交換を行ったのだ。高速道路を走るトラックから、無線機の強い電波が発信されて、周辺のテレビやラジオに影響を与えるとクレームがつき、少しずつ無線は廃《すた》れていった。

「ハマさんは、自分が気づいた情報を、よく俺たちにも電話で教えてくれたな」

仕事の内容が異なるので、同じ道路を走ることも、あまりない。とはいえ、その心遣いはありがたかった。

「──そう言えば、東日本大震災のとき、ネットの地図サイトを使って、道路の利用状況を共有できたよな。実際に現地を走っている車のＧＰＳから情報を得るんだ。今はＩＴＳが公開しているはず」

特定非営利活動法人のＩＴＳＪａｐａｎが、災害時のみ乗用車・トラックの通行実績情報を公開しているのだ。民間の自動車メーカーやトラックメーカー各社を横断して情報を集約するので、その情報のボリュームは巨大だ。

『ああ、あったね。だけど、今はまだＩＴＳの通行実績情報サイトは立ち上がってないみたい』

東京二十三区なら震度5強以上の地震発生か、風水害、火山活動、土砂崩れなどの広域災害で提供されるのだとエツミが調べてくれた。

「今回は提供されないのかな」

『どうかな。どこかに働きかければいいのかもしれないけど』

「あれがあればな。ＩＴＳは更新も一時間間隔だったと思うけど、テロの発生で急に通れなくなった道路を、リアルタイムに把握できるようにするんだ。ドライバーが身動きできなくなってからでは遅いから」

自分にはそんな技術がないから無理だが、たとえば弟の梶田に話して、警察や大手のＩＴ企業を動かしてもらうという手もある。

『ちょっと待って。上の息子が、そういうの仕事にしてるんだ。聞いてみる』

電話の向こうで、エツミが大声で『おおい、ムスコー』と呼ばわっている。彼女が母親なら、子どもたちは退屈しないだろう。世良は車を走らせながらニヤニヤした。

『あのさ。あたしには、やつの話がさっぱりわかんないんだけど、できるかできないかで言えば、できるんだって』

「息子さん、ＩＴ関係の会社に、お勤めなんだっけ」

『ああ、そうなんだ。最近できたばかりの会社らしいけど。なんか、燕エクスプレスは、社内で似たようなシステムを持ってるはずだから、協力を頼めばいいんじゃないかとか言ってる。知り合いに聞いてみるって』

驚いた。技術的にはできるだろうと思ったが、エツミの言い方を聞いていると、まるで簡単にできそうな感じだ。

「息子さんの知り合いが、燕エクスプレスにいるの？」

『よくわかんないけど、知り合いの知り合いに、燕のシステムを請け負ってる人がいるとか言ってるよ。なんていうの、トモダチのトモダチはみんなトモダチ、みたいな感じ？　何かわかったら、また知らせるから』

「ありがたいな。ぜひ頼むよ」

　ほとんど思いつきのようなアイデアだったが、実現できるかもしれない。

　VICS《ビックス》のように、道路交通情報をリアルタイムにカーナビに表示してくれるような仕組みもあるが、渋滞や交通規制の情報が中心で、今回のテロ騒動に関しては、後手に回っているきらいがある。

　しかし、たとえば渋滞に巻き込まれる恐れがあるとわかった時点で、迂回することができれば、少しはドライバーの安心感も増すかもしれない。

　ドライバーは、運転中とても孤独だ。ずっとハンドルを握っているので、こちらからスマートフォンなどで情報を取りに行くのも難しい。できれば、安心して走行できるように、正確な情報を送ってもらいたい。

　テロをきっかけに、みんなが知恵を絞り始めたようだ。

　賃貸マンションの玄関を開けて「パパ、帰ってきたよ！」と大介に飛びつかれるころには、世良の表情はずいぶん明るくなっていた。

＊

「じゃ、やっていいんですね？」

〈テック〉こと、細川《ほそかわ》は自分の声が裏返るのを感じた。

通話の相手は、あいかわらず落ち着いて話しているが、声の抑揚《よくよう》に若干、熱っぽさが加わっている。珍しいことだ。

『取締役会の承認が下りた。やっていい。というより、やってくれ』

「了解っス」

『どのくらいの時間でできる？』

「二、三時間もあれば」

『わかった。連絡してくれ』

通話が切れると、小さくため息をついた。

――本当に、やらせてもらえるとは。

ＩＴ畑の技術者の、奇妙に緊密な横の連携を通じて、細川に連絡が入ったのは、昨夜遅くだった。

（燕エクスプレスって、配送車のＧＰＳを使って、地図情報に道路状況を表示するシステムを作ってたよな）

（ああ、うん。あるよ）

宅配便の配送は、道路の混雑状況や、通行止めなどの情報が命綱だ。限られた時間で、効率よく大量の小口貨物を届けなければならない。配送の担当者は、毎日同じ地域を車や自転車などで走り回り、その地域の地図情報を頭にたたきこんでいる。だが、ちょっとした道路の混み具合で、その日の配送のルートを変える場合もある。

ＶＩＣＳなど外部の情報ももちろん活用するのだが、燕エクスプレスのように、自社のトラックを何百台、何千台と抱える企業の場合、まず自社トラックから得られる情報も活用したい。宅配便の配送車は、幹線道路だけではなく、街の隅々まで走り回るので、得られる情報の質やボリュームも異なる。

それを、物流テロに苦しむ東京のために、一般に公開してもらえないかというのが、深夜の電話の内容だった。もちろん、細川の一存ではどうしようもない。

システム担当者とはいえ、物流の一翼を担う企業に勤めているので、細川にもその重要性はよくわかる。路地を含む道路の隅々まで、リアルタイムに通行の可否がわかるのだ。

ただ、このシステムを、燕エクスプレスは他社との差別化をはかるための、戦略的システムと位置付けていた。宅配便事業は、各社がしのぎを削る激戦区だ。燕エクスプレスが一歩リードしているとは言え油断はできない。

そんな重要なシステムを、たとえテロから東京を守るため一時的にとは言え、公開して他社のトラックドライバーたちに利用させることが、許されるかどうか。

そう危ぶんでいたので、眠れぬ夜を過ごした後、珍しく早朝からテレワークで出勤し、上司に相談した時も、半分以上は諦めていた。

――それが。

結局のところ、上層部は「東京を支える」ことに決めたのだ。

（道路は、物流における血管です）

今年の春、新入社員に向けたビデオメッセージで、燕エクスプレスの社長が語りかけていた。

（高速道路や幹線道路が大動脈。街の路地は毛細血管のようなものでしょうか。だが、重要でない道路は存在しないのです。すべての道路が正常に稼働していて、街は正常に動くことができる）

細川は、背筋にぞくぞくと快感が走るのを覚えながら、自分の端末に向かい、一般のインターネット経由でシステムに接続し、他社のドライバーたちが道路情報の更新に寄与できるよう、プログラムを改造し始めた。これが完成すれば、誰でも燕エクスプレスのシステムを利用して、リアルタイムに各地の道路の状況を知ることができるようになるだろう。

＊

「えっ、諸戸肇――。まさか、〈ハジメファーム〉の諸戸さんじゃないでしょうね」

塚口は、内藤支社長の顔を見た。

ここしばらく、類を見ない多忙さに翻弄され、まともな食事にもありつけていないはずだが、見たところ、内藤のスタミナは無尽蔵だ。

「諸戸を知ってるのか？」

さっそく、目を光らせて食いついてきた。このところ、オリンピックの取材に集中しろと、口を酸っぱくして塚口に説いていた内藤だが、この時ばかりはその言葉も忘れたようだった。

今朝、奥羽タイムス東京支社に出勤すると、記者たちは「諸戸肇」という男の素性を明らかにしようと、てんやわんやの大騒ぎをしていた。警察から正式な発表はないが、その名前で借りたレンタカーが、ガソリンスタンドの軽油に水を混入させた事件に使われた可能性があるらしい。熱心な記者が「警察関係者」から得た情報が、ひとり歩きしているだけかもしれないが。

ただ、諸戸肇は、塚口のよく知る男だった。

「だって、例の＊＊県の違法産廃処理事件の被害者のひとりですよ。原告団として、自殺した産廃業者を訴えてました」

内藤の目に、はっきりとした輝きが見えた。

「おい、つながったな！　諸戸肇が訴えた産廃業者の父親が、青酸ガステロ事件の容疑者、浜口義三だ。彼らには接点があったんだ」

「ちょっと待ってください――」

塚口は慌てて手を振った。

「肇さんが、テロ事件に関わっているというんですか。まさかそんな――」

「諸戸肇を知ってるんだな？　会ったのか」

「何度も会いました。いい人ですよ。＊＊県で十年くらい前、大地震が起きたでしょう。あの時に、海岸沿いに地滑りが起きて、大勢亡くなったの、覚えてますか」

「もちろんだ。有料道路を建設するために、国が山林を開発して、その管理が行き届かなかったせいで、地滑りが起きたと裁判になったな」

「そうなんです。その地滑りで、当時、沿岸部にあった大きな牧場を失ったのが、諸戸肇さんの一家です。牧場で働いていた高齢の従業員がひとり、逃げ遅れて亡くなりました。当時はまだ、七十代のお父さんが健在で、実質的な経営権を握っていたんですが、災害で従業員と牧場をなくして以来、すっかり意気消沈して身体をこわし、しばらくして亡くなりました」

塚口は、地滑りが起きる前から諸戸牧場を知っていた。地元では著名な父親と息子で、チーズやバターなどの乳製品を開発し、これから全国へ、いや海外へと売り出そうとしていた矢先だった。何度か、諸戸牧場を取材したこともあったのだ。

内藤が、その悲劇に言葉を詰まらせた。同時に、同じ＊＊県とはいえ、沿岸部で起きた地滑りと、山間部で起きた違法産廃処理事件とが、どう関係するのかと、忙《せわ》しく頭のなかで考えを巡らせているのがわかった。

「肇さんの牧場は、お父さんが亡くなった後、山間部に移転したんです。最初の牧場を失ってから、彼自身もやる気を失っていたんですが、人に勧められて半信半疑で山間部の土地を見て、すっかり惚れこんだそうです。風光明媚《ふうこうめいび》で、山の緑は明るく、水は澄んで美味しい。土が豊かなので牧草はよく育つし、高地で夏でも過ごしやすい。こんなところで牛を育てれば、いい乳が出ると思ったんだと話していました。諸戸牧場という、親の代からの名前はやめ、〈ハジメファーム〉として心機一転したんです」

「それが、違法産廃処理事件の現場になった土地なのか――」

内藤が絶句したのも無理はない。塚口も、黙って頷いた。

諸戸肇は、二度の悲劇に襲われた。

一度めは、天災が引き金を引いたとはいえ、元はといえば、有料道路の建設にともなう、国の山林開発が原因だった。

二度めは、明確な人災だ。業者が違法な産廃処理を行ったせいで、地下の水脈が汚染され、地下水を汲《く》み上げて利用していた牧場では牧草が枯れ、家畜も健康被害に遭ったり、肉質が落ち、皮膚《ひふ》病のような状態になったりした。そんな牛から取れた牛乳を売ることはできないし、そんな牛の肉を食べさせるわけにもいかない。

最初の牧場の土地は、二束三文でしか売れなかった。諸戸肇は、大きな借金をして〈ハジメファーム〉を作り上げたのに、ようやく軌道に乗りかけた矢先、産廃事件の被害者になったのだ。

倒産するまでは、目をつむって滝壺のなかに飛び込んだような毎日だったと、諸戸が話していた。周囲など何も見えず、事態を打開しようとひたすら無駄な闘いを続けていた。

産廃業者の社長が自殺してしまうと、もはや責任を取れる相手もなく、自治体の管理責任を訴えてもらちが明かない。

借金だけがふくらみ、どうしようもなくなって倒産するしかなかった。

誰のせいだ？　彼はいつもそう自分に問いかけていたはずだ。自殺した産廃業者が悪い。たしかにそうだ。だが、追い詰められた業者は、諸戸よりひと回りも若い、真面目そうな男だった。彼はなぜそこまで追い詰められたのか？

「——諸戸肇は今どうしている？」

内藤の問いかけに、塚口は唸った。事件を暴く発端をつくったのは自分だ。ずっと気にかけてはきたものの、産廃事件だけを追っていたわけではない。

「すみません、ここしばらく連絡を取っていませんでした」

正直に言うと、内藤はすぐさま受話器を取り上げた。

「＊＊県にいる連中に調べさせよう。産廃事件の後、諸戸肇がどこに行ったか。今どうしているのか」

青酸テロ事件の容疑者、浜口義三は、自殺した産廃業者の父親だ。いわば、浜口は諸戸にとって敵の父だ。彼らは、どんな理由で手を結んだのだろうか。

「——あ。携帯」

思い出し、自分のスマートフォンの電話帳を調べた。まだ、諸戸肇の番号も残っている。試しにかけてみると、呼び出し音が鳴り続けた。しんぼう強くかけ続けたが、誰も通話に応じようとはしなかった。

数分後、塚口は諦めて呼び出しを終了させた。

19

『この非常事態に際し、東京都が備蓄している非常食を、都民等の皆様に放出いたします』

テレビで、〈スピッツ〉こと東海竜太郎都知事が、神妙な表情で宣言している。今朝も明るい空色のネクタイだ。

あいかわらず、スーパーやコンビニなどの食料品の棚が、空っぽに近いことを受けての発表だった。

梶田警部は、泊まりこんでいる職場のテレビでそれを見ていた。

当初は、浮足立った都民が食品の買い溜めに走ったからで、気持ちが落ち着けば、この混乱もおさまると見られていた。だが、今ではもう、その段階は通りすぎている。

――食ったのだ。

千四百万人が、食ったのだ。

スーパーやコンビニの棚を空にし、物流センターを空にし、メーカーの倉庫を空にし、メーカーが近隣にある工場をフル稼働させても追いつかず、全国から物資を輸送させてはいるが、圧倒的にトラックが足りない。というより、トラックのドライバーが足りない。

そうこうしているうちにも、千四百万人が朝昼晩と吸い尽くすように食う。本来なら「品薄」くらいの状態だったのが、この数日で、あっという間に都内から食料品が消えつつある。

食って、ゴミを出す。その大量のゴミがまた、物流を阻害する要因にもなっている。

『このたびの事態は、緊急を要しますが、地震などの大規模な自然災害ではなく、都民の生活は通常通り行われておりますので、非常食は一食分を五百円で販売いたします』

都知事の発表に、記者会見の会場がざわめくのが見てとれた。

──売るのか。

梶田は小さく唸り声を上げた。

東京都は、「東京都国民保護計画」を策定している。「武力攻撃事態や大規模テロ等から都民等の生命、身体及び財産を保護し、都民生活や都民経済への影響が最小となるよう」計画しているのだ。その中には当然、食料を含む、物資の備蓄についても取り上げられている。

このたびのテロは、都民にとってはまさに「災害」だ。「災害」時に、非常食を配布して何がいけないのか。都民の生活がふだん通りだから、配布はしないというあたりに、都の腰の据わらなさを感じてしまう。

都知事は、生活保護家庭や低所得者層のために、炊き出しを用意するとも説明したが、『何か質問は』と問われると、案の定、いっせいに記者たちの手が挙がった。

『なぜ非常食を無償配布しないのか』

『低所得者層は炊き出しに参加していいと言っても、実際にはどうやって見分けるのか。また、自分たちが低所得者層だと見られるのを嫌がって、参加しない人たちも多いのではないか』

『オリンピックの選手村に、影響は出ていないのか』

『非常食の販売より、都が責任を持って、物資を運搬することはできないのか』

『こういう時のために、近隣の各県と、物資提供などの、広域にわたる協力態勢を整えているのではないのか』

都知事は、だんだんヒートアップして、〈スピッツ〉らしく、甲高い声でキャンキャンとあまり内容のない答えを吠え始めた。

つまり、都知事が説明したのは、「食べるものがないなら、非常食でも出すか」程度の考えでしかないのだ。細部を詰め切れていないから、答えられない。

——三度笠みたいなミニ日傘を頭に載せて、暑さ対策にすると言った東京都だからなあ。

もう、梶田もあのあたりから、オリンピック関連で都庁に期待するのはやめている。

スマートフォンが震えはじめて、梶田はテレビから目を離した。青酸ガステロ事件の捜査本部にいる刑事からだ。

「——どうしました」

『ガソリンスタンドの軽油タンクに、水を混入させたやつの件ですが。諸戸肇名義で借りられたレンタカーに乗っていた男の顔写真が、撮れたんです。近くの防犯カメラが捉えていました』

思わず、「でかした！」と言いそうになったが、梶田は自重した。「でかした」というのは、彼を養子にした祖父の口癖だった。

「それで、やっぱり諸戸肇だったんですか」

『いや、それが違いました。免許証の写真と比較したんですが、別人です』

「ということは――」

『諸戸肇の名義で車を借り、それを誰かに使わせたのかもしれません』

「まだ仲間がいるということですね」

『我々が考えているように、青酸ガステロ事件から、物流を狙った一連の事件が、すべて同一グループの犯行だとすれば、とてもひとりやふたりで実行できるはずがありませんからね。浜口義三や、諸戸孝二だけじゃない。まだまだ、おおぜいの仲間が出てくると思います』

「見つかった男の写真を、送ってもらえませんか。浜口義三は、諸戸肇について何と言っているんですか」

『やつは、だんまりです。自殺した息子、産廃処理業者については話すんですが、それ以外になると口を閉ざしてしまう。仲間をかばっているんですかね』

――おそらく、それだけではない。

「最後まで計画を実行させるためではないですか。警察に邪魔されずに」

梶田が応じると、先方はしばらく考え込むように沈黙した。犯人グループは、強い意志を持って計画を実行しようとしている。途中で捕まる者がいても、口を割らない。証拠がなければ、他の仲間が続行できる。

浜口義三は、息子を失ったことが事件に関わるきっかけになった。諸戸肇も、何かそうしたことが引き金になったのだろうか。

『とにかく、写真を送ります』

「よろしく。写真を公開するんですか」

『報道機関に流して、情報提供を募る予定です』

犯人がこの後、何を企んでいるのかわからない以上、そうするしかないだろう。数分後、梶田のメールアドレスに、写真が送られてきた。

——こんな男が。

梶田が思わずまじまじと見てしまったほど、どこにでもいそうな普通の中年男性だった。髪に白いものが交じっている。五十代の半ばぐらいだろうか。

——分別盛りじゃないか。

決して短くもない、残りの人生を投げ捨てるような真似を、なぜ彼らはせざるを得なかったのだろうか。

*

「今日も東北？」

「そうなんだ。明日の朝、帰るよ」

世良は、アルファ米のおにぎりを、冷たいコーヒーで胃に流し込んだ。

萌絵も、出勤前で慌ただしく支度している。子どもを保育園に預け、コンビニに行くのだ。

「保育園もよく頑張ってるな。子どもが食べる物は、あるのかな」

「子どもの分は、親が少しずつ持ち寄ってるの。保育園が開いてくれないと、仕事にも行けないし。うちからも、ほら」

萌絵が持ち上げた袋には、離乳食の瓶詰めや、なけなしの根菜などが入っていた。東北で世良が買ってきた保存食も、いくらか持参するようだ。

「だけどね、ほんとに気の毒なのは、園の職員さんたち。みんな同じように食べるものが手に入りにくいのに、文句ひとつ言わずに子どもたちの世話をしてくれるんだもん。本当は、あちこち探し回って買い物のひとつもしたいところでしょうけど。だから、せっかく隆司くんが買ってきてくれたものだけど、少し持っていくね」

「もちろんかまわないよ。どんどん持って行くといいよ。手に入るものがあれば、多めに買って帰るようにするから」

むしろ、萌絵が自分の生活だけを守ろうとする女性でないことが、誇らしい。トラックの仮眠スペースに、積めるだけ食品を積んで戻ろうと思う。

「そう言えばさ。東京都が販売する非常食はどうする？」

「近くに販売所ができれば考えるけど。個数制限をつけると言ってるけど、また買い占めが起きるんじゃないかな」

そもそも、東京都が備蓄している非常食は、六百万食程度のはずだ。まず、家庭や企業で食料を備蓄することを期待されている。多くの人が都の非常食に飛びつけば、六百万食なんて、あっという間に底をつくだろう。

「うちも、缶詰や非常食があるから、まだもってるけど。この状態、あと何日続くのかな」

それは、世良自身も尋ねたいところだ。

「じゃ、行ってくる」

「気をつけてね」

ふだんは明るく「行ってらっしゃい」としか言わない萌絵が、不安を隠すようにそう言った。気丈にふるまっているが、彼女も心配なのだろう。

「大丈夫。俺たちは普通に走るだけだから」

テロなど知ったことか、という気分だ。世良は、いつも走っているように、トラックを走らせるだけだ。

会社に向かうため車に乗り込み、ＬＩＮＥのメッセージに気づいた。エツミからだった。

『あれ、できるって』

――あれって、何だ。

電話をかけてみた。

『もう忘れた？　燕エクスプレスの道路情報だよ。一時的に、運送関係者が誰でも使えるように開放してくれるって』

「本当か！　すごいな」

『代わりに、みんなにも協力してほしいってさ。ＧＰＳの情報から、その道路を最後に車が通ったのが何分前か、自動的にわかるようになるんだけど、それ以外にも、特殊な事故や、道路の状態がいつもと違うことがあれば、その情報を集めてほしいって』

「そうだな。通れるか通れないかだけじゃなくて、正確な情報が欲しいな」

『それでね、あたしも協力することにした。前に、ハマさんに教えてもらった無線機を引っ張りだしたんだ。もう、勤め先の許可はもらった。あたしも基地局のひとりになるよ。無線機とスマホで、みんなからの情報を受けて、燕エクスプレスの人と協力して、システムに登録していくから』

「エツミがそこまでやってくれるのか？」

驚いて、世良は尋ねた。

『いや、あたしも実はよくわかってないんだけどね』

照れたように笑い声をあげる。

『だけど、やり方は燕エクスプレスの人が教えてくれるんだって』

「すごいな」

ちょっと思いつきを話しただけで、あっという間にこんな仕組みができあがっていく。思えば、震災の時もそうだった。みんなの「なんとかしなくては」という気持ちが集まれば、技術が結集し、ふだんは思いもよらない瞬発力が生まれるのだ。

「俺も、無線機を取ってくる。しばらく触ってなかったけど」

『うん、頼むわ。燕エクスプレスから、情報の見方とか、何か起きた時の通報のしかたとか、発表があるんだって。記者会見するんじゃないかな。それが、ドライバーに行き渡れば、きっとすごいことになるよね』

燕エクスプレスは、ボランティアの基地局スタッフを百人から集めたそうだ。ほとんどは、社員とその家族だそうだが、エツミのように、社外からの協力者もいる。

関東一円から情報が集まれば、それでも作業は多忙を極めるだろう。

通話を切り、世良はもう一度、家の中に戻ることにした。押入れの奥に、昔はよく使っていたハムの無線機が眠っている。携帯電話やスマートフォンの普及とともに、すたれた機材だ。だが、こんな時なら無線機のほうが使えるかもしれない。

捨てずに取っておいて、良かった。

これまで、犯人側に一方的に振り回され、守勢に立たされてきたが、ようやく自分たちで身を守るすべが手に入りそうだ。

——見てろよ。

誰にともなく呟き、無線機を捜しに自室に向かった。

＊

彼の予想以上に、ことはうまく運んでいる。

ひとりめの逮捕者は、想定の範囲内だ。浜口義三には、逃げるという意志はなかった。そろそろホテルを出なくてはならないのだが、彼は狭いシングルベッドに腰を下ろしたまま、気を削《そ》がれて、ぼんやりと白い壁紙を見つめていた。

——あと、ひと息だ。

そう思うのに、立ち上がるのが億劫《おっくう》だった。この数日間で、残った力を使い果たした。

他人を大勢巻き込んだ。浜口義三は、刑務所行きだろう。弟も巻き込まれたクチだ。事件に巻き込まれ、被害者となった人たちには、気の毒なことをした。だが、彼は後悔していない。自分は必要なことをやったのだ。

とはいえ、くたびれ果てた実感もある。このまま、やりかけた仕事を投げ出し、ベッドに倒れこんで何も考えずに眠りたい。

壁紙の一部が、コーヒーでも飛んだのか、染みになっている。その染みが何かの動物のようにも見えて、目を凝らす。

——逃げるなよ。

どこかで声がひそひそと囁いている。耳の中に何かいるような気がして気持ち悪く、彼は手のひらで耳のあたりをこすった。

——さっさと、やるべきことをやれよ。そんなのはただの逃避じゃないか。

だが、もう充分にやったじゃないか。

自分たちはゲリラだ。東京を追い詰めるとは言っても、できることは限られている。物流は繊細なレースのように、複雑な編み目で構築されており、わずかなほころびが、大きな破綻につながりかねない。狙ったのは、「蟻の一穴《いっけつ》」だ。

狙い通り、東京は大混乱に陥っている。

——まだまだ。まだ本当に仇を討ったとは言えないだろう？

耳の中の声が、ひそひそと文句を言い続けている。

ふいに、スマートフォンが鳴り始め、彼は驚いてベッドから飛び上がった。

仲間からの電話だと、画面を見てわかった。「ホイさん」と書かれている。

飲み屋でグラスを受け渡しするたび、とぼけた口ぶりで「ほい」「ほいよ」と口にするからだ。本当の名前は嶋内《しまうち》という。

出たくないと一瞬でも感じたのは、疲労がピークに達しているからだ。

「どうした」

『嵐のせいで、あちこちゴミが溢れ始めたよ』

ホイさんが淡々と教えてくれた。高ぶるでも、ざまあみろと達成感を誇る様子でもない。ただただ、己が投げ込まれた人生という急流を、まるで他人事のように眺めている。そんな中年男の声だった。本人も、白髪まじりのくたびれた男だ。

「そうか。やったな」

『あとは、最後の計画だけだ』

「――そうだな。みんなの様子はどうだ」

ホイさんが、ふっと笑う気配がした。

『すごく普通な感じだ。当たり前のことを当たり前にやってるみたいな』

そうか、と彼は呟いた。みんな、自分と同じように大きなものを失った。家族、家、土地、仕事、友人、築き上げた評判。嶋内は評判のいい桃の果樹園を失った。損害賠償の裁判はいまだ進まず、そうこうするうちに借金がみるみる増えて、家族も離散した。幼い孫が健康を害した祖父母もいれば、教え子が自殺した教師もいる。産廃業者が自殺して、やり場を失った怒りは、仲間たちの内側に蓄積して、黒々とした沼のようになっていた。

『俺はな、諸戸さん。もう自分のことはどうでもいいんだ。どうせこの先、俺の人生にとびきりいいことがあるとも思えない。刑務所に行くことになるだろうけど、別にそれでも似たようなもんじゃないかと思うんだ。食う心配をしなくていいだけ、幸せかもしれんわ』

飄々とした声で笑い、ホイさんは『ただな』と続けた。

『他の連中は、なるべく刑務所になんかやりたくないんだわ。あいつらもみんな、これが終わったら自首するつもりらしいけど。わかるだろ、あんたなら』

「ああ。わかってる」

諸戸は、彼らを刑務所にやるつもりはない。刑務所に入るのは、自分たち兄弟と、浜口で充分だ。ホイさんも含め、他の連中について警察に喋る気はない。だから、本人たちが故郷に戻り、口をつぐんでくれるなら、証拠が残らないようにしてきたのだ。あとは、彼らの気持ち次第だった。

『――最後まで、うまくいくだろうか』

ホイさんの声に、かすかに不安が滲んでいる。

「いくさ。ここまでうまくいったんだから」

『そうだな』

電話を切り、天井を仰ぐ。

迷いが晴れたとは、言わない。最後まで自分は、迷い、苦しみ続けるのだろう。

だが、いちど始めたことだ。最後までやるしかない。

*

「あんたんとこ、まだ余裕あるだろう。なんとか、うちのやつも頼めないかな」

思いきり下手《したて》に出たつもりだったが、返ってきたのは盛大なため息だった。

『無理ですよ、永富《ながとみ》さん。うちもヤードがいっぱいいっぱいでね。悪いけど、新規の依頼はすべて断ってるんです。今んとこ、トラックも身動きとれないし』

「新規ってさ、そこらの連中と一緒にしないでくれよ。うちとは長いつきあいじゃないか」

『もちろんそうですけど、本当にどうしようもないんですよ。これ以上、引き受けたら、うちが破綻しちゃいますよ』

永富浩《ひろし》は舌打ちしかけ、かろうじてこらえた。「そんなことを言いやがって、覚えてろよ。二度とお前んとこには仕事を頼まないからな」と捨て台詞《ぜりふ》を吐きたいところだったが、それも我慢した。

「わかったよ。よそを当たってみるわ。すまんかったな」

『ええ、申し訳ないけどそうしてください』

通話を切る直前、電話の向こうから、嘲《あざけ》るような話し声が聞こえてきた。

『あの人のムリをまともに聞いてたら、オレまで首をくくらなきゃいけないよ、なぁ』

永富がもう通話を切ったと思い込んでいたのか、あるいは、わざと聞かせたのか。向こうの事務所内で、小馬鹿にした感じの笑い声がどっと上がる。

永富は渋面になり、むっつりと通話を切るボタンを押した。

よそを当たるとは言ったものの、知っている産廃業者には、もうすべて電話をかけた。返ってくる答えはみんな一様で、「ヤードが満杯」「トラックが動けない」——。

業者が結託して、永富を排除するつもりだろうか。

有限会社トミー解体は、三十年の歴史を持つ解体業者だ。近ごろでは、戸建て住宅や古い低層マンションの解体を主に手掛けている。高層マンションの建築を請け負う一流のゼネコンからは、とんとお声がかからない。

解体したコンクリート殻《がら》を保管しておく、広々とした資材置き場も抱えている。ところがそれが、数日前から満杯なのだ。産廃業者に引き取らせるはずが、次々に断られた。

――続発する物流テロのせいだ。

事務所の簡素なドアを、パタパタと小さな手が叩く音が聞こえた。

「おお、なんだ。来たのか」

ガラス越しに相手の顔を見て、今までの悩ましいやりとりが、一瞬で吹き飛ぶ。永富は相好を崩して立ち上がり、急いでマスクを捜して着けると、両手のひらの汗をズボンの腰でぬぐいながら、ドアに近づいた。

「アンナちゃん、よく来まちたねー」

永富のへその高さで、くるくると動くいたずらそうな目を輝かせている女の子に、迷わず幼児語で話しかける。

「じいちゃん、しごといそがしい？」

「うーん、忙しいけど、アンナちゃんはいつ来てもいいんでちゅよー」

孫のアンナは、やっと来年から小学生だった。息子夫婦は、永富との同居を断り、近所にマンションを借りて親子三人で住んでいる。

いまどきの子どもだからか、それとも女の子だからか、アンナはひどくおませで、口が達者だ。永富にとっては初孫で、彼女が生まれてから、目に入れても痛くないとはこのことかと実感する毎日だ。

この子のためにも、自分はトミー解体をしっかり守らねばならない。仕事は絶えず来るのだ。都会の新陳代謝は激しく、建物も人もどんどん入れ替わる。

永富はその新陳代謝の一端を担っている。人間の身体にたとえるなら、トミー解体は「垢すり」みたいなものかもしれない。古くなった皮膚を削り取り、新たな皮膚が生まれてくる準備を整える。

一昨年《おととし》、総務省が公表した「平成三十年　住宅・土地統計調査」の結果によれば、全国で空き家は今も増え続け、ついに全体の十三パーセントを超える、八百四十六万戸が、空き家だそうだ。ところが、それだけの空き家を抱えながら、毎年、新しい住宅も百万戸近く着工されている。

しかたのないことだと永富は思う。空き家と言っても、住めるような家とは限らない。場所が悪い、設備が古すぎるなど、購買意欲をそそらないからこその空き家なのだ。

何百年と手入れをして住み続ける欧州の石づくりの家と異なり、わが国のハウスメーカーは、五十年からせいぜい百年で建て替えることを前提にした家を作り続けてきた。

建ててはつぶし、建ててはつぶし――。

時おり、大量のがれきを見て途方に暮れることもあるが、経済的な豊かさとは、この破壊と再生の繰り返しが可能なことじゃないか。だから、何も問題はない。新しい家を望む人たちがいて、彼らは金を払うのだ。

クライアントは、道路事情やトラックのドライバーが不足している事情を汲んではくれない。ただ、スケジュール通りに古屋《ふるや》が解体され、更地になってくれればそれでいいわけだから。

転勤で、どうしても引っ越しをしなければならなかった人もいるだろう。期日通りにビルが建たなければ倒産する会社もあるだろう。だから、彼らは道路事情など忖度《そんたく》しない。する余裕がない。

経済が、怒濤《どとう》のように良心や倫理観や人間の正しい価値観を押し流していく。だが永富は、世の中とはそういうものだと、肯定的にそれを見つめている。倫理で飯が食えるものか。正しいことだけをやっていて、企業の経営が成り立つものか。時には他人を押しのけ、押し出し、厚かましいふるまいが勝利を呼ぶ。

——さて、どうしよう。

孫娘の頭を撫でながら、現在抱えている現場で出たコンクリート殻を、どうやって処分しようかと、永富は頭を悩ませている。

20

——トラックに乗るのが、本当の意味で命がけになる日が来るとは。

高階《たかしな》は、路肩にトラックを停め、周囲に注意を払いながら首を振った。このところのテロ騒ぎで、いつ何が起きるかと、ピリピリしながらハンドルを握る毎日だ。

栃木県内の農協に集められた野菜類を積み、都内のスーパー〈エーラク〉に届ける。どこのスーパーも、いまは競うように物資を集めている。〈エーラク〉はもともと、首都圏の農家から直接、青果類を仕入れることに熱心だった。栃木はイチゴ、ニラ、トマトなどさまざまな農産物を産出している。

「――まるで戦争だな」

自分のように若い人間が、知りもしない戦争などという言葉を、気軽に扱うのはどうかと思うが、ついそんな言葉を使いたくなるほど、状況はすさまじい。

なにしろ、今回の事件がきっかけで、高階は「窮乏《きゅうぼう》」という言葉を覚えたくらいだ。

高速道路を使わず、一般道だけで〈エーラク〉の物流センターに届けるつもりだった。道を選択しようとカーナビのルートをあれこれ切り替えてみるが、表示される地図は、あちこちの道路で渋滞が発生していることを伝えている。VICSを利用したシステムだ。道路工事や事故の情報をもとに、道路の状況を総合的に伝えてくれている。だが、渋滞を迂回しようと道を変えると、皆が同じことを考えて迂回ルートを取り、今度はそちらが混雑したりもするだろう。ただでさえ、東京の道は混んでいるのに、オリンピックとこの騒ぎだ。

イライラしながら、地図と道路状況を睨んでいて、ふと気がついた。

――よく見れば、まったく渋滞につかまらないルートが、まるで輝く「神の道」のように、地図上に現れているではないか。

「――マジかよ」

カーナビが正しければ、「神の道」ルートを選んで走れば、いつもよりずいぶん早く、〈エーラク〉に到着できそうだ。

「これはいいな」

高階は、その走行ルートに設定し、走りだした。

＊

ＶＩＣＳセンターが何者かの侵入を受け、システムが誤った交通情報を流し続けているという報告が入ったのは、午後二時頃だった。

「ＶＩＣＳがハッキングされたって？」

梶田警部は、ちょうどオリンピック会場周辺の道路状況を確認し、警備の打ち合わせをしているところだった。

ＶＩＣＳは、一九九六年から稼働している、道路交通情報をＦＭ多重放送やビーコンなどを使ってカーナビに届けるシステムだ。警察、日本道路交通情報センター、道路の管理者などから情報を収集し、ＶＩＣＳセンターなどで編集して、それを提供する。

「誤った渋滞情報を流しているようです」

受話器を握る部下が、半分裏返ったような声を張り上げた。たしかに、次のテロは何かと身構えていたところに、ＶＩＣＳセンターのハッキングとは思いもよらなかった。

「混乱は起きているか？」

「いま、情報を収集しています」

——それだけなら、致命的な障害にはならないんじゃないか。

希望的観測をするなら、そう思いたいところだ。梶田が恐れていたのは、信号機が狙われることだった。都会の混雑する道路で信号が使えなくなると、警察官の人的交通整理に頼るしかない。それまでの間、事故が発生する恐れがあるし、いったん事故が発生すれば、車輛の流れも滞るだろう。

だから、梶田はあらかじめ、警視庁にも連絡し、信号機がテロの対象にならないよう、厳重に監視させていた。

——渋滞情報とはな。

意表を突かれた。

「システムが回復するのは、いつになる？」

「復旧作業中だそうです。まだはっきりとは」

「テレビかラジオで何か言ってるか？　ネットはどうだ」

職員らが、テレビのチャンネルを切り替えたり、ツイッターの様子を見たりしている。

「ネットで何人か、ＶＩＣＳに障害が起きているようだと呟いていますね。まだ、騒ぎにはなっていないようですが」

「わからんぞ、ハンドルを握りながらツイッターはできないからな。選手を競技場へ送迎する車輛が心配だ。異常がないか、問い合わせてくれ」

こんな状態の東京で、本当にのんびりオリンピックなど開催できるのか。いくら、わが国の威信をかけて行うと言っても、万が一、事故でも起きてしまえば、非難されるのは間違いない。

梶田の肚《はら》の中では、そんな批判が猛烈に渦を巻いていたが、立場上、後ろ向きな意見は自分ひとりの胸のうちに封じ込めるしかない。二〇二〇年に開催するはずだった東京オリンピックが、新型コロナウイルスの影響で一年延期になり、万難を排してようやく開催――というこの時期だ。ここまできて、オリンピックの中止も更なる延期もありえない。粛々《しゆくしゆく》と実行あるのみだ。

――人間、歳をとるほど、本音を言えなくなるもんだな。

常に直球で本音しか語らない、兄の顔が浮かんだ。羨ましいと思うことはあるが、真似はできない。兄は兄、自分は自分だ。

「いいか、俺たちは、選手やスタッフが競技に集中できる環境を整えるのが使命だぞ！　彼らを外部の騒動から守れ！　ふだんと変わりのない、精神的に安定した状態で競技できるようにするんだ。各国の選手団やＪＯＣから、丁寧に状況をヒアリングしてくれよ」

梶田は部下たちを叱咤《しつた》激励した。

選手らの安全に気を配るだけではない。時間の管理、食事や健康、それに何より、心の安定だ。落ち着かない気分で、世界のトップアスリートを頂点の舞台で戦わせたくはない。

「テレビ、見てください！」

部屋の隅から声が上がった。離れた場所にいる職員らが、急ぎ足にテレビに近づいている。

梶田もそちらに向かった。

バラバラバラという、やかましいプロペラの音に交じって、実況中継しているレポーターの声が聞こえてくる。

『こちら、空から見た首都高速、五号池袋線です。ご覧ください。神田橋《かんだばし》から中台《なかだい》まで、長い車の列が並んでいます。渋滞しています。先ほど入りました情報によりますと、道路交通情報をカーナビに届けるVICSのシステムが、何者かによるハッキングを受けました。その影響で、現在、カーナビの渋滞情報が正確に表示されず、渋滞を回避することができなくなっています。……』

ヘリコプターから撮影していると思《おぼ》しい映像が、延々と数珠《じゅず》つなぎになっている車列を、上空から舐めるように映し出している。

レポーターによれば、特定の道路が混雑していて、身動きも取れない状態になっているかと思えば、ほとんど車が走っていない道路もあり、その差が激しいそうだ。渋滞している高速道路の出口付近がさらに渋滞し、一般道に逃げて空いた道を走ろうとしても、思いがけない場所の渋滞にまた捕まってしまう。

――これは大変なことになった。

こうして、俯瞰して全体像を把握できる自分たちには、渋滞の場所も長さも想像がつくが、あの車列にいるトラックの運転手には、自分が何に巻き込まれているのか、想像もつかないだろう。これから数時間、蟻の歩みのようなノロノロ運転を続けなければいけないとは、予想できない。

高速道路の上で、下りることもかなわない運転手の苦悩を想像し、胃が痛くなった。

＊

「えっ、だって、今日の午後には配送があると言ってたじゃないですか！」

明角は、自分の声が裏返るのを感じた。もし、今ここに鏡があれば、自分の顔は青白くなっているに違いない。腹も減った。今朝は、自宅にあった非常食のクラッカーを少し食べ、昼はその残りを食べただけで、力が出ないのだ。東京都が非常食を販売しているそうだが、仕事があるので、そちらに行くこともできなかった。独身者には酷だ。

スーパーマーケット〈エーラク〉阿佐ヶ谷店は、今もまだ「売りたいのに売るものがない」という、ひどい欲求不満状態に陥っている。

電話の向こうは〈エーラク〉の対策本部だ。彼らの呻くような説明を聞き、頭を抱える。

『商品は確保したんだ。物流センターまで無事に送られてくるはずだった。だが――』

これまでは、外部から都内への入荷が遅れていた。今度は、都内の交通が麻痺している。

――目と鼻の先まで物資が届いているのに、ここまで運んでこられないとは！

「店長、店長！」

がっくりとして電話を切ると、総務スタッフの網代が、スマホの画面を睨みながら飛び込んできた。

「たいへん、たいへん！　これ見て」

のろのろと顔を起こし、網代のスマホに目をやった。首都高速を空から撮影したようだ。

「――なんだこれ。ゴールデンウイーク終盤の高速みたいだな」

つい、自分が置かれた状況も忘れ、驚きのあまりそんなことを呟いてしまった。

「びくとも動かないんだって。高速の出口がまた渋滞してて、詰まっちゃってるって」

「それでか――」

「あれっ、店長、どうして落ち込んでるの？　ひょっとして、午後の便がまた――」

「来られないそうだ」

網代の肉づきのいい顎が、がくんと下がる。

「うっそ――」

「嘘じゃない」

「だって、午後の便で何か来ると思って、もうお客様が並んで待ってるのに」

この暑さのなか、外で並ぶと倒れる人が出そうなので、〈エーラク〉の店内で待ってもらっている。すでに数十人が、一時間以上は待っているはずだ。状況を知っているだけに、明角も申し訳なくて泣きたい気分だった。

昨日は、店が商品を隠しているのではないかと詰め寄るお客さんもいて、本気で辛い思いをした。

――そろそろ、暴動でも起きるんじゃないか。

そんなことを考える。むしろ、明角自身が暴動を起こしたくなってきた。

「——今日は無理だ。事情を話して、諦めてもらおう」

網代が無言でこちらの目を見上げた。

当然、その「事情を話す」役目は、あんたが背負うのだろうなと、網代の目が覚悟を問うている。

明角はため息をついた。

「——行ってくる」

背後で網代が小さく拍手して送りだした。まるで、戦地に向かう兵士の気分だった。

*

カーナビに騙された、としか言いようがない。

高階は、一ミリも動かない前の車を睨み、眉間《みけん》に深い縦じわを刻んだ。自分のトラックの前には、果てしなく長い列ができている。次の交差点まで進めば、別の道路に逃げようと何度も考えたのだが、交差点にさしかかるたび、向こうにも大渋滞が見えて愕然とし、諦めた。

ラジオのチャンネルを切り替え、ニュースを探す。何が起きているのか、さっぱり理解できない。自分はカーナビに現れた、渋滞なしの「神の道」に入っただけなのに。

『——VICSのシステムが、何者かの侵入を受け、誤った渋滞情報を流しているということなんですが』

『特定の道路だけがこんなに混雑しているなんておかしいですよね。まるで、車を誘導したように見えますね』

パーソナリティの言葉に愕然とする。

――やっぱり、騙されたんだ。

長く車に乗っているから道も頭に入っているし、知らない場所に行くならともかく、カーナビに頼ることはほとんどない。そもそも、GPSが狂うこともあるし、カーナビが勧めてくる道路は、時にとんでもない隘路《あいろ》に突っ込んでいくことすらあるから、頼りにはできない。

だが、高階も渋滞情報は見る。

微動だにしない車列にため息をつき、運転席のシートにもたれて天を仰いだ時、前方から大きな声が聞こえたような気がした。

「――何だ?」

ゴジラでも出たのかよ、と軽口を叩きかけたが、前のほうから、車の間や歩道を走って逃げてくる人々の姿が見え、口をつぐんだ。彼らは何度も後ろを振り返りながら、何か叫び、必死の形相で駆けている。高階は急いで窓を下ろした。悲鳴が耳に飛び込む。

「早く! 早く逃げろ!」

叫んで走っていく中年の男性の背中に、「何かあったんですか」と呼びかけた。

「前のほうで、車が爆発して火事だ! 次々に別の車に引火して、大変なことになってる」

えっ、と高階が目を剝《む》いた時には、男性はもう身をひるがえして駆けだしていた。窓から顔を出し、伸びあがるようにして見ても、前方の火の手はまだ見えない。だが、こちらに逃げてくる人の数は、どんどん増えている。

中に、髪の毛が焦げた女性や、すすをかぶって顔が黒くなった男性を見かけ、背筋が寒くなった。

――逃げると言っても。

自分のトラックは、そして積み荷はどうなるのだ。とまどいながら周囲を見渡す。このあたりにいる車のドライバーは、困惑しながら様子を見ているようだ。高階と同じように、車を降りたり、窓を開けたりして、少しでも状況を摑もうとしている。

もし、逃げることになれば。

緊急事態だから、鍵を差したまま逃げることになる。でないと、警察や消防などが、緊急車輌を通すために車列を動かしたくても、動かすことができない。

パトカーのサイレンが後ろから聞こえてきた。事故現場に駆けつけようとしているのだろうが、渋滞のせいで通れない。逃げてくる人々もパトカーの進行を妨げている。それでも、周辺の車に少しずつ左右に分かれて避けさせ、じりじりと通り抜けてくる。高階も、ほんのわずか左に寄った。

前方で、大きな爆発音がした。高階は、ぎょっとして爆発のあった場所をつきとめようと、目をこらした。

『いま入った情報によりますと』

音楽を流し始めていたラジオが、再びニュースに戻っている。

『都内各地で、爆発物と見られる荷物を積んだ車が炎上し、周囲の車輛を巻き込む大きな事故となっています。詳しいニュースが入り次第、お伝えいたします』

——都内各地だって？

この先にある道路だけではないということか。

混乱しながら、前方の様子を見守る。パトカーだけではなく、消防車や救急車など、複数のサイレンが混じって、あちこちから聞こえ始めた。先ほどのパトカーが、どうにか渋滞をすり抜けて前方に消えた。どのあたりで事故が起きているのか、高階にはよくわからない。こんな時、鳥のように高い場所から俯瞰できない自分がもどかしい。

前から逃げてくる人の数が、さらに増えている。今まで車の中で様子を見ていた人が、こらえきれずに逃げ出したようだ。

また、地響きとともに爆発が起きた。今度の炎は、高階のトラックの運転台からも見えた。距離にして、三百メートルもないだろう。爆風で、運転台が揺さぶられたほどの近さだった。

三台前の車から、浮足立ったふたりの男性が降りて、荷物を抱えて後方に駆けだすと、その周囲の車からも、彼らにつられるかのように慌ただしくドライバーが車を降り、逃げ始めた。

——これまでか。

高階も、貴重品をかき集め、ポケットに入れた。

恨めしく、トラックの冷蔵庫を見つめる。バッテリーは、あと何時間もつだろう。自分が車に戻るまで、もってくれるだろうか。

この荷物を待っている〈エーラク〉の従業員や、一般消費者のがっかりした顔を思い浮かべ、胸から腹にかけて、きりきりと絞られるような気分になった。ふがいないが、自分はスーパーマンではない。仕事はたいせつだが、自分の命が一番たいせつなのだ。

――ごめんな。

何に謝ったのか自分でも判然としなかったが、高階は一瞬頭を下げ、キーをトラックにつけたまま運転台から飛び降り、他の人々とともに駆けだした。

*

『世良ちゃんでぎりぎりセーフくらいだよ。他のトラック、何台も東京から出られなくなってるから』

耳を疑うような東清運送の総務担当者の話だった。

VICSのシステムに侵入したハッカーが、多くの車輛をいくつかのルートに集中するよう誘導し、大渋滞を引き起こしたうえで、爆発物を積んだ車輛を途中で爆発させたそうだ。渋滞の車輛が邪魔になって消火作業が進まないうえ、通行もできなくなっているという。

『東京がさ。シャットダウンされちゃった感じだよ。入ることも出ることもできないし、都内で走っていても大混乱だ。ひどいよ』

総務担当者が喚いている。都内では、よほどの衝撃が走っているのだろう。

「またテロなのかな？」

『そうだろう。テレビはそう言ってる』

同じ犯人グループだろうか。だとすれば、ハマさんに対する警察の取調べも厳しいものになりそうで、世良は暗澹《あんたん》となった。

そもそも、これまでのテロで、都内の食料や生活物資が底をつき、東京は空っぽになっていたはずなのに、とどめを刺すような事態ではないか。

オリンピックへの影響は出ていないのだろうか。弟の顔を思い浮かべ、心配になる。オリンピック開催に全力を尽くしている人たちのためにも、成功してほしいと思う。

『帰るころどうなってるかわからないが、また連絡するから』

「わかった。頼みます」

通信を終えると、萌絵に電話をかけるかどうか、迷った。彼女は今日もコンビニに仕事に行くと言っていた。何か入荷があるはずだと、おおいに期待していたようだ。だが、それもいま聞いた状態では、難しいだろう。

——萌絵、そっちも頑張れよ。

助けに行ってやれるわけではない。彼女は彼女で頑張っている。自分は自分の仕事をする。それだけだ。

世良は、あえて電話をかけないことにした。

代わりに、古ぼけた無線機が発する雑音に耳を傾ける。

エツミたちが中心になり、首都圏各地の交通情報を、無線とインターネットで収集し、案内しているのだ。まさかＶＩＣＳが攻撃されるとは思わなかったが、そうなった今となっては、エツミらの仕組みが頼りだろう。

シャットダウンされた、空っぽの東京に背を向けて、北にトラックを走らせる。明日の早朝、また東京に戻る予定だ。

＊

「諸戸さん、おかげんいかがですか。体温計りますね」

ベッドの周囲に引き回されたカーテンを開き、クリップボードの数値に目を落としながら入っていった長尾は、ベッドの上に横たわる男の顔に視線をやり、息を吞んだ。

——目を開けている。

脳震盪を起こして病院に運びこまれてからずっと、眠り続けていたのに。

「聞こえますか？　看護師の長尾です。病院にいらっしゃるんですよ、覚えてますか」

話しかけながら、さっさとバイタルサインをチェックして、クリップボードに挟んだ紙に書きつけていく。

外にいる警察官が、中の話し声に気づいて覗き込んでいる。だが、まだ事情聴取できる段階ではない。まずは医師を呼んでこなくては。

諸戸孝二は、ベッドに人形のように横たわったまま、ぼんやりと目を開いて天井を見つめている。

「自分のお名前、わかりますか？」

まぶたが二度、震えた。

ひくっと喉が鳴り、鋭く息を吸い込む音が聞こえたが、諸戸は名前を言わなかった。その代わりに、唇を激しく震わせ、顔をくしゃくしゃにゆがめた。

「ニイサン――」

囁くような声だった。肋骨《ろっこつ》が折れ、あやうく肺に刺さるところだったことを思えば、当然だ。痛み止めは点滴に入っているが、それでも満身創痍《まんしんそうい》で気が遠くなるほど辛いはずだ。

「いま先生を呼びますから！」

長尾は病室を飛び出した。

21

「ホイさん」は、目の前で起きていることが、自分の手で引き起こされたという実感がわかなかった。

——車が燃えている。

みんな逃げていく。幹線道路を埋め尽くすように、車輛が放置されている。大事な乗用車を、タクシーを、トラックを投げ出して、後ろ髪を引かれるように時おり車輛を振り返りながら、それでも命には代えられず、ドライバーが駆けていく。

残されたのは、キーをつけたままの放置車輛の群れだ。緊急車輛が通行しやすいようになるべく端に寄せて——と言いたいところだが、大混乱のなか、必ずしもルール通りの停め方はされていない。

パトカーと救急車、消防車が、放置車輛の隙間をかいくぐるように、苦労しながらノロノロと進んでくる。

パトカーが一台、彼のすぐ横をすり抜けていった。助手席に座った中年の制服警官と、一瞬だけ視線が合い、ひやりとした。特に問題はないはずだ。警官は彼のことなど気にした様子もなく、ただ周囲の様子に目配りしているだけだ。

——諸戸さんは、逃げられたかな。

逃げるドライバーに交じって走りながら、彼は諸戸肇の行方に不安を感じた。仲間のなかで、いちばん深刻な被害をこうむり、人生を破壊された男だ。

彼の語る言葉に、仲間はみんな高揚した。怒りをふくらませ、感情を燃え立たせた。

諸戸がいなければ、自分は今こんな場所にいて、こんな事件に関わってはいない。彼にそそのかされた、と言えなくもない。

だが、もちろん恨むつもりはない。むしろ、誘ってもらったことに感謝している。あとは、ここから逃げきれるかどうかだ。

＊

この男が、と戸成刑事はベッドに横たわる諸戸孝二をまじまじと見つめた。

あんな大それた事件に関わりそうなタイプには見えない。真面目そうな三十代、細面できゃしゃな体格の、今どき渋谷《しぶや》を歩けば、一時間に千人以上は見かけそうな若者だ。

常にしかめっ面《つら》をしているのは、全身十か所以上にわたる骨折のせいだろう。生きていてくれて良かった。おかげで、事情を聞くことができる。

「身体は、ずいぶん辛いんだろうね」

ベッドの脇に置いたパイプ椅子に腰を下ろしながら、戸成は穏やかに尋ねた。いたわりの言葉から事情聴取が始まったことが意外だったのか、諸戸の表情がかすかに動く。だが、返事はない。

「――お兄さんのことで来たんだ」

シーツに載せた指先が、ぴくりと震えた。

「君のお兄さん、諸戸肇だね。どこにいるか、わかるかな」

諸戸は顔をしかめ、無言を通している。

「青酸ガス事件にお兄さんが関与していることは、わかっているんだ」

戸成は、あくまで落ち着いた態度を崩さずに告げた。

「今日、東京で何が起きたか、知ってるか？」

黙り込む諸戸にため息をつき、言葉を継ぐ。

「東京の幹線道路を巧妙に渋滞させ、爆破テロを起こしたんだよ。君の兄さん、どうかしているな。百人を超える重軽傷者が出た。死者が出なかったのが不思議なくらいだ。――これ以上の罪を重ねずに、罪を償ってもらいたい。君は、そう思わないか」

諸戸は知らなかったようだった。ただでさえ青白い顔色が、凍りついたように褪《さ》めていく。

諸戸の良心は生きている、と思った。これまで職場での評価も高く、問題を起こしたこともない。真面目な若者だと、社員は口をそろえる。この男は、兄によって心ならずも巻き込まれたのではないか。

「なあ、諸戸さん。これまでの捜査で、警察もある程度の事情は把握している。だが、今は言わない。あんたの口から聞かせてくれ。あんたはなぜ、せっかくの立派な仕事を棒に振って、こんなとんでもないテロに加担したのか。お兄さんはどうして、こんなバカげたことをおっぱじめたのか。ちゃんと、知ってるんだろう」

諸戸の喉仏が、ごくりと上下する。

言葉は優しかったが、戸成は厳しい目で諸戸を見ていた。兄の言いなりになったとは、もはや言えない年齢だ。この弟にも弟なりに、テロに協力する背景があったのだろう。

「――あんたらは、何がやりたかったんだ？」

褪めた諸戸の唇が、うっすら開いた。折れた足を吊っているので、寝返りを打てない。視線は白っぽい天井ボードを見つめている。

「――とり、かえしたかった」

初めて諸戸の声を聞いた。胸が痛むのか、とぎれとぎれの言葉だった。

「取り返す？」

「――あにが」

諸戸が、干からびて割れた唇を舐めた。

「お兄さんが。お兄さんは、何を取り返したかったんだ」

「いえ」

「家？　諸戸肇が家を失ったとは聞いていないが」

諸戸の目に、焦燥の色が浮かぶ。どう説明すれば理解してもらえるのかと、考えこんでいるようだ。

「――地すべりで」

「最初の牧場は、土砂災害で失ったのだったね」

かすかに頷く。捜査で判明したのと同じだ。

「移転した先では、違法産廃処理事件が起きて、牧場がつぶれた」

発声に慣れたのか、諸戸がいっきに言った。

「兄は、牧場の仕事しか知らないから。牛や豚の世話しかできない」

「ご両親から受け継いだ牧場だね。兄さんが跡取り息子か」

諸戸が再び頷く。だんだん、心の障害物が取れて、言葉が楽に出るようになったらしい。

「兄は牧場で生まれ育ち、牧場で働いて、牧場で死ぬつもりだったんだと思う。自分から牧場を取ると、何も残らない。そう思い詰めていたから」

「──ひどい災難だったとは、私も思う」

「そんなに簡単な話じゃない。兄は、牧場を失うと同時に、家族とも離れ離れになった。水質が悪化したり、有毒なガスが出たりしていたこともあって、兄嫁が子どもを連れて実家に避難してしまったから。兄は、牧場から離れようとしなかったので」

諸戸肇の牧場には現地の警察から人をやり、家族を捜していたが、今は誰も住んでいないようだという回答が返ってきていた。そういう事情だったのか。

「だが、青酸ガステロを起こしても、家族は戻らない。そんなことわかってるだろう」

諸戸が、再び乾いた唇を舐めた。

「理屈じゃない」

「あんたは冷静な人間のようだ。どうして兄さんを止めなかった？　どうして、一緒になってテロに協力したんだ」

その問いに、答えはなかった。諸戸はかたくなに唇を引き結び、天井ボードの一点を睨むように見つめるだけだった。

「あんた、兄さんが今どこにいるか、知ってるんだろう」

畳みかけるように戸成は尋ねた。

「弟のあんたなら、計画の全体像を聞いているはずだ。諸戸肇はこれから何をするつもりだ？　これですべて終わったのか？」

いいかげん、東京に大きなダメージを与えたではないか。国内で発生したテロ事件としては、信じられないくらい大きな被害だ。

諸戸はかすかに首を横に振った。

「――知らない」

「とても信じられないよ」

諸戸の眼差しは、不安げだった。目を細め、苦しげに天井を睨んでいる。

「――東京は別の国なんだ」

「なんだって」

面食らい、問いかける。

「事件を起こす前に兄が言った。この国では東京だけが特別で、まるで別の国みたいだって」

「どういうことだね。兄さんがそう言ったのか」

「僕は東京に出て、その意味が少しわかったよ。別世界だ。人の多さも、手に入るものも、未来のありかたも。世界が明るく輝いているようだ。だけど、両親の牧場に帰ると、一瞬で光が消えた」

葛飾区《かつしか》で生まれ育ち、ずっと東京に住んでいる戸成は、戸惑いながら聞いていた。

――東京だっていろいろだ。さほどピカピカ光った場所ばかりじゃない。

東京に貧困がないわけじゃない。地方と何が違う、と否定したくなる。

戸成の戸惑いを感じ取ったのか、諸戸がこちらに視線を移した。

「――ずっと東京にいると、わからなくなる。僕も兄に言われるまで、長いこと忘れていた」

その後もしばらくは病室にいて、諸戸の事情聴取を試みたが、口の重い彼から聞き出せることは何もなかった。

病院を出て携帯を確認すると、捜査本部からの着信が数回あった。

「――なんだ」

『戸成さん、諸戸肇が使っている車輌が判明しました』

諸戸は以前、白の国産ハッチバックを自分の名義で保有していた。だが、それは事件の直前に売却されていた。

『盗難車です。諸戸が立ち寄ったコンビニの駐車場で、防犯カメラに顔が映っていて判明したんです。奴が乗っているのは、＊＊県内で盗まれた黄色の軽自動車です。ナンバープレートを付け替えて乗っていたので、Nシステムには引っかかりませんでした』

現在つけているナンバーが判明したので、既にNシステムに対象として登録したとのことだった。幹線道路などを通過した時点で、警報が出る。

『これで、諸戸肇は袋のネズミですよ』

勢い込む若手の刑事の言葉に耳を傾ける。興奮しすぎて危うい気はするが、せっかく盛り上がっているのに、水を差す気はない。

「そうだな。逃がすな」

『もちろんです！』

――ようやく、諸戸肇の居場所がわかるのか。

そう胸を撫でおろしたものの、どこかに先ほどの諸戸孝二の言葉が引っ掛かっている。

東京は別の国なんだ――。

＊

北に向かう間も、世良はたまに無線のやりとりを聞いていた。

『錦糸町《きんしちょう》のな、ほら、墨東《ぼくとう》病院の前の道や。バイクとトラックが接触事故を起こしてな。バイクが横転しとって、渋滞が起きてるで』

『うん、わかった。登録しとく。ありがとう』

オペレーターは大勢いるそうだが、たまたまエツミの声が流れてくると、心が和む。エツミも頑張ってるな、と思う。それに、渋い声の関西弁を聞くと、トラを思い出す。あいつも今ごろ、どこかを走っているはずだ。

燕エクスプレスの社内システムを借り、関東一円の職業ドライバーが情報交換している。スマートフォンなどを登録し、位置情報を送って、通行できた道路を自動的に記録させる。また、無線機を持つドライバーは、基地局に詰めているオペレーターに、道路の事故情報や渋滞情報などを知らせる。公開された情報は、スマートフォンなどで表示させることができる。

東北に向かう世良には現在のところ必要ないし、協力することもできないが、東京に戻れば、じき必要になる。

午後四時になろうとしている。

午前中には、栃木の薬品メーカーで医薬品を積みこんだ。まずはこの荷物を、仙台のドラッグストアチェーンに届ける。

それがすめば仙台の缶詰工場に寄って、レトルト食品や缶詰をしこたま積み込んで、すぐ引き返す。途中、サービスエリアで仮眠と休憩を取り、明日の早朝には東京に戻っている予定だ。朝一番に、〈エーラク〉の物流センターに運び込めるだろう。

昨日、物流センターで拝むような扱いを受けたことを思い出した。

――それだけ、みんなが物資を待ってるってことだ。

そう考え、気を引き締めてハンドルを握り直す。明日になれば、状況はマシになっているだろう。なにしろ、警察も犯人逮捕に向けてこれだけ動いているのだ。オリンピックの開会式も近い。ぐずぐずしてはいられない。

*

「いいから早く、どんどん積んでくれ！」

永富がけしかけるように手を動かすと、ショベルカーの運転台から、作業員が不安そうに顔を覗かせた。

「だけど、社長――積んでどうするんだ。こっから動きようもないだろう」

「いいから積めって」

永富は苛立ちをこらえ、ダンプカーの荷台に顎をしゃくった。横腹には、有限会社トミー解体と社名がペイントされている。あれを隠さねばならない。

別のダンプカーを調達することも考えたが、この騒ぎでは、他人に車を貸すような余裕のある会社はない。

作業員は、不承不承の態で、資材置き場に山と積まれたコンクリート殻を、ダンプカーに積み上げる作業に戻った。資材置き場にはもう置き場がなく、トタンの波板を立てた仕切りから、溢れそうになっている。ショベルカーのアームが持ち上がり、コンクリートと石こうボードや石綿、鋼材がまじる「殻」を落としこむたび、雷様が自棄《やけ》になって太鼓をたたいているような、凄まじい音がした。自棄になっているのは、あの作業員だろうか、あるいは永富自身なのか。

――夜までに終えなきゃな。

午後五時近いが、陽射しはぎらつくようで、夕方の気配はあまりない。日が沈むまで、あと二時間ばかりあるだろう。

とにかく、この資材置き場をどうにかしないことには、解体作業を続けることができない。関東一円の産廃業者に電話をかけて頼み込んだが、どこも引き受けてくれない。それなら、自力でどこかに運んで、捨ててくるまでだ。

永富には、いくつか場所の心当たりがあった。奥まった山中で、付近に民家などはなく、人はほとんど来ない。山林は個人の持ち物らしいが、遠方に住んでいて監視の目が行き届かない。

昔はよく、そこに「殻」を持ち込んだものだった。何年か前、＊＊県の産廃業者と取引するようになってからは、そこに任せておけば安心で、自分の手を汚すこともなくなったのだ。

その年若い業者の顔をふいに思い起こし、永富はぶるっと身体を震わせた。

――あいつ。死んだりしやがって。

彼に無理を言ったことは自覚しているが、裁判になったからって、何も死ぬことはなかった。一度、彼の父親だという男が現れて、永富のせいで息子の会社が訴えられたのではないかと詰め寄られた。永富はしらを切るしかなかった。あの父親の目つきには、包丁でも持ち出しかねない、危うい熱さを感じた。へたをすると、永富はずぶりと刺されていたかもしれない。

――俺たちは、この世界の、立場の弱い最下層なんだぜ。

モノを生み出すメーカーは、日の当たる場所で称賛される。だが、どんなモノでも、いつかは廃棄する日がやってくる。そのとき、ゴミを回収し、廃棄処理をする人間には、誰も目をくれようともしない。

せいぜい、ゴミ収集車のそばを通りかかるとき、饐《す》えた臭いに顔をしかめ、小走りになって逃げるように立ち去るくらいで。

——あんたらが出したゴミだろうが。

何度、永富は苦情のひとつも言ってやりたくなったことだろう。トミー解体が廃棄するコンクリート殻も、家庭から出る生ゴミも、すべて人間が生きて、活動するから発生したものだ。まるで他人事のように、ゴミだけ見て顔をしかめるやつら。

——自業自得じゃないか。

捨てる場所がなくて、ゴミが山野に溢れたとしても、それは適当にモノを消費し、適当に捨てた奴らの責任だ。捨てるという行為に、価値を認めない奴らが悪いのだ。

——俺のせいじゃないぞ。
＊＊県の違法産廃処理が裁判になったとき、永富は起訴こそされなかったが、産廃の出所と睨まれて警察の事情聴取を受けた。その後は、奥羽タイムスという地方新聞が中心になって、「＊＊県の美しい自然を返せ」運動を起こしたことなどを含め、ニュースを追いかけてきた。
「先祖代々伝わる、緑豊かな＊＊の土地」

「うるわしいニッポンを守れ」

そういう、歯が浮くような美辞麗句を並べたスローガンなど、永富には響かない。それより、裁判の場で被告の産廃処理業者が叫んだ言葉のほうが、胸に刺さった。

『誰かが捨てなければいけなかったんです』

彼はそう言ったと、奥羽タイムスは書いていた。

――俺だって、そうさ。

誰かが廃棄しなければ、処理しなければ、街にゴミが溢れる。だから俺は、こうして死にものぐるいで走り回っているのだ。それほど美しいニッポンを守りたいのなら、もうゴミを出すなよ。メーカーはゴミをあまり出さない製品を率先して作り、消費者はそれを選択して、大事に使えばいい。でなければ、この土地は廃棄物に覆われるしかない。

ダンプカーの荷台は、もう八割方、コンクリート殻で埋まりつつある。

＊

東京オリンピックの競技場は、東京都以外のものも含めると、四十一か所だ。そのほか、選手村がある。競技施設を集約したオリンピックパークが存在しないので、競技ごとに個別の会場に分散している。

そのせいで、警備体制は膨大な人員を必要としている。

警察や海上保安庁などの公的な警備だけでは対応できるわけもなく、民間警備会社に協力を要請し、二〇一八年には複数の民間警備会社からなる「東京2020オリンピック・パラリンピック競技大会警備共同企業体」が設立された。ＪＶと略されるこの団体が、およそ一万四千人必要とされる民間警備員の受け皿となるのだ。

国の威信をかけた国際イベントだけに、ほかのすべてに優先される。例年、地方で開催されてきたイベントの中には、必要な警備を手当てすることができず、開催を見送るケースもあったと聞いている。梶田が関わっているのは、そういう大ごとだ。

——もう、忘れたことは何もないか。

梶田はこの数か月、自宅で眠っていても、途中でハッと目を覚ますことがあった。夢の中で、何かを思いつく。慌てて飛び起き、枕元の手帳にメモを取る。いったん目を覚ますと、再び眠りにつくまでしばらく煩悶《はんもん》する。何かミスをしていないか。大事なことを忘れていないか。本当に警備はうまくいくのか。とんでもない事故が起きないか。

不安で眠れず、たまに動悸が激しくなり、脳の芯がしびれたようにもなった。

——もし、何か起きたら。

胃痛がして胃薬にも頼るようになり、もともと渋かった表情は、どんどん眉間の皺が深くなるばかりだ。

実際、梶田らの落ち度ではないものの、テロが起きてしまった。死者が出ていないのが不思議なくらいだ。これで度胸が据わるかと思えば、そうでもない。いまだに胃薬を手放せず、やっぱり夜は眠れない。そもそも、新型コロナ禍に対応するだけでも神経をすり減らしたのだ。

競技場の警備に交通整理、不審物、不審者の警戒。犯人が東京の道路封鎖を狙っていると気づいてからは、検問もさらに厳しくした。

「東京は、守るべきものが多いからな」

千四百万人の都市は、国会や官邸、官庁を始め、国の中枢をまるごと抱えている。梶田でなくとも、ぼやきたくなるはずだ。

梶田はスマホを取り上げ、何度か画面を睨んだあげく、電話をかけた。

向こうも多忙なのだからと、これまで電話を控えてきた。青酸ガステロの事件を初期から追っている、戸成という刑事だ。

「——戸成さん。梶田です」

声を聞くとすぐ、刑事が『ああ』と呟いた。

「今いいですか」

『大丈夫です』

「状況を伺いたくて。教えてください。諸戸肇の居場所はわかりましたか」

『いや。まだです。今朝まで宿泊していたビジネスホテルはわかりましたが、チェックアウトした後でした。だが、コンビニの防犯カメラが、黄色の軽自動車に乗りこむ諸戸を映していました。盗難車で、ナンバープレートも盗まれたものです。今はナンバーから車を追っています』

——ホテルにいたのか。

歯噛みしたくなるような情報だ。

『ですが、この時刻になってもNシステムに引っかからないところを見ると、奴は車を替えたのかもしれない。これまでに防犯カメラなどに映った車種も、すべて異なるんです。あらかじめ何台もの車を用意して、タイミングを見て切り替えているとしか思えない。頭のいい奴です』

戸成の声も疲れている。

「ずいぶん、金がかかったでしょう。諸戸は牧場を失って、金に困っていたんじゃなかったですか」

『ここまでデカい犯罪をするんだ。そのくらいの出費を惜しむとは思えませんよ。自分の金じゃないでしょう。誰かに借りた金かもしれませんしね』

「諸戸の弟は、何か言ってますか」

『弟も、居場所はわからんようです』

「軽油に水を混ぜた男はどうです？　写真を公開した奴です」

『情報提供は山ほどあるんですがね。決め手がなくて』

どこにでもいそうなタイプではあった。くたびれた戸成とふたりで、意気の上がらない会話を交わし、通話を終える。

電話が終わるのを待っていた部下が、固定電話の受話器を握って梶田を呼んだ。

「警部！」

「――どうした」

「選手村の担当者からお電話です」

以前、視察に訪れた際、案内してくれた男だった。

『梶田さん、今日の爆破事件に、選手村に食材を届けるはずだったトラックが巻き込まれまして』

「なんですって」

なぜ、そんな大事な話が、夜になるまで自分の耳に届かないのか。思わず室内を見渡すが、みんな自分の仕事に没頭している。

「警備がついていたでしょう」

『もちろん。渋滞で身動き取れないところへ爆破騒ぎで、どうしようもなかったようです』

「選手村の様子はどうですか」

『こんな事態でも、意外に落ち着いていますよ。海外の報道を、ネットで読んでいるようです。ただ、食料が底をつく可能性がでてきました』

「いつまでもちますか」

『明日の夜まではどうにか』

――まだ開会式が始まってもいないのに。

車がダメなら、船かヘリコプターだ。そう判断して、梶田はうなずいた。これが兵糧攻めだと気づいた時から、トラックの代替になる輸送手段を考え、手は打ってきた。

「わかりました。明日中にはなんとかします。またすぐ連絡しますから」

感謝の言葉とともに通話が切れる。

――さて、またまた忙しくなるぞ。

万が一の場合に、ヘリコプターを借りる約束を、いくつかの自治体や企業と結んでおいた。

ドローンを使った宅配を検討している企業にも話を通し、いざとなれば選手村までの物資輸送に借りる算段をしておいた。

企業側は実績を作りたいので、渡りに船とリーズナブルな価格で輸送を手伝ってくれるようだ。

——こうなれば、なりふりかまっていられない。

梶田は部下に物資輸送の指示を出した。

22

トラ——岩坂巧が、いつものように気仙沼で獲れた魚を積み、常磐自動車道を走って福島県に入ったのは、日付が変わってしばらくしたころだった。

先日のトンネル火災の影響で、まだ関南トンネルの上り線は車線が減少しており、通行は可能だがひどく混雑すると聞いている。それで、トラはいわき勿来インターチェンジでいったん高速を下り、一般道を通って茨城県に入ることにした。

ここまでの道中は、非常に順調だ。だが、どこか硬いしこりのような不安が残る。

例のトンネル火災の件が、トラウマになっているのだ。

——また、あんなことが起きたら。

犯人はまだ捕まっていない。今もどこかで、次の事件を起こすべく、虎視眈々《こしたんたん》と狙っているのではないか。

実際、トラ自身こそ巻き込まれなかったものの、今日の日中、東京ではVICSシステムを乗っ取り、ドライバーを誘導したあげく、爆破テロを起こすという事件が発生したばかりだ。

助手席の、物置から引っ張り出してきた古い無線機が、ザーと音をたてた。

『はい、どうしましたか。こちらオペレーター』

『まだいるのかなと思ってさ』

『なによ、いるに決まってるじゃん。何かあったの？』

『いや。何もないよ』

『馬鹿だねえ』

ケラケラ笑って、エツミが通信を終える。トラの口元も思わずほころぶ。

先日来、トラックを狙う事件が多発し、ようやくドライバーが手を組んで立ち上がった。会社や職種の垣根を越え、職業ドライバーが道路状況を無線で基地局に報告して、通行可能な道路を教えあう。このところの事件や事故が、ドライバーの死活問題になりつつあるのだ。また、基地局のオペレーターは、道路状況を俯瞰して見てドライバーに最善の道を指示しなければならない。そのため、基地局に詰めているのは、自分自身も職業ドライバーか、その経験がある人ばかりだ。

エツミが志願したと聞いて、トラも面白がって無線機を載せた。どこかで彼女の声を聞くかもしれないと思ったからだが、エツミは道路やトラックをよく知るからか引っ張りだこで、他のオペレーターの存在がかすんでしまうくらい、よく登場した。

高速を下り、県道十号線、別名を日立《ひたち》いわき線に入る。

すぐに市街地を離れ、田畑や山林の間をくねくねと走る。交通量はそれなりにあるが、この時間帯なら混んだりはしない。

ライトをハイビームにし、周囲に建物や民家の類がなく、真っ暗な道を急ぐ。いつもなら高速で行くところを、一部とはいえ一般道を通るのだから、のんびりかまえてはいられない。万が一、市場のセリに間に合わなければ、魚を捨てることになる。

対向車線の前方にダンプカーが見えた。一瞬ぎょっとしたのは、ライトを消していたからだ。真っ暗ななか、まるで大型動物がうずくまるように、ひっそりと停車していたのだ。

——寝てたんかいな。

不審に思いながら、すれ違いざまに、ちらりと運転台に視線を走らせた。初老の男が地図を広げ、小型の懐中電灯で照らして目を凝らしていた。

——何やってんねん。

ルームライトを点ければいいのに、懐中電灯だと。おまけに、ライトを点けていないから、後続の車が気づかない恐れがある。衝突でもしたらどうするのか。

「——あいつ」

ハッとした。灯りをつけず、こそこそと地図を見ていたのは、目立ちたくないからだ。隠れたいのだ。悪いことをしている人間がやりがちなことだ。

そう言えば、今のダンプカーの荷台には、砂利かコンクリート殻のようなものが、山ほど積まれていなかったか。通り過ぎながら、あれじゃ過積載《かせきさい》だなと考えたことを思い出す。ひょっとすると、今のドライバーは、産廃を不法投棄する場所を探してうろついているのではないか。

——引き返すか？

だが、時間的な余裕がない。今の自分にとって何より大事なのは、荷台の魚だ。

しばらく迷い、無線機を手に取った。

『はい、どうしました』

「よう、エツミ？」

『何だよ、またトラじゃないか』

親しげな声になるエツミに、トラは今しがた見かけたものを説明した。

説明しながら、ふと対向車線を見やると、先ほどのダンプカーと同じように、ライトを消してひっそり停車している軽自動車を見かけた。車内も真っ暗で、運転席に人はいるようだが顔は見えなかった。一瞬だけこちらのライトに浮かんだシルエットから、おそらく男性だ。

——これまた、おかしな車だな。

今夜は、どうも妙な車と出会ってしまう日のようだ。

トラの声が無線機から流れてきた時、世良のトラックも常磐自動車道にいたが、まだ福島県に入ったところだった。

＊

——なんだ、トラもこんな近くを走っていたのか。

世良自身は、そろそろどこかのサービスエリアで仮眠を取り、明け方にまた車を出そうかと考えていたところだった。

『それでな。荷台が砂利かコンクリート殻みたいなもんで、いっぱいやってん』

『それって、そのへんで不法投棄しようとしてるってこと？』

エツミが顔をしかめているのが、目に見えるようだ。彼女はそういう不法行為が大嫌いだし、ハマさんの件があったので、さらに怒りが増したはずだ。

『ただの不法投棄ならまだしも、テロが続いているこんな時期やからな。もしも、また妙なことをしでかされたら、かなんしな』

『わかった。警察に通報しとく』

世良は急いで無線機のマイクを手に取った。

「エツミ。世良だけど」

『なんだ、世良ちゃんまで』

『なんや、久しぶりやん』

驚くトラの声も続く。

「実は近くにいるんだ。俺はそれほど急いでないから、これからそっちに回ろうか」

『ほんと？　通報もしとくけど、世良ちゃんがすぐ行ってくれたら、そいつも思いとどまるかもね』

トラック協会は自治体と連携し、産廃の不法投棄に関する情報提供を行っている。仕事上、道路を隅々まで走るし、不法投棄のトラックに出会う確率も高い。見かければ通報する。災害発生時には、緊急輸送も行う。物流を担い、この国の「血管」の役割を果たしているトラックは、そんな仕事もやっているのだ。

詳しい場所を聞いて、世良もいわき勿来インターチェンジで高速を下りた。

朝の八時までに、〈エーラク〉の物流センターに荷物を届けなければいけないが、時間はたっぷりある。

『エツミさん、五山《ごさん》運送のタカヤマやけど、俺も近くにおるで。北茨城インターチェンジまで来て、トンネル使うの嫌やから、下道に下りようかと思うてたところ』

『世良ちゃんと逆側だね。ちょうどいいじゃない、挟み撃ちにできるよ』

『そやな。詳しい場所を教えてんか。不法投棄やなんて、トラックドライバーの面汚《つらよご》しや。俺らのイメージまで悪なるわ』

近くにいた他のドライバーたちからも、次々に連絡が飛び込んでくる。みんな、事件続きで神経が過敏になっているのかもしれない。面識のない相手だが、心強い。

トラがダンプカーを見かけたのは、日立いわき線が一本道になっているところらしいが、少し行くと横道にそれたり、山に入っていったりする脇道もある。

『全部を見張れるかどうかわからへんが、人数がいたほうがええやろ』

『うん、助かるわ。待機場所を割り振るね』

エツミが地図を引っ張り出し、各トラックが目指す場所を決めて伝達する。

『世良ちゃんは、トラと同じルートを使って、そのまままっすぐ行って。途中で見かけたら知らせてな。他のみんなは、待機場所に着いたらそこで待機して。そいつ、袋のネズミにしてやるよ』

――ただの不法投棄ではないかもしれない。

その思いがあるせいか、エツミの声に怒りが聞き取れる。もし、テロを起こした奴らの一味だったら、許しがたい。

世良のトラックは、日立いわき線を南下した。相手の車を見逃さないよう、ぎりぎりまでスピードを落とし、ライトで照らしながら、じっくり対向車線を含む路上を観察する。

民家がとぎれると、ハイビームにしたライトが照らしだすのは、原野にそびえる樹木ばかりになった。対向車もほとんどない。たまにすれ違う乗用車は、近隣住民のものだろう。

世良自身も、この道路は何度か走ってみたことがあるが、しばらくこの調子で原野が続いた後、ぽっかりと工業団地に出たり、またうっそうとした林が続いたりする。途中、県道の塙大《はなわおお》津港《つこう》線と交差するなど、脇道も多いが、要所、要所にエツミが待機トラックを置いている。

——いないな。

トラが見かけたというあたりは、特にスピードを落として走ったが、それらしいダンプカーは影も形もない。隠れられるような、脇道もない。夜だから、見落としがないようにとじっくり目を凝らす。

トラが見かけ、自分がここを通りかかるまでの間に、逃げられてしまったのだろうか。

『——あれ。あのダンプ、変やな』

ふいに、タカヤマが言いだした。

『俺のおるとこから二百メートルくらい北側に、いまダンプカーが停まったんや。誰かここのメンバーがいてるんか？』

『いや。タカヤマさんのそんな近くには、誰もおらんよ』

『ほなら、怪しいわ、あれ。ライトも消してるけど、中で懐中電灯使《つこ》うてるで』

『それだと思う。トラも同じことを言ってた』

『近づいてみたろか』

タカヤマは、世良がいる場所より、さらに何キロも南側にいるはずだった。

ということは、その不審なダンプカーは、トラに見つかった後、どこかで転回《ターン》して南に走ったのか。

——見つからないわけだ。

世良はスピードを上げた。タカヤマはエンジンをかけ、待機場所を離れて不審な車輛に近づき始めたようだ。

『――あっ、くそ。バックで離れていくわ』

『なにそれ』

エツミが呆れたように呟く。

『気づかれた！』

タカヤマが叫んだ。気づきもするだろう。この深夜、トラックがこんな寂しい場所に停まり、待ち伏せでもするかのように、じっとうずくまっているのだから。

『ちょっと！　タカヤマさん？　どうなったの？　状況を教えて』

聞こえてくるのは、激しいタイヤの擦過音と、タカヤマが発する舌打ちばかりだった。不審なダンプカーを追っているのだ。

『あいつ！　またUターンや！　北に向かってるで！』

『了解。ちょこまか動く奴だねえ』

『道幅のあるところまで来たら、思いきり転回させたんや。土地勘があるな』

タカヤマと世良の間には、三台のトラックが待機しているはずだった。一台は、工業団地に入る手前にいた。

『こっちに来た！　ライト消してるな』

その一台のドライバーが無線に割り込んでくる。こんな真っ暗な道路で、ライトを消して走

ると は自殺行為だ。あくまでも存在を隠し、逃げ切るつもりだろうか。

『そっちの工業団地に逃げ込まれたら、やっかいだから。通さんといて』

『わかってる。通せんぼしとくわ』

いざとなれば、工業団地に向かう道路をふさぐように、トラックを停める計画だ。本来は、してはならない危険な運転だが、事情が事情だけに、リスクを負う気になっている。

『来た、来た！　今、こっち睨みながら、ゆっくり走って行った！』

『顔を見た？』

『一瞬だけ、こっちのライトに入ったからな。けっこう年寄りみたいやな』

問題のダンプカーは、工業団地を通り過ぎた後、県道二十七号線――すなわち塙大津港線との交差点に向かっている。

『オオマツさん、イトウさん。例のトラック、そっちに向かってる』

『了解。交差点の左右両側、塙大津港線に入る道は俺たちがふさいだ。だけどな、このへんの道に詳しいやつなら、この後、抜け道があるよ。俺たちがいる場所を通りすぎた後だから、こっちに来たら追いかけようか』

『ちょっと待って。世良ちゃん、今どこ？』

エツミに呼ばれた。オオマツのいう抜け道を通り過ぎた後だった。すべて、塙大津港線につながっている。このあたりまで来させてしまうと、逃げられる恐れがある。

「もうすぐ、オオマツさんたちが待機する交差点に着くよ。そこを抜けられたら、面倒だな。

交差点を通過したあたりで封じ込めるか」

『できる？』

「やってみる。警察は？」

『通報したんだけどね』

「こっちからも通報しとく」

エツミは東京だ。東京から茨城県警に通報するより、現地にいる車から通報したほうが早いかもしれない。

日立いわき線は、片道一車線ずつ、中央分離帯もない県道だ。世良は、ゆっくりブレーキを踏みながら、トラックを斜めにして、両側の車線をまたいでふさぐ形で停車した。無関係な車が、気づかずに突っ込んでこないことを祈るばかりだ。大事な荷物を積んでいる。

車を停めてすぐ、スマートフォンで一一〇番通報した。砂利かコンクリート殻を積んだ不審なダンプカーが、不法投棄の場所を探してうろついているようだと言うと、こちらのスマートフォンの位置情報から、すぐにだいたいの場所を把握したようだ。

『パトカーが向かいます』

「お願いします」

まだ、オオマツからはダンプカーが来たという報告が入らない。世良は念のために、スマートフォンの電話帳を開き、もう一件、電話をかけた。深夜だが、相手はまだ起きているような気がした。

『――はい』

梶田の――弟の声が聞こえてくる。

「淳？　いま茨城にいる。産廃を積んだ、不法投棄を企んでいるらしいダンプを、みんなで追いかけてるんだ」

『産廃？　どうしてまた、兄さんが』

「話すと長い。だけどな、こんな時期に不法投棄だなんて、妙だろう。例のテロと関係があるんじゃないかと思って」

『テロの犯人だというんですか？』

「いや、わからないけどさ。もし、テロの犯人が、また何か企んでいるのならいけないから、みんなで追いかけてる」

『場所はどこですか』

世良はおよその場所を告げた。

「茨城県警にも通報した。お前にも知らせたほうが、話が早いかと思って電話した」

『それは――』

梶田が、しばらく何か考えていた。

『兄さんだから話しますが、テロの首謀者らしい男は、昨日、盗難車輛に乗っているところをコンビニの防犯カメラがとらえました。それは黄色の軽自動車でした。しかし、今はもう、別の車に乗り換えたものと見ています。ダンプカーかもしれないし、そうではないかもしれません。もし、おかしな車を見かけて、ナンバーがわかるようなら連絡してください。こちらで調べてみますから』

「わかった。写真でも撮って、そっちにメールで送る」

無線に、ザザッという雑音が入ったかと思うと、オオマツのざらついた声が流れ出す。

『こちらオオマツ。来たぞ。例のダンプ』

――来た。

「悪い、もう切るから。不法投棄のダンプが、こっちに向かってるらしい」

『兄さん、あまり無茶しないでくださいよ！　通報したのなら、じき警察が着くでしょうから。相手がテロリストなら、何をするかわかりません』

世良は「わかった」と応じるのもそこそこに、通話を終えた。そう言えば、慌てていたとはいえ、あいつが素直に『兄さん』などと呼びかけるのも久しぶりだ。

『あいつ、慎重に走ってる。ライトも消したままだな。俺たちのトラックに気づいて、そのまま走るか迷ってるようだ』

オオマツが状況を中継する。

「こっちに来るかな」

『どうだろう』

後ろにはタカヤマのトラックがいて、逃げられないことはわかっているはずだ。工業団地に向かう道もふさがれていた。オオマツとイトウのトラックが塙大津港線との交差点にいて、左右の逃げ道をふさいでいる。通行可能な道は、直進――世良が待ち伏せしている、この道しかない。

だが、それには当然、罠の臭いを嗅いでいるだろう。

そのドライバーは今、何を考えているだろう。何台ものトラックが、自分の進路を邪魔している。なぜ急にそんな事態になったのか、気がついているだろうか。

もしもドライバーにやましい点がないのなら、車を停めてオオマツらに話しかけ、自分は塙大津港線に向かうのだが、なぜそちらは道路を封鎖しているのかと尋ねるだろう。逆に不法占拠だと怒られてもおかしくない。

だが、ドライバーはそうしなかった。待ち伏せしていたタカヤマに追われても、工業団地に入れなくても、逃げるだけ、あるいはドライバーを睨むだけだった。つまり、やましいところがあるのだ。

『――行った！　そっちに行ったぞ』

オオマツの声が上ずった。

――いよいよか。

ダンプカーは、直進するしか手がなかったはずだ。左右も、後ろも、逃げ場はない。罠だと気づいていても、避けようがない。何が待ち構えているかわからないが、とにかく行けるところまで行ってみる。ある意味、自棄だ。

世良のトラックは、斜めに停まっているせいで、ライトを点けていても相手の車からは見えにくい恐れがある。

——ちゃんと停まるだろうな。

懐中電灯をつけ、運転台の窓を開けて突き出して、左右に振った。

しんと静かな夜、ダンプカーの走行音が聞こえてくる。いかにも重そうな音だ。砂利かコンクリート殻を、荷台いっぱいに崩れそうなほど積んでいたという、トラの報告通りだ。

——あの重量で、しかもあの勢いのまま横腹にぶつかられたら。

相手は自暴自棄になっているかもしれない。あるいは、ライトを点けず、こちらの存在に気づかないまま突っ込んでくるかもしれない。

世良は、初めて自分の判断を後悔しかけた。

大事な荷物を預かる身として、あまりに無謀な冒険をしている。もし世良のトラックが身動き取れなくなれば、積み荷はどうなる。荷物を待っている〈エーラク〉は、あるいは食品の入荷を心待ちにしている、ごく普通の客はどうなるのか。

『——こちらオオマツ。ダンプの後から、軽自動車が一台、行った。スピードけっこう出てるから、気をつけて』

ハッとする。近隣住民の車だろうか。

『タカヤマやけど。そいつ、俺もさっき見たで。おかしな車やねん。そいつもライト消してたな。不法投棄のダンプを追っかけてるようにも見えたんやけど、何やろう』

——なんだって。

世良は混乱しながら、懐中電灯を振り続けた。

道の向こうで、ダンプのフロントガラスが、きらりと反射して光った。懐中電灯の光が届いたのだ。あいかわらず、ライトを消している。闇と道路に溶け込むように急いでいる。スピードを落とす気配はない。

――くそ、停まれ！

世良は、奥歯を噛みしめた。

懐中電灯の、ぼんやりした光の輪の中に、ハンドルを胸に抱え込んでいるドライバーのシルエットが見えた。

ここまであと二百五十メートル。

大型車の制動距離は、一般的な乗用車の倍近くある。ブレーキを踏んでもすぐには停まれない。

「くそ！　ブレーキ踏め！」

いっこうにスピードを落とす気配のないダンプカーに、世良は叫んだ。懐中電灯をぶんぶん振った。

「停まれ！」

ドライバーを睨んだ。近づいてくる。

二百メートル。百五十、百――。

「停まれよ！」

やっと顔が見えた。初老のドライバーだ。大きく目を剝いて、こちらを睨み据えている。

「ブレーキ！」

世良は大声で叫んだ。

タイヤとアスファルトが摩擦してきしむ、悲鳴のような音がした。

急ブレーキだ。

だが、あまりにも近すぎる。過積載ぎみのトラックは、さらに制動距離が長くなる——。

停まれ、停まれ、停まれ——！

世良はダンプカーに怒鳴った。

運転台で、初老のドライバーは蒼白な顔で唇を「O」の形にして、目をまん丸に見開いている。その顔が、ぐんぐん迫ってくる。勢いが削がれない。積み荷が重すぎる。

——ぶつかる！

タイヤをきしませ、ずるずるとこちらに滑ってくるダンプに、世良は思わず目を閉じた。

風圧すら感じた。

タイヤのきしみが消えた。こわごわ目を開けると、こちらのトラックの横腹から十数センチ離れたところに、向こうの鼻面が停まっていた。あと少し向こうが道路の左側を走っていれば、ぶつかっていただろう。

ドアを開け放つ音がした。

運転台から、初老のドライバーが飛び降りて逃げ出すところだった。

「おい、待て！」

世良の制止に、こちらを横目で見ただけで、駆けだしていく。作業服姿だ。

逃げてどうするのだ。車輛の登録内容から正体はわかるだろう。逃げる意味はないし、逃げ切れるわけがない。

世良は無線機に向かった。

「世良だ。ダンプカーは停車したが、ドライバーが逃げた！」

『どういうこと、ドライバーが逃げた？　車を降りたの？』

「そうだ、降りて逃げ出した」

『そっち、ケガはない？』

「危なかったが、ぎりぎり停まった。車も俺も無事だ」

――追いかけたものだろうか。

一瞬、そう考え、ドアを開けて男が逃げた方角を目で追った。

『世良ちゃん、もう追わないでいいから。後は警察に任せて。車を残していったんだよね』

「そうだ。ダンプはそのままだ」

『それなら――』

また、エンジン音が聞こえた。今回はずっと軽い音だが、スピードが出ている。

――軽自動車か。危ないな。

タカヤマらが言っていた車だ。ずいぶん飛ばしているが、停車中の二台の大型車に気づいて停まるだろうか。

心配して、世良は運転台の扉を開け、身を乗り出した。見えてきた軽自動車がライトを点灯していたので、少し安堵した。手にした懐中電灯を再び大きく振ったが、不法投棄のダンプカーが邪魔になり、軽自動車から見えないかもしれない。そう気づき、運転台を降りて、路肩に近づいていく。

「おおおーい」

世良は両手を高く上げ、懐中電灯を左右に振りながら、相手が気づくように大声を出した。

軽自動車の運転手は、世良など見向きもしなかった。ダンプカーの運転席のドアが開けっ放しなのに気づいたか、いきなり急ブレーキをかけて停車した。

車が停まるのもそこそこに、誰かが飛び出して、まっすぐ先ほどのドライバーを追って行った。周辺には、まばらに民家が建ち並んでいる。外灯がぽつぽつあるおかげで、逃げた男の影が見える。

「——何だ、今のは」

呆然と世良は呟き、つられて自分も走りだした。追うなと言われたが、今にも暴力沙汰になりそうな雰囲気があり、見過ごすわけにもいかなかった。

——今の軽自動車は、ダンプカーを追ってきたのか。

いったい何者だろう。不法投棄の内偵でもしていた、警察官だろうか。それとも——。

梶田が、怪しい車を見かけたらナンバーを送れと言っていたことを思い出し、駆け戻って不法投棄のダンプカーと、軽自動車のナンバーを撮影した。メールで梶田に送信し、また男を追いかけて走る。

軽自動車から飛び出したのは、グレーのパーカーを着た、中肉中背の男性だった。男は足が速かった。どんどん背中が遠ざかっていく。世良も、学生時代はずいぶんスポーツをしたものだし、トラックに乗る今でも脚力には自信があるのだが、それでも男に遅れないよう走ると息が切れた。

だんだん、もうひとりの男の背中も見えてくる。たまに後ろを振り返り、死にものぐるいで逃げている。先に逃げ出したダンプカーのドライバーだ。こちらは六十歳前後のようで息も絶え絶え、走るというよりほとんど足を引きずるようだ。パーカーの男が追いつくのは、時間の問題だった。

「ナガトミ――！」

パーカーの男が叫んだ。

「貴様は、またやったのか！　また俺たちの土地を汚そうとしたのか！」

世良は軽い驚きとともに、男の背中を見つめた。

――「また」と言ったか。

ナガトミと呼ばれた男は、恐怖に凍る形相で振り向き、パーカーの男と視線が合うと、鬼に遭遇したかのように目を剝いた。男は、ナガトミのすぐ背後に迫っていた。

「わあっ！　助けてくれ！」

頭を抱えて、へなへなと崩れるようにしゃがみこむナガトミに、パーカーの男が摑みかかる。男はナガトミの作業服の襟をがっしりと摑まえ、子どもでも扱うように、わさわさと揺すった。

「お前だけは、絶対に許さんからな！　お前のせいで、どれだけの人が不幸になったと思ってる！　お前のせいで、どれだけの牛や馬や豚が病気になったと思ってる！　お前のせいで、どれだけが不毛の土地になったと思ってる！　お前のせいで」

まるで、奇妙な抑揚のついた歌のようだった。この男は精神に異常をきたしているのかもしれないと不安を感じた。

「俺のせいじゃない！　やめてくれ」

「お前のせいに決まってるじゃないか！　死ななくてもいい男が死んだんだぞ！」

ナガトミの哀訴など無視して、パーカーの男は彼を揺さぶり続けている。

「おーい！」

世良は走って息を切らしながら、パーカーの男に呼びかけた。

「もうすぐ警察が来る。そのまま、捕まえておいてくれ！」

言外に、暴力はよせと言ったつもりだった。男が、こちらを振り返った。思わず、世良が足を止めそうになったほど、厳しい表情だった。日焼けして細かい皺だらけの皮膚が、骸骨《がいこつ》にへばりついたかのような顔。風雪をそのまま谷として刻むかのような、眉間の縦皺。人を射抜く鋭い眼差しと、罵詈雑言が似合いそうな、薄い唇。

年齢がさっぱり読めない。四十代後半から七十代までの何歳でもおかしくはない。健脚ぶりから見て、四十代か五十代前半に違いないが、それにしてはくたびれた顔だった。

「警察を呼んだのか？」

男が尋ねた。世良は、口の前に両手でメガホンをつくった。足は止まっていた。

「怪しいダンプカーがいると、通報した。不法投棄しようとしているようだと言ったら、すぐ来ると言っていた！　あんたは、その男の身元を知っているのか？」

世良の言葉にかぶせるように、遠くからサイレンの音が聞こえ始めた。ナガトミはじたばた暴れて逃げようとしたが、パーカーの男が襟首を摑まえて放さない。男は世良の質問に答えず、まるでオオカミの遠吠えに耳を傾けるように、サイレンの音にじっと耳を澄ましている。

「──やっと来たか」

「頼む！　見逃してくれ！」

男がぎろりとナガトミを睨む。

「頼むよ、家族がいるんだ！　俺は帰らなきゃ。なあ、見逃してくれよ！」

「──あんた、本物の恥知らずだな。何人殺せば気がすむ？　何人不幸にすれば、自分が悪かったと後悔するんだ？　言ってみろ。お前みたいなやつでも、自分の家族は大切なのか？」

奇妙な生き物を見るような目つきで、男はナガトミを眺めまわした。それから、こちらを振り向いた。もしも本物の死神がどこかにいるなら、こんな顔をしているんじゃないかと世良は思った。他人を冷静に、あるいは冷酷に断罪できる目つきだ。

「あんた、この男が不法投棄するのを止めたのか」

「──俺ひとりじゃない。知り合いが気づいて知らせてきたから、近くを走っていたトラックの運転手みんなで、協力して止めたんだ」

男が、何かに驚いたように、こちらをまじまじと見つめた。

「──そんなことができるのか」

「トラックの運転手だからな」

「このあたりの住民は、あんたらに足を向けて眠れないな。うらやましい話だ。あんたらが、もしもあの時、＊＊県にいてくれたら──」

声が細く、震えているように聞こえた。

「──あんた、大丈夫か？」

男の様子が気になり、そっと声をかける。パトカーのサイレンは刻一刻と近づいている。男が顔を上げた。

「俺はもう行く」

世良は戸惑った。ナガトミが逃げようとするのはわかるが、なぜこの男もそんなに慌てて逃げなければいけないのだ。

ふいに、男が摑んでいたナガトミの襟首を放し、走りだした。

「ちょっと！　待てよ！」

追うべきか、と迷った瞬間。

ナガトミは最初、ぽかんとして、次はどんな罠が仕掛けられているのかと言わんばかりに、きょろきょろと周囲を見回していた。自由になったのだと気がつくと、大慌てで立ち上がり、よろめくように歩きだした。

「おい！　あんたはそのまま、じっとしていろ」

世良はナガトミに駆け寄り、襟に手をかけて再び跪《ひざまず》かせた。

パーカーの男は、ダンプカーの近くに停めたままだった軽自動車に飛び込むと、急いでバックして離れ、方向転換して走りだした。おかしな男だった。どう見ても訳ありだし、ナガトミという男のこともよく知っているようだ。制止したかったが、世良ひとりでふたりの男を捕まえるのは無理がある。

――トラックに戻れば、無線で仲間に連絡できるのに！

あの男は、逃がしてはいけない。そういう直感が働いた。

「こっちに来い！」

ナガトミを立ち上がらせ、引きずるように自分のトラックまで歩かせた。

「俺が仲間に連絡する間、よけいな真似をするなよ」

げっそりした表情のナガトミを運転席の外に立たせ、襟首を片手で摑んだまま、どうにかもう片方の手で無線機を操作する。

「こちら世良。不法投棄のダンプカーのドライバーを捕まえた」

『世良ちゃん？　何やってんの、全然、応答がないから心配したじゃない！』

「聞いてくれ、エツミ。さっき、軽自動車がいただろう。そのドライバーを捕まえたいんだ。

四十代か五十代くらいの男だ。そいつも妙なやつで、パトカーのサイレンを聞いて逃げたんだ。何かあるぞ」

『オオマツだ。そいつは今、俺の目の前を通過していった』

「十号線？　タカヤマさんのほうに行ったのか？」

『そうだ』

『こっちに来るんやったら、任せとけ』

タカヤマが受け合った。彼らが対応してくれるなら、逃がしはしないだろう。

「さっきのやつ、知り合いなのか？」

ナガトミを小突いて尋ねたが、ふくれっ面で口を尖らせ、「知らん」と言っただけだった。

だが、まったく知らない男が、あれほど詳しく事情を知っているはずがない。

やがて、回転灯を点けたパトカーがやってきた。衝突寸前で停まった二台の大型車を、目を丸くして見ている。荷台に積んだコンクリート殻を、不法投棄する場所を探していたようだという世良の説明を聞き、厳しい表情でナガトミから事情を聞き始めた。

「これ、過積載と違うか」

年配の警察官の指摘を、ナガトミは魂が抜けたような表情で聞いている。世良も、ひと目見た時から過積載だと感じていた。四トンのダンプに、明らかにそれ以上の荷物を積んでいる。タイヤの沈み方が激しいし、ブレーキの効きも悪かった。下手にカーブを曲がると、横転しそうな積み荷の量だ。

ナガトミが不法投棄を認めなくとも、過積載で責任を問うことはできる。その間に、不法投棄のほうも、じっくり追及できるだろう。

「もう一台、妙な車がいたんですよ」

ふたりの警察官のうち、ひとりがナガトミと話しているので、世良はもうひとりに話しかけた。逃げたドライバーの件を説明していると、運転席の無線機が、騒がしくなった。

『タカヤマだ。例の軽《けい》、俺のトラックを見ると、Uターンして引き返した。俺も今からそっちに向かう』

「こっちに来るのか？」

パトカーがいることはわかっているだろうに、といぶかしく感じた時、前方で重量物がぶつかるような、ドーンという衝撃音がした。

警察官たちとナガトミも、顔を上げて驚いたように周囲を見回している。

「どうした？　今のは？」

『ちょっと、何かあったの？』

エツミも驚いている。

『こちらオオマツ。やられた。軽のやつ、俺のトラックと、広告看板の隙間を狙って、看板へしおって逃げやがった！』

道路をふさぐように停めたとはいえ、トラック一台で二車線を完全にふさぐことはできなかったのだ。軽自動車なら幅が狭いので、無理して通り抜けたのだろう。

だが普通、そこまでするだろうか。

警察官が、無線で応援を頼み始めた。

「オオマツさん、塙大津港線だよな。どっちに行った？」

『大津港のほうだ』

もちろんそうだろう。反対側に行けば、どんどん山に入っていく。大津港方面なら街で民家も増えるから、朝になれば他の車にまぎれて逃げやすくなる。

『俺もそっちに行くわ』

タカヤマが無線に割り込んでくる。

「俺も行く」

世良は運転席に乗り込んだ。

「ちょっと！　まだ話を聞きたいので」

慌てて追ってきた警察官に手を振った。

「さっきの軽自動車、やっぱり何かおかしい。来てください」

ダンプカーと接触しないようにバックして離れ、振り切るようにトラックを出した。警察官はまだ何か叫んでいたが、とりあわずに窓を閉めた。追うとは言っても、こちらは大型トラック、相手は軽自動車だ。向こうのほうが、断然小回りがきく。

スマートフォンに梶田からの電話が着信した。ハンズフリーで車載のスピーカーに連結している。

「どうした？」

『さっきの写真。軽自動車のほうだ』

いきなり何を言い出したのかと、面くらう。

『そのレンタカーは、捜査の途中で一度上がってきたことがあるんだ。ガソリンスタンドの軽油に、誰かが水を混入した事件があっただろう。あの時、ガソリンスタンド周辺で撮影された車の中の一台だ。兄さん、気をつけてくれ。その車、テロリストの一味が乗っている可能性がある』

「――本当か」

直感は正しかったのか。それではあの異様な雰囲気の男が、テロの犯人なのか。

「なあ、こっちの警察にそれを話してくれ。俺は今、軽自動車をトラックで追いかけてるんだ。あいつ、無理やり逃げやがった」

『わかった。兄さんのスマホの位置情報を使わせてもらう。その近くにいるんだな』

「向こうはだいぶ先を行ってるけどな」

梶田との通話を切ると、次は無線だ。

「みんな、聞いてくれ。いま警察から聞いた。あの軽自動車には、青酸ガステロ事件の犯人の仲間が乗っている可能性があるそうだ。くれぐれも気をつけて。相手は何をするかわからないから」

『ほんとにテロの犯人だったの？　ダンプじゃなくて、軽自動車のほうが？』

エツミが驚いたように尋ねた。

『オオマツだ。あんたのすぐ後ろを走ってる』

バックミラーに、オオマツのトラックが映っている。その後ろから、タカヤマのトラックも来ているようで、ライトが見えた。

『こんなところで、まさか青酸ガステロ事件の犯人に遭遇するとはな』

タカヤマが言う。

あの男はナガトミを知っていた。まるで、ダンプカーを追跡してきたかのような行動だった。ナガトミが逃げようとした時には、自分の身を危険にさらしてでも追跡した。

——あいつ、ナガトミに恨みがあるのか。

お前だけは許さないと言っていたではないか。あの男は、東京を空っぽにして、最後にナガトミに恨みを晴らしに来たのか。

「——いた！」

まだまだ見えてこないと思っていた。ところが坂を越えるとすぐ、テールライトが見えた。

理由はすぐわかった。軽自動車が停まっているのだ。

「——なんだ、あれは」

そのずっと前方に、まぶしく輝くライトが、横一列に並んでいる。

ハイビームにした、トラックのヘッドライトだ。三台のトラックが、こちらに正面を向け、道路をふさぐように並んでいる。三台だけではない。その向こうにはまだまだ、何台ものトラックが、道路を埋め尽くす勢いで、停車している。数えきれないほどのトラックのライトで、周辺は真昼のように、明るく輝いている。

軽自動車は、そのトラックに阻まれて、道路の真ん中にぽつんと停車しているのだった。

『無線を聞いて、近くにいたから応援に来た！　この軽自動車でいいんだよな？』

無線に声が飛び込んでくる。

『みんなありがとう！』

エツミが高揚した声で応じた。

『さっき、世良ちゃんと連絡が取れなくなった時に、近くにいるトラックに応援を呼びかけたんだ。助かったよ』

世良のトラックと並ぶように、オオマツのトラックが前に出てきた。その隣にはタカヤマのトラックが並び、道路を完全にふさいでしまった。

——もう逃げられない。

軽自動車のドアが開き、ようやく観念したのか痩せた男が車を降りてくるのを、世良は見守った。背後と前方の両側から、パトカーのサイレンも聞こえてくる。

男は軽自動車の屋根に手を載せ、まぶしげにもう片方の手を目の高さまで上げた。

集中するハイビームのライトで、男のシルエットがくっきりと浮かび上がった。

23

ハイビームをスポットライトのように浴びたドライバーは、まぶしげに顔を伏せている。

「お前がやったのかよ、青酸ガステロ！」

誰かがトラックの運転席から叫んだ。異様な熱っぽさが満ちていく。世良は無線に向かった。

「なあエツミ、とにかくみんなに落ち着くよう言ってくれ。雰囲気が殺気立ってるから」

『わかった』

「それと、全体の状況がわかるように説明してやってくれないか」

『うん、やってみるよ』

ライトを当てられて立ちすくんでいるのは、弟の梶田警部から、青酸ガステロ事件に関与した疑いがあると連絡のあった男だ。車を降り、光に手をかざし、棒のように突っ立っている。

——あいつが。

世良は、ハマさんを事件に引きずりこんだ張本人の顔を見てやりたくて、トラックのドアに手をかけた。

その瞬間、弾けるようなクラクションと怒号が路上に満ちた。眼前の異様な光景が、興奮と苛立ちを煽っている。何人かのドライバーは、トラックの運転台から身を乗り出したり、わざわざ降りてきたりしている。

みんな怒っている。怒りの放射を受け、世良はたじろいだ。

後方にいるトラックには、前方で何が起きているのかわからない。急に前方が停止して身動きが取れず、大型トラックはかんたんに動けないから、不安と苛立ちが募る。

エツミが一斉連絡を始めた。

『みんな、そのまま聞いて！　いま、東京の事件に関係したかもしれないやつの車を、追い詰めて停車させたから。警察が来るまで、しばらくその場で待っててね』

『ちょっといいか。パトカーが通れなくて困ってるんだ。すぐ後ろまで来てる』

誰かがエツミの通信に割り込んだ。

先ほどまで聞こえていたパトカーのサイレンが止まっている。トラックの一群に阻まれて、近づけないらしい。みんなを落ち着かせてトラックを移動させ、パトカーを通さなくては。

「トンネルに放火したのもお前か！」

運転席から降りたドライバーが三人、連れだって男に近づいていく。その声に、激しい怒りがこもっているのに驚き、世良も急いでトラックから降りた。

「わしの友達はな、あの火事で大怪我したんやぞ！　あんな場所で放火するなんて、何を考えとるんやお前！」

「そうだ！　俺の友達はな、軽油に水が入ってたせいで、大事なトラックが故障してエンジン交換だ。いくらかかると思う？　ひとの迷惑を何だと思ってるんだ！」

「正気じゃないぞ、お前のやってることは！　目的は何だ。イタズラか！」

三人のドライバーが、男の胸倉をつかんで口々に怒鳴る。中でも、黄色いジャンパー姿のドライバーが、感情を剥き出しにして激怒している。トンネル火災で仲間が怪我をしたと言った初老の男だ。

「運が悪かったな」

ふいに、男が口を開いた。ひんやりとした、体温を感じさせない声だった。ドライバーたちは、何を言われたのかわからなかったように、ぽかんとして顔を見合わせている。

「運――？」

「よっぽど運が悪くなきゃ、そんな貧乏くじは引かないぞ」

男はまだ、うっすらと笑っている。

「お前――なんちゅうひどいことを言うんや。人間ちゃうで」

あっけにとられていた黄色いジャンパーのドライバーが、声を震わせた。男が彼らをじっと睨《ね》めつける。

「誰が人間じゃないだと？　悪いが俺はな、そいつらより遥かに運がなかった。その恨みを自力で晴らしただけだ。どうせそいつらは、泣き寝入りしたんだろう」

「やかましい！　こいつ」

男が高らかに笑い声をあげると、たまりかねたように黄色いジャンパーのドライバーがつかみかかった。男の笑い声がさらに甲高くなり、絞め殺される直前の鶏のような奇声になった。

「ざ・ま・あ・み・ろ！」

「この野郎」

「こいつ、舐めてやがるな！」

周囲を取り囲むドライバーが、男の態度にむかっ腹を立て、四方から小突き回した。

男の笑い声が、これみよがしにヒートアップしていく。

世良は、周囲を取り巻くドライバーをかき分けて進んだ。すさんだ気分になったドライバーが、男を小突き回す程度ではすまさず、足蹴《あしげ》にしたり拳骨《げんこつ》で殴ったりし始めていた。

こうなるともう、リンチだ。暗がりで相手の顔が見えず、癇《かん》に障《さわ》る笑い声が聞こえるだけなのも気味が悪く、災いしている。

男の態度が悪いから、周囲も止めない。みんな内心では怒っている。自分たちの仕事に壊滅的な打撃を与えられたのだから、当然だと思っている。おまけに、他人を舐めた態度だから、むしろ周囲から歓声がわく。

「待てって！」

世良は声を張った。呼びかけてトラックを集めただけに、責任を感じる。

「あんな奴、かばうなよ！」

半袖Tシャツの肩をまくりあげ、額にバンダナを巻いた若いドライバーが、前進しようとする世良を太い腕で制止した。

「なんでかばうんだよ。あんなやつ、殺してしまえばいいんだ」

「バカ言うな、止めろって！」

すでに、男は地面に崩れていた。口元に淡い微笑の影を浮かべたまま、地面に倒れて海老《えび》のように丸まっている。黄色いジャンパーのドライバーが、真っ白な顔で、黙って男の腹を蹴り続けている。激昂《げっこう》しすぎて、自分で自分を抑えられなくなっているのだ。

「おっさん、やめろ。殺す気か！」

「いいじゃないか、殺してしまえ！　あんなやつ、殺されて当然だ。誰がやったか、みんな黙っててやろうぜ」

バンダナの若者が、自分の言葉に酔ったように叫ぶ。

「バカ、ドラレコに証拠が映ってるぞ！」

世良が叫ぶと、相手は鼻白んだようにあたりを見回した。

これだけトラックが集結しているのだ。複数のドライブレコーダーに、この状況が記録されているに違いない。

世良は、バンダナの若者の腕を払いのけ、リンチの現場に飛び込んだ。

「やめとけ、おっさん！」

黄色いジャンパーのドライバーの肩をつかんで引き離そうとすると、ギラギラ輝く目で睨まれた。

「こいつのせいでな……！　こいつのせいでな……！　何十年もトラックに乗っとったわしの友達は、足が動かんようになって、もう乗られんかもしれんのや」

世良はまだ相手にしがみついていたが、口は閉じた。

本当に青酸ガステロ事件の犯人なら、世良だって怒りや恨みをぶつけたい。

ハマさんを巻き込み、刑務所に入るような罪を背負わせたという怒り。東京の物流に壊滅的な打撃を与え、世良自身の仕事や職場をかき乱されたという恨み。

「俺の友達はな、それはもう真面目な男や。みんながまだ寝とるような早朝から、トラックに乗って、高速走っとる。夜は誰よりも遅くまで乗って、少しでも遠くまで走ろうとしとった。ブラックとかそんなんちゃうで。自分自身が、根っから仕事が好きで、車に乗るのが好きなんや。そんな男が、こいつのせいで大怪我して、もうトラックにも乗られへん。理不尽やないか？　腹が立つやないか？　こいつのせいや。こいつがいらんことをせんかったら……！」

腹の底から血が噴き出すように黄色いジャンパーのドライバーは唸り、ふいに、堰を切ったように男泣きに泣き始めた。

「──それで終わりか？」

男が地べたで丸くなったまま、歯をむき出して笑った。ぺっと赤い唾を吐き出せば、白い歯が血に染まっている。

「あんたらの怒りなんか、たいしたことないな。それで終わりか」

「何やと！」

とたんに、黄色いジャンパーのドライバーが血相を変える。

「おっさん！　よせって！」

目を吊り上げて再び拳を振り上げる、黄色いジャンパーのドライバーにしがみついて止めた。腹立たしいが、目の前で無抵抗の人間が殴られるところなど見たくない。

「なんで止めるんや！　お前に関係ないやないか！」

「いや、関係ある！」

とっさに言葉がこぼれた。向こうは、眉間に皺を寄せてこちらの言葉を待っている。

「——関係はある」

「どんな」

「俺たちみんな、トラックのドライバーだからだ」

一瞬、目を閉じてエツミやトラ、ハマさんの顔を思い浮かべる。萌絵と大介、会社の同僚の顔も次々に浮かび、周囲のドライバーを見渡して、腹に力を入れた。

「俺たちは、単にモノを運んでるわけじゃない！　俺たちが運ぶのは、信頼だ」

トラックが運ぶのは、信頼だ。決められた時刻に、決められた場所へ、大切な荷物を安全に届ける。簡単そうに見えて、意外に複雑。天候、道路の混みぐあい、積み荷の重さ、周囲のドライバーたち、何もかもが仕事に影響する。

鮮魚を積んだトラが、死にものぐるいで市場に直行し、トイレ休憩の時間も惜しんでペットボトルに小便をするのは何のためだ。セリの時間に間に合わせるという信頼のためだ。

自分たちはプロフェッショナルだという誇りがある。その誇りのために知恵を絞る。

災害時には、道を知り尽くしたドライバーが、知識を総動員して何とかして物資を届けようとする。自分たちが、いちばん道路に詳しいというプライドがあるからだ。

それは、日々の仕事の積み重ねで、彼らの胸に刻まれた黄金の碑《いしぶみ》だ。

ふだんは賃金のために走っているつもりでも、それほど仕事が好きではないと思っていても、意外なところでふとそのプライドが顔を覗かせる。

——俺は、トラックのドライバーなんだと。

「その信頼を損なうようなことをしないでくれ。あんたひとりの問題じゃないんだぞ」

黄色いジャンパーのドライバーは、黙って世良の言葉を聞いていた。まだ目は真っ赤で、怒りに燃えていたが、それでも噴き出すマグマのような爆発的な憎悪は、少しずつ鎮まりつつある。ようやく世良は彼から離れた。

「——それに、さっきから聞いていると、そいつはおっさんを怒らせようと煽ってるみたいだ。自分を殺させたいのかもしれん」

黄色いジャンパーのドライバーが、男を睨んだ。

「そんなことして、何の得があるんや」

世良は、地面に丸くなって倒れている男に近づいた。

「俺にもわからん。だけど、警察が調べてくれる。警察に任せよう」

「警察に任せて大丈夫か？　ほんとにこいつを逮捕して、刑務所に送ってくれるんか？　わしの友達に会《お》うた時、きっちり仇は取ってやったでと言えるようにしてくれるんか？」

「ほんとに、この男が犯人ならな。ちゃんと捜査して、必要な刑を受けさせるさ」

「犯人なら？　犯人とちゃうんか、だから逃げようとしたんやろ？」

言葉に困った。目をうるませた黄色いジャンパーのドライバーにしても、他のドライバーにしても、怒りの矛先が欲しいのだ。鬱憤《うっぷん》を晴らす対象が、手近に欲しいだけなのだ。

「──なあ、おっさん。俺の弟、警察官なんだ。警察のことはよくわからないけど、弟はしっかり仕事をするやつだと思ってる。だから、この男のことも、警察に任せて大丈夫だと思う」

梶田が聞けば、さぞかし当惑するだろう。黙って聞いていた黄色いジャンパーのドライバーが、くすんと鼻を鳴らした。

「したら、こいつを、このまま警察に突き出すんか」

「そこまでパトカーが来てるそうだ。警察に引き渡そう」

「──わかった。暴れてすまんかったな」

やっと、黄色いジャンパーのドライバーが引き下がってくれたので、ホッとした。

周囲のドライバーたちも、不承不承ながら「そうだな」と言いつつ頷きあっている。世良は、倒れている男を見やった。

さんざん殴られ、蹴られた男の顔は、腫れあがって鼻血で汚れている。こめかみに裂傷もあるようだ。だが、意識ははっきりしていて、目にも力があった。世良が周囲のドライバーたちを説得し、それ以上の暴力を加えないように抑えていると、憂鬱そうにこちらを見上げた。

「──なんでだ」

肋骨にひびでも入ったのか、話すと痛むようでしかめっ面になった。唇も切れているようだ。

「何が」

「なんで止める」

「止めてほしくないのか。そんなに殴られたいのか」

男がむっと唇を引き結んだ。やはりこの男、進んで殴られようとしたようだ。

トラックの後方から、懐中電灯の光と、制服警官たちの「ちょっと通してください」という声が聞こえてきた。パトカーが通れないので、降りて歩いてきたらしい。

「これは――」

地べたに倒れている男を見て、警察官が言葉を失っている。

「この人が、軽自動車に乗っていた男です」

世良はしかたなく、代表して説明した。

「警視庁の梶田警部から、この軽自動車は軽油への水混入事件に関与していると聞きました。逃げようとして暴言を吐いたので、こんなことになりました。みんな気が立っていて」

「署で詳しい事情をお聞きしたいんですが」

そう言われ、自分が朝八時までに、荷物を届けなければいけない身だと思い出した。

「すみません。荷物を待っている店があるので、どうしても朝までに東京に行かねばならないんです。それがすんだら、こちらに戻って署に行きますから」

男は、警察官に助けられ、どうにか立ち上がってまず軽自動車の後部座席に座らせられ、身分証明書の提示を求められている。

世良の前にいた警察官は、そちらを確認すると、頷いた。

「わかりました。とりあえず、運転免許証を見せてください。また戻って事情聴取を受けてくれるなら、先に荷物を運んでくれていいですよ。東京はいま、大変でしょう」

「ありがとうございます」

警察官は、念のために全員の免許証と携帯の番号を控え、世良と最初に不法投棄のダンプカーを捕まえたメンバーについては、事情聴取を受けてほしいと言った。

「このトラック、どけられますか」

片側一車線ずつの道路を、多数の大型トラックがふさいでいる。夜でも壮観だ。昼間なら、さぞかし圧倒されるだろう。

「もちろんです。すぐどかしますよ」

男を警察に引き渡し、満足げなドライバーたちが、次々にトラックに戻っていく。黄色いジャンパーのドライバーも、いつの間にか姿を消していた。

「これで明日から、まともに走れるかな」

「まあ、やっと落ち着くだろうな」

口々に言い合っている。

首にタオルを巻いた若手のドライバーが、世良に気づくと白い歯を見せて握手を求めてきた。まだ三十歳にもならないだろう。

「――給料安いし、仕事はきついし。正直、何度も辞めよかと思ったくらいやから、それほどええ商売かどうかわからんけど。さっきはちょっと、自分の仕事を見直したわ」

「そう？」

「うん。ちょっとは仕事に誇りを持ってもいいかなと思った」

そのまま照れくさそうに手を振って、運転台に戻っていく。世良も手を振りながら、ふと思い出す。

（俺たちは、この国の隅々まで「酸素」を届ける「血液」だからな）

日本酒が入ると、ハマさんが真っ赤な顔で機嫌よく語っていた。

（覚えとるか？　理科の教科書。血液の成分にヘモグロビンってあるだろ。酸素を運ぶんだぞ。道路が血管、俺たちがヘモグロビン。そう思えば、俺たち抜きでこの国が生きていけないことが、よくわかるよな）

――人一倍、トラックの仕事に誇りを持っていたのに。

世良はあたりを見回した。

ずらりと並んでいたトラックが、警察官の協力を得て、一台ずつ転回して去っていく。

ここに、ハマさんがいないことが寂しくてしかたがない。だから自分は、黄色いジャンパーのドライバーを止めたのだ。もう二度と、ハマさんのように辛い思いをする人間を出さないために。

自分のトラックに戻る前に、軽自動車の男を見直した。

向こうも、こちらを見ていた。髪は半ば白く、顔はやつれて見える。もの言いたげに、じっとこちらを見上げていたが、警察官に話しかけられて、顔をそむけた。

――満足したか。

聞いてみたかった。これだけ多くの人間を巻き込んで、あんたは満足したのかと。

答えは聞かなくともわかっている。あの男が感じるのは、飽くなき飢えだ。どんな怒りと憎しみに突き動かされたのか知らないが、激情のまま暴力に走っても、虚《むな》しいだけだ。

トラックに戻ると、エツミが無線でこちらを呼んでいた。

『――世良ちゃん？　どうなったの。さっぱり状況がわかんないよ』

「軽自動車の男を捕まえて、警察に引き渡したところだ」

『大成功だったね。お疲れさま』

――全部、終わったのか。

これから東京の〈エーラク〉まで、ひとっ走りだ。荷物を下ろし、またここまで戻ってきて、事情聴取を受ける。それがすめば、日常が戻るのだろうか。平穏無事でこれといって何事も起きない、ふだん通りの生活が。

急に、疲れが襲ってきた。運転席に腰を下ろしてシートベルトを締め、身体の芯が失われたような心地で、しばらく放心していた。

むしょうに、萌絵と大介の声が聞きたくなった。だが、時計を見れば午前二時すぎだ。いくらなんでも、こんな時間帯に電話をかけて、子どもを叩き起こすことはできない。

『――世良ちゃん』

エツミが再び呼んだ。

「ん、なに」

『安全運転で戻ってくるんだよ、いいね。人間、ホッとした時がいちばん危ないんだ。時間も遅いし、今日は疲れてるはずだから。とにかく慎重にね』

エツミの優しい気遣いに、口元がほころんだ。

「はいはい、母さん」

『誰が母さんだ！』

笑いながらエンジンをかける。仮眠を取る時間は削られたが、今ごろになって、じわじわと満足感が上ってきた。

今日も暑い一日が始まりそうだ。

24

「本日午前三時半、青酸ガステロ事件の被疑者と見られる、諸戸肇、四十七歳を逮捕しました。現在、茨城県警にて事情を聴取中ですが、本日中に警視庁に身柄を移す予定です」

茨城県警の記者会見場が、地響きのようなどよめきに揺れた。いっせいに、カチャカチャとパソコンのキーを叩く音が会場内に響く。

奥羽タイムスの塚口も、熱心にメモを取り続けた。

オリンピック取材はいったん休止し、奥羽タイムスの東京支社が一丸となって、青酸ガステロ事件の取材にあたっている。主犯と目されるのが〈ハジメファーム〉の諸戸肇とあっては、塚口も放っておけなかった。彼の牧場を取材したことがあるし、一緒に酒を飲んだこともある。不法投棄による土壌汚染で、〈ハジメファーム〉が運営を続けられなくなったことも知っていた。諸戸はどうしているかと心配しつつ、つい次の事件、次のニュースへと新しいものを追いかけて、続報を聞くことを怠っていたという、忸怩《じくじ》たる思いがある。

――あんな真面目な男を追い込んだのは、俺たちだ。

ペンを握る手に力がこもる。なぜ関心を持ち続けなかったのか。なぜ土壌汚染の事件を風化させてしまったのか。産廃業者の自殺で、事件は収束したと勝手に自分のなかで幕を引いてしまったからだ。

諸戸肇にとって、事件は終わっていなかった。〈ハジメファーム〉は、牛や豚の姿が消え、草ぼうぼうの荒れ地と化した。諸戸は財産を失い、聞いた話では家族とも別れ、誰にも顧《かえり》みられない生活を送っていた。

なぜ、一度くらいは電話をかけ、その後の様子を聞かなかったのか。

後悔という言葉では、語りきれない。

「諸戸肇は、容疑を大筋で認めております。なお、燕エクスプレスに青酸ガステロを行った諸戸孝二被疑者は、肇被疑者の実弟です。まだ取調べが始まったばかりですので、今後詳細を明らかにします」

続いて行われた質疑応答では、逮捕の経緯と、共犯者の有無に質問が集中した。

メガネをかけた真面目そうな若手の広報官が、ひとつひとつ丁寧に答えている。

「諸戸肇は、今朝午前二時ごろ、軽自動車で北茨城市内を走っていたところ、軽自動車のナンバーが軽油への水混入事件の被疑者の車と同じものだったため、職務質問を受けました。事情聴取の結果、事件への関与を認めたため、逮捕となったものです。同時に、近くで産廃を不法投棄しようとしていた、解体会社の社長を逮捕しました」

「質問。両者には関連があるのですか」

「あると見ています」

地元の地方紙の記者が手を挙げ、立ち上がった。

「北茨城市の住民が、深夜に大型トラックが何台も、塙大津港線に集結していたと話しています。午前二時ごろです。事件と何か関係があるのではありませんか」

広報官が黙ってメガネを押し上げた。

「――お話しすることはありません」

わずかな間が空いた。

「共犯者については、現在のところ諸戸肇が認めているのは、実弟の諸戸孝二と、浜口義三のふたりです。それ以外はまだお話しできません」

「しかし、その三人だけでは、とても実行できない事件ではないですか」

質問者の言う通りだった。浜口は青酸ガステロ事件が始まって数日後には警察に出頭したし、その数日間も単に逃げ回っていただけのようだ。諸戸の弟はふだん、燕エクスプレスの貨物集積場に勤務していたから、他のテロを手伝う余裕などなかった。

もっと多くの仲間が、諸戸肇を助けたはずだ。彼らについての情報は何もない。

「まだ、お話しできることはありません」

広報官が硬い口調で言った。

終了後、記者たちがバタバタと部屋を出ていく。まとめた記事をパソコンから送信し、塚口も警察署を出た。

出入り口の自動ドアを出たとたん、朝の八時過ぎだというのに、カッと陽射しが照りつけ、汗が噴き出してくる。

「うわ、暑いな――」

明日はオリンピックの開会式だ。この酷暑のなか、世界を相手にして競技に挑む選手たちを思った。

――いろんな戦いがあるもんだな。

アスリートには彼らの戦いが。自分には、自分なりの戦場がある。＊＊県での違法産廃処理事件を、現場に何日も張り込んで暴いたことを思い出した。

あの事件の容疑者は、今回の青酸ガステロ事件に関与した浜口義三の息子だ。浜口は、息子の自殺を恨んで事件に手を貸したと証言していた。

——諸戸肇と浜口は、いわば敵どうしじゃないか。

彼らはなぜ、手を結んだのだろう。

先ほどの広報官は、作夜、社長が逮捕された解体会社の社名を言わなかった。少し考え、奥羽タイムスの東京支社に電話をかけた。支社長の内藤なら、解体会社の名前を調べることができるかもしれない。自分には東京でのコネがない。

ひょっとしたら、と逸《はや》る気持ちを抑えきれない。

内藤が電話に出ると、塚口は勢いこんで話し始めた。

*

「少し眠らなくていいのか？」

戸成刑事は、パイプ椅子を取調室の机に引き寄せながら尋ねた。

相手の男は、げっそりした顔に目だけを輝かせて首を横に振る。

昨日——というより今朝の午前二時に、北茨城市で逮捕された諸戸肇という男だ。

あれだけ首都圏の物流を荒らし、都民を飢えさせ、混乱のなかに叩きこんだにしては、ごく普通の中年男性に見える。あえて言うなら、四十七歳という年齢にしては老けている。

まだ、諸戸は茨城県警に留め置かれていた。警視庁の準備が調えば護送する予定だが、まず戸成が取調べに参加するため、茨城に飛んできた。県警の刑事も、同じ取調室で会話を聞いている。

「病院で、弟さんに会ったよ」

挨拶もそこそこに、先制パンチと呼ぶには穏やかすぎる声で、戸成は言った。諸戸は表情をほとんど変えなかった。

「そうか」

「何も聞かないのかね？　容体とか」

「会ったというんだ。生きてるんだろ」

あっさりした返答に、苦笑いする。

「うん。まあ、生きてるよ」

「ならいい」

突き放すような物言いだった。

「弟さんとは仲が悪かったのかね」

「べつに」

ふむ、と呟いて戸成は男を観察した。自分が事件に巻き込んだ弟を、気にもかけていないように見える。情が薄いのか。それとも、強がっているのだろうか。

「君が、燕エクスプレスの青酸ガステロ事件を計画したそうだね。弟さんと、浜口義三は共犯だ。間違いないね」

諸戸は、やや目を細めて頷いた。

「そうだ」

「トンネル火災も君なのか？」

「そうだ」

「軽油への水の混入事件は」

「私だ」

「貨物列車の線路を破壊したのは」

「私」

「ＶＩＣＳのシステムに侵入して、東京に大渋滞を引き起こしたのは」

「もちろん私だ」

ははは、と戸成は、今度こそ乾いた笑い声を上げた。

「そりゃ君、無理だろう。ひとりでできるような仕事じゃない」

警視庁の捜査本部は、少なくとも八名以上のグループによる犯行と考えている。防犯カメラの映像に、諸戸を入れて八名の、怪しい男女が映っていたのだ。

諸戸が肩をすくめた。

「すべて私が計画し、やり方を指示した」

茨城県警から、諸戸は犯行を認めているとは聞いていたが、本当にすべての事件への関与を認めるつもりらしい。

「どうしてそんなことをしたんだ？」

諸戸はまじまじと戸成の顔を見つめた。戸成は居心地の悪さを我慢して、諸戸の目をじっと見返した。髪は真っ白だが、諸戸の瞳は黒々としている。吸い込まれそうな目だ。

「これ以上、何も話さない。事件は私が起こした。それだけだ」

その言葉を最後に、諸戸は口を閉じてしまった。パイプ椅子に深く腰掛け、背にもたれて目を閉じたまま、黙りこくっている。

——俺の言い方が、気に障ったか。

だが、会話を反芻《はんすう》してみても、特にミスはなさそうだ。最初から、自分の責任についてだけを証言し、それ以外は口をつぐむつもりだったとしか思えない。

「あんたはもともと、沿岸部にあった親の代からの牧場に勤めていた。だが、そっちは地滑りで閉鎖され、内陸部に移転したんだ。そこで再び産廃の違法処理事件が起きる。——あんたの気持ちがわかるとは言わないが、さぞ悔しかったろうな」

諸戸の反応は気にせず、話し続けた。取調べの可視化で、開始からすべて動画を撮影しているはずだ。後で、それを見せてもらって、諸戸の様子をじっくり観察してもいい。

「違法産廃処理事件の裁判記録も、読んでみたよ。ひどいものだ。〈ハジメファーム〉にいた牛や豚は、皮膚病になって表皮がただれたり、食欲が落ちて肉質が悪くなったりと、商品価値がなくなってしまった。あんたは泣く泣くそれを処分せざるを得なかった」

諸戸が、もの言いたげになったような気もした。

「産廃処理場で発生したガスに引火して、火災が起きたんだな。それで大気汚染も発生した。

地下水は汚染され、水銀やPCBも検出されている。今でもだ。怒っているのはあんただけじゃない。近隣の住民はみんな、憤っている。農業を営んでいた人も、家庭菜園を持っていた人も、自宅をかまえていた人も、みんなだ。産廃騒動で周辺の地価が下がり、逃げ出したくても自宅を売ることすらできなくなったんだから、そりゃ怒る」

産廃業者の自殺で会社が倒産し、事件の責任を取る人間もいなくなってしまった。住民らは、行政機関に対し原状回復を求める訴訟を起こしているようだが、今のところ自治体の腰は重い。香川県の豊島《てしま》で不法投棄が問題になった時、すべての産廃を島外に撤去するのに十四年以上、かかったという。

一度、汚された土地をもとに戻すには、気が遠くなるような時間と金がかかる。

「今さら言ってもどうしようもないが——そうなる前に、防げていればな」

戸成はため息をついた。

「そう言えば、あんたが逮捕された時、解体業者が産廃を不法投棄しようとして、あんたとほぼ同時に逮捕されたそうじゃないか。あんた、ひょっとすると、そいつを追いかけていたのじゃないか？」

——答えなし。

いくら話しても、諸戸の態度に変化は見られない。残念だが、このあたりで取調べを終了するしかないようだ。

県警の係員に、終了の合図を送った時だ。

諸戸が、ぽかりと目を開けた。深い森の奥に隠された、暗い淵《ふち》のような目だ。

「——オリンピック」

「なんだって」

戸惑っていると、諸戸がこちらを見つめた。

「オリンピックをやる金があるなら、あの土地を原状回復するくらい、できたはずだ」

戸成は慎重に次の言葉を待った。

「この国は災害大国だ。今でも各地に、震災や噴火や台風被害で家を失った人間が大勢いる。災害時に被害を最小限に食い止める方法はあるが、金がかかるから、なかなか国はそれを実行に移さない。そのくせ、オリンピックだの、派手に見えるプロジェクトには湯水のように金を注ぎこむ」

「あんたはそれで——オリンピックを狙ったのか？」

「——ローマの皇帝は、市民の目を政治から逸《そ》らすため、パンとサーカスをふんだんに与えた。現代のこの国も、オリンピックを利用して同じことをやっている。あんたは、腹立たしくないのか？」

戸成は答えられなかった。立場上、軽々しく諸戸に同調するのもどうかと黙っていると、諸戸は肩をすくめた。

「刑事にはわからんだろうな。それにな、一度やった奴は、繰り返すんだ。何もかも、私の予想通りだった」

謎めいた諸戸の言葉に、戸成は「何の話だ」と尋ねたが、答えはなかった。諸戸は目にうっすらと不思議な笑みを浮かべ、首をかしげている。

「あんたら、本当にわかってるのかな。東京のゴミは、五、六十年もすれば溢れるぞ。その後、東京のゴミがどこに行くと思う」

――ゴミだと。

突然、話題を変えられた気がして戸惑った。諸戸は珍しく熱っぽく、身を乗り出した。

「ゴミはな。金のあるところから、金のないところに散るんだ。海だって越える。日本からどれだけの鉄くずや古紙やブラごみが海外に輸出されてきたか、あんた知ってるか」

戸成は答えられず、戸惑った。海外にゴミを売っている？　いや、売るというのはおかしな話だ。ゴミを引き取ってもらうのと引き換えに、こちらが対価を払っているのに違いない。そんな大事なことを自分がよく知らないのが恥ずかしかった。

「都会で溢れたゴミはな、地方に行くんだ。原発の放射性廃棄物だってそうだろう。捨てられる場所はそこしかないんだ」

「つまり、あんたはそれを正したいのか？」

尋ねる戸成を無視して、諸戸は再び目を閉じた。もう、何も言おうとしなかった。

＊

スーパーマーケット〈エーラク〉阿佐ヶ谷店の店長、明角は、自分で軽トラックを運転して、世田谷の物流センターに来ていた。

店でじっと、荷物の到着を待つ気になれなかったのだ。

他の店長らも、物流センターに押しかけるという噂を耳にした。本当に、センターですら空っぽなのか。そして、もしも商品が入荷すれば、現地にいるほうが少しでも有利な条件で荷を送ってもらえるかもしれない。奪ってでも、抜け駆けしてでも、どうしても商品を持ち帰りたい。店にいても、客の視線が怖くて針の筵《むしろ》だ。

本部からは、「邪魔になるからセンターに行くな」というＦＡＸが届いたが、逆効果だった。明角はそのＦＡＸを見て、他の店長らがセンターまで強引に押しかけていることを初めて知った。店のスタッフらにも、「店長、行きますよね」と期待をこめた眼差しで見つめられ、行かないという選択肢は消えた。

案の定、センターの駐車場には、早朝から都内の店舗十二、三台分のトラックが詰めかけて、センターの従業員とトラブルになりかけている。

「だから、こんなところでトラック停めて待たれても、邪魔なだけなんですよ。気持ちはわかるけど、帰ってください。荷物が届けば、ちゃんと発送するから」

「そんなこと言ったって、もう何日も、まともに入荷してないんだぞ！」

「客の矢面《やおもて》に立たされる、こっちの気持ちもちょっとはわかれ！」

「物流センターでなんとかしろ！　ここに商品を持ってこい！」

マスクをかけているのは自制心のたまもので、店長たちが悲痛な声で怒鳴っている。怒鳴りたくなる気持ちは明角にもよくわかる。

午前八時を過ぎたが、トラックは一台も来ない。いつもなら、八時前から門前に列をなし、開門と同時に荷下ろしを始めるのに。

——今日も荷物はないのか。

胃のあたりがずしんと重くなる。店を開けても客に提供するものがないという失望だけではない。

——自分たちの日常生活が、こんなにも脆《もろ》いものだったとは。

その驚きと、畏怖《いふ》に打たれたのだ。自然災害でもなければ、スーパーの棚に商品が並ぶのは当たり前だと思っていた。

考えてみれば、その何でもない光景を実現するために、どれだけ多くの人が懸命に働いているのだろう。

たとえばビスケットひとつを取ってみても、原材料の小麦、カカオ、砂糖などをつくる農家から、それを運ぶ運送業者。材料を流し込んで焼く機械を作るのにどれだけの人間が関わっているのか。焼き上がったものは、商品名などをカラフルに印刷したパッケージに詰められる。そのデザイン、印刷を担当した人々。そして段ボール箱におさめられ、封をされ、トラックに積まれて倉庫や物流センターに送られる。

菓子売り場の棚に並ぶ、たった一種類のビスケットの箱。

ただそれだけの見慣れた光景が、どれほど驚異的な協業の結果なのか。信じがたい精密さで実現されているのか。自分はスーパーという流通の最前線で働いていながら、考えたこともなかった。

複雑で精密な機械ほど、ひとつ故障すれば何もかもが歪んでいく。

そして、この歪んで壊れた世界を見て気づくのは、ふだんの自分が一生懸命に仕事しているのは、決して無駄ではなかったということだ。ものわかりの悪い本部の人間に悪態をつきながら、期待通りに動いてくれない新米スタッフに文句を言いながら、不完全な自分の知識やスキルを悔しく思いながら、それでもこの精密な歯車の運行に、自分だってちゃんと手を貸していたのだ。

「だから、待たなきゃしょうがないって言ってるでしょうが！　こっちだって、在庫があるなら出しますよ！」

たまりかねたように物流センターの初老のセンター長が声を荒らげる。手を振り回して怒鳴っても、周囲は納得しない。

もちろん、店舗の側だってわかってはいるのだ。わかってはいるが――。

明角は、トラックのエンジン音を聞いた気がして、耳を澄ました。

錯覚ではない。あれはトラックの音だ。真っ赤な顔で怒鳴っていた店長らも、ふいに口を閉じて、近づいてくる車の走行音に耳を傾け始めている。

明角は、物流センターの敷地から交差点に向かって駆け出し、手で陽光をさえぎり、道路のはるか向こうを見つめた。

めっきり交通量は減っている。東の道路を見ると、蜃気楼《しんきろう》のように大気が揺らいでいる。今日の暑さも異常だ。まだ午前九時にもならぬのに、気温は三十度近い。昼は何度になるのか見当もつかない。

——あれは。

一台めの大型トラックが見えた時、明角はマスクの下でぽかんと口を開いて見つめた。夢じゃないかと思った。他の店長らも駆けてきて、明角の周りで立ちつくしている。

ゆらゆらと揺れる蜃気楼のなか、見慣れた運送会社のロゴマーク入りのトラックが先頭になって、こちらに向かってくる。

にわかに信じがたい光景だった。

トラックは一台ではなかった。それに、ひとつの会社のトラックだけでもなかった。

大型トラックが、まるで協力し連絡を取り合ったかのように、何台も列をなし、こちらに整然と向かってくる。あれはＰ運送、あちらはＫ配送、向こうにいるのはＴＬ輸送のトラックだ。みんな別の会社だ。

「おっ、おい！　おい！　来たぞ——！　トラックが来た——！」

ひとりがたまらず叫び、爆発するような喜びの声とともに、センターの敷地内に駆け込んでいく。

うわあ、と言いながらひとりがトラックに向かって両手を振ると、次々にみんなが歓声を上げて手を振り始めた。明角も、気がつくと路上で飛び跳ねながらぶんぶんと手を振っていた。

トラックが、一台ずつ次々に彼らの前を走りすぎ、物流センターの敷地に吸い込まれていく。十台、二十台……と指折り数えても、まだまだ後ろに続いている。

近くに停車し、順番を待つトラックのドライバーに、明角は思いきって声をかけた。

「おはようございます。こんな時にトラックが、いちどきに到着するなんて」 ですか。こんなにたくさんのトラックが、荷物を届けてくれてありがとう！ いったいどうやったん

少しだけ窓を下ろしたドライバーは、日焼けして快活そうな顔に白い歯が似合う男だった。

「安全な道を無線で指示してもらって、みんなでここまで走ってきたんです。もっと早く来るつもりだったけど、遅くなってすみませんでした」

明角は飛び上がった。

「いえ！ いえいえ、とんでもない！ 僕は、今日も店に並べるものがないのかと思って、がっかりしていました。ありがたいです。危険を押して、物資を運んでいただいて」

ドライバーが破顔した。

「運ぶのが僕らの仕事ですから」

明角はつま先立ちをして、運転席を覗き込んだ。

「もう、大丈夫なんでしょうか」

我ながら、愚かな質問だった。おそらく誰かにすがりたかったのだ。大丈夫だと言ってほしかった。安心したかった。

ドライバーは、一瞬、答えを迷うようだったが、すぐ笑顔になった。

「もう大丈夫です」

明角が驚くほど、はっきりした答えだった。

前のトラックが、順番が来て敷地に入っていった。「それじゃ」と言って、いま話していたドライバーのトラックも動き出す。

車内で雑音まじりの無線が聞こえている。ドライバーに直接話しかけているようだ。

『世良ちゃん、お疲れ。〈エーラク〉さんで荷下ろししたら、茨城県警に戻って事情聴取って言ってたじゃない。あれ、なくなったから。警視庁に行けばいいんだって……』

「えっ、本当か？　それは助かるな……」

何の話だろうと思ったが、尋ねる暇はなくトラックはそのまま前に進んでいった。

知らず知らず、明角は笑っていた。

どうやら、未曾有《みぞう》の危機を切り抜けたようだ。なぜだかわからないが、先ほどのドライバーが正しいことを言ったのだという確信があった。

——これでやっと、元の生活に戻れる。

ひょっとすると、人生でもっとも幸せな瞬間かもしれないと思った。

＊

「来たぞ！」

誰かの声に、梶田警部は顔を上げ、空と真っ白な入道雲の間に、目的のものを探した。

最初それは、コバルトブルーの空に現れた、かすかな空間の歪みのように見えた。

──あれか。

近づくにつれ少しずつ、形が見えてくる。ドローンだ。二台のドローンが、ひとつのペイロードを協力して運んでくる。開発した企業によれば、一台で運べるのは五十キロまでだが、二台、三台とドローンを増やしてやれば、荷重《かじゅう》を増やせるそうだ。

ドローンは、後ろから次々に姿を現す。

ここ晴海のオリンピック選手村に食料を届けるため、借り上げた。陸路が次々に閉ざされるなか、残されたのは海運だった。晴海埠頭まで食料を船で運び、そこからトラックとドローンで荷物を運ぶ。ドローンが運べる重量など、トラックに比べればわずかなものだが、使えるトラックの台数が限られるなか、少しでも多くの荷物を運べるのがありがたい。

二台のドローンが、みごとな連係プレーでヘリポートにそっと荷物を下ろした。周囲で待機していたスタッフが拍手喝采《かっさい》している。

ドローンは、荷物を下ろすと埠頭に戻る。充電して再び荷物を積み、埠頭と選手村を何回も往復するのだ。

選手村の「食」の責任者、重野が、満足げにその様子を見ている。

「これで会期中、選手たちにひもじい思いをさせずにすみますね」

重野の言葉は、あながち冗談でもない。このまま食材を入手できなければ、開会式を目前にして、選手村の食堂で食事の提供ができなくなるところだった。

「陸路が復旧するまで、海路にも頼ります。食料の運搬もですが、選手村の安全には万全を期しますから」

自然災害も人災も犯罪も、完全になくなることはありえない。だが、何が起きようとも、自分たちはそれに、ひとつひとつ知恵を出して対応し、課題を乗り越えていく。

——人類はそうやって、長い歴史を生き延びて、発展してきたのだから。

梶田は、埠頭に戻るため舞い上がるドローンを見上げ、眩しさに目を細めた。

青酸ガステロ事件の発生以来、梶田らは選手村や競技会場をはじめとする関連箇所の警備を見直した。選手の移動に使われるバスなどの乗り物には、無関係な人間が近づけないよう、警備を強化した。とにかく選手やスタッフの数が多い。すべてを監視し、警護するのは難しいし、取材に訪れる報道機関、会場スタッフ、ボランティアらを遮断することもできない。そもそも、オリンピック警備は警察だけでは人手が足りず、民間の警備会社からも警備スタッフを出してもらっているくらいだ。

「梶田さん、青酸ガステロ事件の被疑者が、今朝逮捕されたというニュースが流れていましたが、本当ですか」

「本当です」

その逮捕には、兄が関わっていた。第一報は、産廃の不法投棄をしようとしているダンプカーを見つけたという話だった。なぜトラックが、深夜にそんな場所に集まっていたのか不審だったが、相次ぐ事件に恐れをなし、ドライバーが自衛のため無線のネットワークをつくっていたらしい。不法投棄に怒ったドライバーのトラックが、何台も集結していた。

そこに現れたのが、青酸ガステロ事件に関わりのある軽自動車だ。自分たちの敵だとばかりに、トラックが追い詰めた。乗っていたのは、警視庁が最重要被疑者として追っていた、諸戸肇だった。

問題は、なぜそんな場所に諸戸がいたかだ。直接の事情聴取をした戸成刑事に聞いたところでは、取調べで諸戸は自分の容疑を認める発言をした以外、ほとんど口を開かなかったそうだ。事件の首謀者は諸戸で間違いないだろうが、これまでに逮捕された三人だけでは、とうてい実行できない犯罪だったことも確かだ。

——他にも仲間がいる。

諸戸を逮捕しても、まだまだ気は抜けない。

「では、我々はもう行きます」

重野に別れを告げ、梶田は警察車輛に乗り込んだ。外観は普通の国産車だが、警察無線が装備されている。

明日の開会式に向けて、霞ヶ丘町《かすみがおかまち》のオリンピックスタジアムの警備状況を視察するつもりだ。ふだんなら車で二十分ほどの道のりだが、今はあちこちに検問が設けられ、時間がかかる。これもみな、テロの影響だ。

——兄さんと話さなきゃな。

その考えが、ふいに浮かんだ。

これまで疎遠になっていた兄だ。祖父母の養子になった自分が大学に行ったのに、兄は高卒で就職したのを、なんとなく負い目に感じていたからかもしれない。頭のいい兄が、トラックの運転手という職業を選んだのも、引っかかっていた。

だが、自分が感じていたわだかまりなど、本当は無意味だったのではないか。

今回の事件を通じて、兄と以前のようにまた、話すようになった。兄も、こだわりなく自分に電話をかけてくる。

——トラックの話を、聞いてみたいな。

事件が起きるまで、物流をになうドライバーという職業に、さほどの関心を持っていなかった。今は、そのことを申し訳なく思う。

また、子どものころのように、兄弟で語る時間を持てるかもしれない。そう考えると、我知らず微笑が浮かんだ。

25

向こうから手を振っているのが、梶田だと気づくのに時間がかかった。

「兄さん、こっちだ」

――何年、会わなかっただろう。

世良が胸のうちで指を折って数えたくらい、梶田は大人になっていた。というより、老けた。髪は半分以上白くなり、兄の世良より年上のようだ。眉間の深い縦皺のせいで、ますます年寄りじみて見える。神経を使う激務なのだろう。

萌絵と大介を連れ、梶田に近づいていく。

今日の夜八時から、オリンピックの開会式が開催される、オリンピックスタジアムの裏口だ。開会式そのものは無理だが、夕方に会場の様子を覗き見るだけならかまわないと、梶田に招かれた。青酸ガステロ事件の犯人逮捕に協力した礼だという。

犯人逮捕に関わり、警察の事情聴取に協力しなければいけなくなったので、仕事は免除してもらった。危険がなくなれば現金なもので、ちゃんと代わりが見つかったそうだ。

それで、コンビニで働いている萌絵の、シフトが終わってからみんなで来ることにした。萌絵の話では、今朝からやっと、パンやカップ麺などの食品が店に届くようになったそうだ。

「久しぶり」

何度か電話で話したが、会うのは久しぶりだった。

「義姉《ねえ》さん、ご無沙汰しています」

「淳君、お仕事たいへんなんでしょう？　身体は大丈夫？」

「ええ、ちょっと胃は弱いんですけどね。なんとかやってます」

梶田は、萌絵にも如才なく挨拶し、萌絵の手を握ってじっと見上げる大介にも、しゃがんで頭を撫でた。

「いくつになったんだっけ？　大きくなったなあ」

大介はおとなしく、撫でられるままになっている。

「お前が、オリンピックの警備を担当しているなんてなあ」

世良はスタジアムの建物を見上げた。木材をふんだんに使っているせいか、優しい表情の建築だ。もうじき日没だが、いまだ太陽の光は刺すような厳しさだ。ここに来るまでの暑さからも、競技の過酷さが偲《しの》ばれた。

スタジアムの前には、開会式を待つ観客が、間隔を開けて待機している。何度も、もう開催自体がムリかと思ったが、今日、ぶじに開会式を迎えられるのは、多くの人々がオリンピックのために身を粉《こ》にして働いたからだ。もちろん、ボランティアスタッフのことも忘れてはいけない。

「良かったな。青酸ガステロの件が、どうにか落ち着いて」

「うん。兄さんのおかげで助かった。これ、見たかい？　昨日と今日の新聞だけど」

握っていた新聞は、奥羽タイムスと全国紙のひとつだった。

「何か書いてあるのか？」

「奥羽タイムスが、昨日の夕刊ですっぱ抜いた。兄さんたちが捕まえた、不法投棄をしようとしていたダンプカーの男。トミー解体の永富社長と言って、＊＊県で起きた違法産廃処理事件の、真犯人だと見られていた人物だ」

「――真犯人ってのはどういう意味？」

「産廃業者に無理を言って、本来ならその業者の免許では処理できない廃棄物を、強引に引き取らせたんだ。そのせいで、土壌汚染が起きたと見られている」

ハマさんが、自分の息子はその犠牲になったと話していたことを思い出した。

「それじゃ――」

「言ってみれば、すべての事件の元凶だな。そいつがまた、今回の事件をきっかけに産廃の引き受け先がなくなって、自力でコンクリート殻を不法投棄しようとしていた」

諸戸肇は、自分が牧場を失った元凶が、事件をきっかけに再び不法投棄をすると読んで、待っていたのか。そして、ついに昨日、その機会が訪れた。軽自動車で永富のダンプカーを尾行して、あの場所まで追いかけて来た。

永富は、＊＊県の不法投棄で味をしめた。業者が自殺して幕が引かれ、自分は責任を追及されなかった。だから、今度も大丈夫だと勘違いしたのかもしれない。

「追いかけて、どうするつもりだったんだろうな」

「それはわからないが、＊＊県での不法投棄が、諸戸の動機なのは間違いない。奥羽タイムスがこの事件を昨日の夕刊で書くと、今朝は全国紙がいっせいに後追い記事に走った。――ほら」

世良は、梶田が差し出した二紙の記事を読んだ。

奥羽タイムスは、以前から＊＊県の産廃不法投棄事件を追っていただけあり、短い時間で記事が充実している。

全国紙は、奥羽タイムスの記事をまとめたような内容になっていた。さぞかし屈辱だっただろうが、いま最も注目されている青酸ガステロ事件の犯人の動機にあたる事件を、完全に無視することもできなかったのだろう。

「ここに、『奥羽タイムスの塚口記者は』と、ちゃんと書いてある。奥羽タイムスから情報をもらったのかもしれないな」

梶田が記事の一点を指でつついた。全国紙が地方紙に特ダネを抜かれるというのが、めったにないことだということは、世良にも理解できた。

「この、塚口という記者さんは、今ごろ有頂天だろうな」

世良が指摘すると、梶田が「かもな」と苦笑しながら新聞を畳む。

「さあ、開会式が始まるまでに、中を見せるよ。来てくれ。まあ、開会式が始まらないことには、ただの競技場なんだけどな」

「本当にいいのか？」

「悪いが、覗くだけだ。上の許可は取ったし、むしろ開会式のチケットをプレゼントできなくて、すまないと思ってるよ」

「何言ってる」

「逮捕に協力してくれたドライバーの皆さんには、別に感謝状を贈る予定だ。全員の住所氏名も控えてあるし」

「できれば現場にいたドライバーだけじゃなく、基地局のオペレーターにも感謝状を出してくれないか。特に、エツミという女性がいてな。無線で連絡を取り合ったのは、彼女の発案なんだ。燕エクスプレスも、システムを開放して協力してくれたし」

「そうなのか？　それは、ますます興味深いな——。さあ、こっちだ」

梶田がどんどん先に進んでいく。世良は、萌絵と大介がちゃんとついてきているのを時おり確かめながら、彼を追った。

「それから、最初に不法投棄のダンプを見つけて、オペレーターに通報しろと言ってきたのは、石巻のドライバーなんだ。通称をトラという男でな。できれば彼にも——」

「わかったよ、兄さん」

梶田が笑いだす。

「それは後で聞いて、リストに加えるから。律儀だなあ、あいかわらず」

「そうか？」

あいかわらずと言われるほど、自分たちは接点を持っていただろうか。戸惑ったが、梶田の中には、自分も知らない「兄」の像が焦点を結んでいるようで、くすぐったい。

「ほら、ここからなら、聖火台がよく見える」

大きな扉を押し開け、梶田が手招きする。競技場の観客席に下りていくための扉だ。

「広いな」

オリンピックスタジアムは、中央にある芝の周囲を陸上競技のトラックが取り巻き、さらにそれを、六万八千人を収容できるという巨大な観客席が取り巻いている。競技場には屋根がなく、陽光がストレートに降り注いでいた。

いくたびの変更や規模の縮小を経て、ここでオリンピックの開会式や、陸上競技などが行われるのかと、世良は驚嘆とともに見渡した。

すでに、観客の入場も始まったようだ。完全に客席が埋まっていると錯覚しそうになるのは、深緑、焦げ茶、黄緑、灰色に白と、五色のアースカラーをランダムに配置したシートだからだ。

「ほら、あれだ。あと一時間もすれば、聖火の最終ランナーがここまで走ってきて、点灯する」

梶田が指した聖火台を見つめる。

音響や照明の調整など、残りわずかな時間で、スタッフが余念のない作業をしている。不審物がないか、最終のチェックを行う警備員の姿も見られた。ぎりぎりまで、やり残したことがないか、確認し続けるのだろう。

大介を抱き上げ、聖火台やスタッフの仕事ぶりを見せて説明している萌絵が、いつもより少し高揚しているようだ。家族をここに連れてこられたことは幸いだった。特に大介には、一生の思い出になるだろう。

華やかなスポットライトが当たる、アスリートだけではない。巨大なイベントの陰で、多くの人々が活躍し、懸命に働いている。その姿をこうして見ることができたのだ。

あらたまった態度で、梶田が向き直った。

「兄さん。心から協力に感謝する。オリンピックを救ってくれたからじゃない。このイベントのために、何年も前から粉骨砕身《ふんこつさいしん》してきた人間の、努力を救ってくれたからだよ」

世良はにやりとした。

「その言い方。淳も、あまりオリンピックに思い入れはなさそうだな」

梶田が、そっけなく肩をすくめる。

「アスリートは本当にすごいと思う。メダル争いに参加できる選手も、そうでない選手もな。あそこまで頑張れることがもう、何よりすごい。だが、メダルの数を、国家の大事のように争うのはどうかと思うし、純粋なスポーツを国威の発揚に使ってほしくないとも思う。一兆三千五百億円も経費を使って、うち七千五百億は国と東京都の持ち出しだというのも、国民にとっては理不尽な話だと思ってる。世界中が新型コロナウイルスに苦しむ中、本当に開催すべきかという疑問も残る。——とはいえ、これが僕の仕事だ」

「愚痴ならいつでも聞くよ。飲みながら」

一瞬の後、互いに顔を見合わせて笑いだした。

「考えてみれば、兄さんとこんな話をすることも、長い間なかったたな」

「お前がうちに来ないからいけないんだ。養子に行ったって、いつでも遊びに来れば良かったのに」

「ほんとだな」

自分たちの関係も、事件をきっかけに少し変化しそうだ。

「――ちょっと失礼」

着信があったらしく、ふいに梶田がスマホを取り出し、耳に当てた。「どうした」と尋ねているところを見ると、部下からの電話かもしれない。

「――なんだって」

衝撃を受けている表情が、気がかりだった。しばらく電話の話に耳を傾けた後で、梶田はそっとスマホをポケットにしまった。

「どうした？　何かあったのか？」

「うん――それが」

迷っているのは、部外者の世良に、本来は話していいことではないからだろう。

小さく吐息をつき、萌絵たちに聞こえない場所まで遠ざかる。

「兄さんもここまで関わったんだから、いいだろう。さっき、諸戸肇の仲間と名乗る五人が、自首してきた。全員、逮捕済みだ」

「青酸ガステロ事件の？」

「一連の事件のな。青酸ガスの件は、浜口義三と諸戸の弟のふたりが共犯ってことでいいだろう。それ以外の、軽油に水を混入させた件や、トンネル火災、貨物列車の線路の破壊、VICSのシステム侵入や、車輛爆破事件――いろいろありすぎてな。ひとりやふたりでできることじゃない。少なくとも、あと五人は仲間がいると見ていた」

「それなら、これで完全にテロのグループを逮捕できたことになるのか」

「うまくいけば、そうなる」

それにしては、梶田は浮かない顔をしている。もっと喜んでもいいはずだ。

「――自首した五人が、諸戸肇は余命三か月を宣告された病人だと証言してる。医療関係者の確認を取ろうとしているところだ」

――余命三か月か。

何と言えばいいのかわからず、世良も黙りこんだ。それなら、諸戸がこれほど破滅的な事件を起こした理由も、彼の弟が兄に協力せざるを得なかった理由も、少しは納得できる気がする。長らく疎遠だった兄が、死に瀕《ひん》していると聞いて、放っておけなくなったのではないか。

「僕はなんだか、釈然としないんだ」

「というと?」

「事件の全貌が明らかになるまで、諸戸の命がもつかどうか。裁判が終わるまではとても無理だろう」

「――余命宣告で自棄になって、事件を起こしたのか」

「それにしては計画的だった。自棄というより、命があるうちに、自分の受けた仕打ちを世間に知らせたいという気持ちじゃないだろうか」

「あとの五人は、どうして協力したんだろう」

「詳しいことはこれからだが、諸戸肇と似た境遇だと話しているようだ。諸戸はすべての罪は自分がかぶるから、みんなは逃げて静かに暮らせと言ったそうだ。だが、それでは気がすまなかったんだと」

「災害や事件の被害者たちか」

「おそらく」

なんとなく、言葉を継ぐことができなくて、ふたりとも黙り込む。

事件の背景など、知らないほうが良かった。

そうも考えた。自分は一介のドライバーで、今回は事件のせいで多大な迷惑をこうむった。犯人に対する恨みこそあれ、同情などしたくなかった。

犯人グループの逮捕をもって、事件は終息するだろう。だが、これから事件の背景が捜査や裁判で明らかになるなか、諸戸が望むような世間の関心は、いつまで保たれるだろうか。

またすぐに新たな興味の対象が生まれ、関心はそちらに移る。

違法産廃処理の件も、失われた牧場も、諸戸肇という男のことも、事件は風化し、記憶はどんどん薄れていく。それが現実だ。

「──ああ、だからか」

ふいに梶田が呟き、先ほどの奥羽タイムスを広げ始めた。

「このコラムだ。見てくれ」

それは、署名入りの小さなコラムだった。塚口文人という名前を見て、それが先ほど＊＊県の違法産廃処理事件の詳細を書いた記者だと気づく。コラムの前半で、塚口が産廃の違法処理現場に張り込んで、事件発覚のきっかけを作ったのだと知った。

『──私にもおおいに反省すべき点がある。裁判が終われば事件は終わり。そう感じていたのではないか。だがもちろん、当事者にとっては違う。裁判が終わっても、人生は続く。そのことを、いつの間にか失念していたのかもしれない。これからの私の目標は、事件を風化させないことだ』

──この記者に、連絡をとってみようか。

ふと、そんな気になった。ハマさんのことを話したい。違法産廃処理事件の加害者の父親だが、彼もまた見ようによっては被害者だ。ハマさんも、事件を風化させないことを願うはずだ。

ハマさんは今、自分の犯した罪を告白し、起訴されて裁判を待つ身だ。諸戸肇や仲間の取調べが終わるまで、ハマさんの裁判も始まらないだろう。

面会はまだ受け入れられていないが、弁護士を通じて、ハマさんの伝言を受け取った。息子を死に追いやった永富の逮捕について、世良たちに感謝するという内容だった。

『ありがとうな』

ハマさんは、小さな紙にそんなメモを書いてよこした。

諸戸は、永富の雑な性格からして、廃棄物の運搬が滞れば、きっとまた不法投棄を試みると予言したそうだ。ハマさんは半信半疑だったらしいが、永富が逮捕されて、ようやく息子の仇を取った気がすると言っていた。

ハマさんの刑期がどうなるかは、検察がどんな求刑を行うかで変わるだろうが、弁護士は自殺した息子の件を全面的にアピールし、ハマさんの年齢も加味して、情状酌量の余地があると訴えるつもりのようだ。

裁判の結果がどうなろうとも、必ずハマさんに会いに行くつもりだ。自分たちは絶対に、ハマさんを見捨てない。

「ああ、いけない。そろそろ始まるな」

腕時計を見て、梶田が驚いたように言った。いつの間にか時間が経っていたようだ。

世良は息子を呼んだ。

「中を見せてくれてありがとう。大介、おじさんにお礼は」

「ありがとう」

赤いほっぺたではにかみながら、大介がお礼を言う。梶田はその前にしゃがんだ。

「短い時間でごめんな。また遊びに行くから」

「うん」

今までほとんど会ったこともない叔父だが、大介はすぐ梶田の存在になじんだようだ。

マスクの下で、こちらの口元もほころぶ。案ずるより産むがやすし。くよくよと思い悩む必要はない。もっと早く、やってみれば良かった。

「それじゃ、また」

さっさと退散しなければならない。慌ただしく世良は萌絵と大介を連れて、スタジアムを出た。梶田は警備の仕事に戻ると言っていた。

外国人の夫婦が、チケットを見ながら慌てたように出入り口に向かうのとすれ違った。時間を間違えていたのか、「急いで、急いで」と奥さんのほうが英語で何度も言っている。海外からの観客は受け入れていないから、もともと日本に住んでいる人たちなのだろう。

「大丈夫ですよ、開会式が始まるまで、まだしばらく時間がありますから」

萌絵が英語と日本語で声をかけた。彼女はコンビニで外国人も接客することがあるので、かんたんな英会話ならできる。夫婦は、萌絵の言葉を聞いて、パッと表情を明るくした。

「ありがとうございます。間に合わないかと焦ってました」

夫が流暢《りゅうちょう》な日本語で応じる。

「東京の方ですか」

「愛知から開会式のために来ました」

「それじゃ、東京に来て食べるものがなくて困ったんじゃないですか」

「ええ、本当に大変でした」

夫がぐるりと目をまわし、微笑んだ。

「でも、おかげで素晴らしい神田の定食屋さんを見つけました。明日も通います」

ふたりはニコニコしながら、手を振って立ち去った。

スタジアム前にたむろしていた観客は、既に場内に吸い込まれて消えていた。しばらくすると、場内から音楽が漏れ聞こえ始めた。

近くにはコンビニがあった。好奇心から、世良は中を覗いてみた。

「もうほとんど大丈夫みたい」

萌絵も覗き、ささやく。

彼女の言う通り、お弁当やおにぎり、パンやヨーグルトの棚に、商品がしっかり並んでいる。飲み物も事件の前と同じように充実しているようだ。

——ほぼ、元通りか。

空っぽの棚を見慣れた目には、まぶしいほどの豊かさだった。ようやく、日常生活が戻ってきたという実感が湧いた。

「何か食べに行こうか。何がいい？」

ぶらぶらと駅に向かって歩きながら、尋ねる。せっかくなので、今日はもうゆっくりするつもりだ。萌絵と大介に相談していると、スマホが鳴った。勤務先の、東清運送からだ。

『世良さん、すまないな。明日の予定を変更したいんだ』

運行計画の担当者が、申し訳なさそうに電話をかけてきたのだった。こんな声で電話してくるときは、あまりいい話ではないと相場が決まっている。世良はため息をついた。

「——明日は俺、昼から山梨だと思ったけど」

『それがさ。昼からでいいんだけど、また東北を頼めないかな』

東北に行くはずだったドライバーが、夏風邪にかかって——と言い訳を始める担当者に、苦笑いする。テロの件は片づいたのだが、一部のドライバーはまだ不安がっていて、長距離の運行を避ける傾向があるようだ。

山梨ならその日のうちに帰ってこられるが、東北なら、何か所か回って仮眠を取りながら、翌日の朝に東京に戻るスケジュールだろう。

「他のやつは？　この前も俺が行ったけど」

『本当に悪いと思うけど、世良さんにしか、頼めないんだよ』

天を仰ぐと、日没前の淡いオレンジ色の空が目に入った。

——しかたがないなあ。

人がいいと思われて、便利に使われている気もするが、仕事に惚れた弱みだ。

「いいよ、行くよ」

『本当か！　助かったよ、本当に申し訳ない』

電話を切ると、萌絵が軽く責めるようなまなざしでこちらを見ていた。

「また引き受けちゃったんだ」

「しかたないよ、トラックのドライバーも高齢化が進んでさ。俺みたいな若造は、いまや珍しいんだから」

「東北行くなら、おみやげよろしくね」

いいよ、と言いかけた時、オリンピックスタジアムから音楽が流れだした。振り返ると、スタジアムの上空に、投光器の五色の光が輝くのが見えた。

陽が沈み、空はすでに薄墨《うすずみ》色に染まっている。青、黄、黒、緑、赤の五色の輪は、地球の五つの大陸を表しているそうだ。

観客の喝采がここまで届く。

幾多の試練を経て、東京オリンピックがいま、開幕したのだった。

あとがき

オリンピック直前の東京で、物流を狙ったテロが発生し、三千六百万の人口を抱える東京圏は、物資の欠乏に悩まされる。正常化に向けて立ち上がったのは、日々、物流を支えるトラックのドライバーたちだった――。

物流をテーマにした小説を書こうと考えたのは、二〇一一年の東日本大震災のしばらく後でした。

東北在住の友人から関西にいる私に連絡があり、現地で手に入らない物資をいくらか関西から送ることになったのです。友人の自宅がお寺で、近所の方々が避難されていたんですね。

東北行きの宅配便がようやく再開された頃、ささやかな善意を箱に詰め、届けてもらうことにしました。しかし、強い余震が続く現地に、自分で足を運ばず他人に届けてもらうことに忸《じく》怩《じ》たる思いがありまして。「危険な場所に行ってもらうことになり申し訳ない」と言葉を添えたところ、荷物を取りに来てくれたドライバーさんがニコッと笑って、こう言われました。

「僕らがいちばん道を知っていますから。任せてください」

その瞬間、「モノを運ぶ」仕事に就く方の職業意識と誇りが閃光を放ったようで、いつか必ず小説に書こうと決意したのです。

物流に関する勉強と取材を重ね、二〇一八年から二〇一九年にかけての「ミステリーズ！」誌連載を経て、単行本を上梓《じょうし》したのが二〇二〇年の三月。

奇《く》しくもこの年は、新型コロナウイルスの脅威に振り回され、世界中が己の覚悟を問われる一年となりました。

物流も例外ではありません。マスク、アルコール消毒薬、ティッシュ、トイレットペーパー、保存食、小麦粉、ベーキングパウダーなど、中には「なぜこんなものまで」と首を傾げるようなものもありましたが、あっという間に店頭から特定の商品が姿を消したことは記憶に新しいでしょう。「転売ヤー」という不愉快な言葉まで登場し、物流のありがたさをしみじみ感じました。おまけに、小説の中で「開催の危機」にさらされた東京オリンピックが、いともあっさり開催延期になりましたしね。

災害の余波から物語が生まれ、災害のただなかに物語と現実が混然と融け合う、稀有《けう》な状況となりました。

このたび『東京ホロウアウト』文庫化にあたり、現実にあわせて東京オリンピックは二〇二一年開催と変更しました。コロナ禍《か》に苦しむ世界でのオリンピック開催が、これからどうなるか私にもわかりません。ひょっとすると、土壇場《どたんば》での中止や延期が発表される恐れもあります。

ですが、オリンピックがどうなるにせよ、物流とそれに携《たずさ》わる人たちへの感謝の念は変わりません。コロナ禍のなかでも、私たちの暮らしが「からっぽになる《ホロウアウト》」ことなく過ごせているのは、考えてみれば驚異的です。

そして、この物語ではもうひとつ、大事なテーマが最後に現れる仕掛けとなっています。あとがきから先に読まれる方のために、詳しいことは書きませんが、この問題が本格的に爆発するのは、今から四、五十年後になると思われます。そのころ、われわれ世代の多くがこの世には存在しないはずです。

すでに対策が始まり、あるいは検討されていますが、少し加速したほうがいいかもしれない。そんなつもりで、この裏テーマを忍ばせました。

どうか、ひとりでも多くの方のお手元に届きますように。

二〇二一年五月
福田和代

参考文献

『Ｔｈｅトラック：最新大型トラック完全バイブル』（別冊ベストカー）
ベストカー（編集）／講談社
『いすゞ自動車のすべて：いすゞプラザ見所ガイド 新版』（GEIBUN MOOKS）
石川ケンヂ 著／芸文社
『ＪＡＦルートマップ広域関東』
日本自動車連盟（監修）／ＪＡＦ出版社
『貨物列車スペシャル：みんなの鉄道ＤＶＤ ＢＯＯＫシリーズ』（メディアックスＭＯＯＫ）
メディアックス
『貨物列車の世界』（トラベルＭＯＯＫ）
渡辺一策（監修）、植松 昌（監修）／交通新聞社

『物流業界大研究』
二宮 護 著／産学社
『しごと場たんけん 日本の市場〈2〉青果市場・花き市場』
協力：東京都中央卸売市場／汐文社
『漁業国日本を知ろう：関東の漁業』
坂本一男（監修）、吉田忠正（文・写真）／ほるぷ出版
『築地市場：絵でみる魚市場の一日』（絵本地球ライブラリー）
モリナガ・ヨウ（作・絵）／小峰書店
『大都市近郊の青果物流通』
木村彰利 著／筑波書房
『最大の脅威 ＣＢＲＮに備えよ！：東京オリンピックでテロを防ぐために』
濱田昌彦 著／イカロス出版

『みんなで創るオリンピック・パラリンピック：ロンドンに学ぶ「ごみゼロ」への挑戦』
崎田裕子・鬼沢良子・足立夏子著、松田美夜子（監修）／環境新聞社
『警察白書〈平成28年版〉』
国家公安委員会・警察庁編／日経印刷
『警察白書〈平成29年版〉』
国家公安委員会・警察庁編／日経印刷
『崩壊する産廃政策：ルポ青森・岩手産廃不法投棄事件』
高杉晋吾著／日本評論社
『リサイクルアンダーワールド：産廃Gメンが告発！黒い循環ビジネス』
石渡正佳著／WAVE出版
『産廃コネクション：産廃Gメンが告発！不法投棄ビジネスの真相』
石渡正佳著／WAVE出版

『不法投棄はこうしてなくす：実践対策マニュアル』（岩波ブックレット）
石渡正佳 著／岩波書店
『ごみ収集という仕事：清掃車に乗って考えた地方自治』
藤井誠一郎 著／コモンズ
『山が消えた：残土・産廃戦争』（岩波新書）
佐久間 充 著／岩波書店
『ダイオキシン物語：残された負の遺産』
林 俊郎 著／日本評論社
雑誌「カミオン」／芸文社
雑誌「トラック 魂《スピリッツ》」／交通タイムス社

参考ホームページ

公共社団法人　全日本トラック協会
https://jta.or.jp/

一般社団法人　東京都トラック協会
https://www.totokyo.or.jp/

東京都中央卸売市場
https://www.shijou.metro.tokyo.lg.jp/

東京港埠頭株式会社
https://www.tptc.co.jp/

東京港ポータルサイト
https://www.portal-tokyoport.jp/

東京都環境局
https://www.kankyo.metro.tokyo.lg.jp/

いすゞプラザ
https://www.isuzu.co.jp/plaza/index.html

他、産業廃棄物処理に関するサイトなど、各種を参考にさせていただきました。
この場をお借りして、御礼申し上げます。

取材の一環として、いすゞ自動車株式会社のいすゞプラザ（神奈川県藤沢市）、ヤマトホールディングスの羽田クロノゲート（東京都大田区）の各見学コースに参加いたしました。
また、東日本大震災の日に、仙台で唯一走っていたトラックを運転されていた、中川博さんにも取材に多大なご協力を頂きました。深く御礼申し上げます。

この作品はフィクションであり、実在する団体、企業、個人などとは一切関係がありません。

解説

大矢博子

単行本刊行からわずか一年三ヶ月、異例の早さでの文庫化である。

著者のあとがきで触れられているように、本書は二〇一八年から二〇一九年にかけて「ミステリーズ！」誌上に連載され、二〇二〇年三月に単行本として刊行されたものだ。

東京オリンピック開幕前の十日間が舞台で、本来であれば現実を背景にしたサスペンスとなるはずだった。しかしご存知の通り、新型コロナウイルス禍《か》により二〇二〇年の東京オリンピックは延期。そこだけとれば、本書は時期をはずしたようにも見える。

ところが、実際は逆だった。驚くほど現実とシンクロしたのである。なぜか。

テーマが〈物流〉だったからだ。

スーパーやコンビニから品物が消え失せ、買い占めなどのパニックが起きる。それに物流のプロたちが立ち向かうというのが『東京ホロウアウト』の骨子《こつし》である。作中で展開される消費者の焦りとパニックは、マスクやトイレットペーパーなどが一斉に店頭から消えた二〇二〇年春を地で行くものだった。本書ではテロと災害がその原因として設定されたが、現実は感染症だったというだけの違いだ。オリンピックという背景のずれなど吹き飛んだ。まるで著者が未来を見て書いたかのような、その共振に呆然とした。

今回の文庫化にあたり、著者は本書の舞台を二〇二一年に変更。単行本刊行後に起きたコロナ禍の様子やその影響などを作中に多く盛り込み、あらためて、二〇二一年に開催されることになった東京オリンピック開幕前の十日間の物語へと変更した。

私がこの解説を書いているのは二〇二一年の四月末で、実際のところ、オリンピックがどうなるのかはまだなんともいえない状況だ。

だがそれでも東京創元社と著者は、敢えてこのタイミングでの文庫化を決めた。なぜなら、オリンピックがあろうとなかろうと本書のテーマは揺るがないから。そして、背景が現実とずれるかもしれないリスクを踏まえてもなお、本書は二〇二一年の今、まさにこのタイミングで、より多くの読者に届けるべき作品だからである。

まず本書のアウトラインを紹介しておこう。

オリンピック開幕が間近に迫った二〇二一年七月。奥羽《おうう》タイムス東京支社に「オリンピック開会式の日に東京を走るトラックの荷台で、シアン化水素ガスを発生させる」という不審な電話がかかってきた。その後、宅配便の配送トラックから実際に有毒ガスが発生し、ドライバーが救急搬送されるという事件が起きる。

宅配便の荷物にガスの発生装置が仕掛けられていたことがわかり、その荷物をコンビニで発送した男の防犯カメラの画像が公開された。本書の主人公のひとり、長距離トラックドライバーの世良《せら》隆司《たかし》はそれを見て驚く。ドライバー仲間の浜口義三《はまぐちよしみ》だったからだ。世良は他のドライバー仲間と協力して浜口を探し出す。

ところがその後も、道路やトラックを狙ったテロが相次いだ。浜口ひとりの犯行ではなかったのである。東北本線《とうほくほんせん》の線路での爆破事件、常磐《じょうばん》自動車道のトンネルでの人為的火災、そしてトラックを狙ったさまざまな手段での走行妨害。そこに台風という自然災害が加わり、地方と東京を結ぶ道がひとつ、またひとつと寸断されていく。

そして——東京に物が届かなくなる。

犯人グループの狙いは何なのか。はたして東京は日常を取り戻し、無事にオリンピックを開催できるのか——というのが本書前半の大まかな粗筋《あらすじ》だ。

本書を一言で表すなら、物流サスペンスということになる。だがその中には、とても一言ではまとめきれない多くの読みどころとふたつの大事なテーマが詰まっている。

読みどころのひとつは、今だからこそ読者が強く体感できる「モノがない」描写だ。

東京圏三千六百万の住民と、オリンピックのために訪れた外国人選手団や観光客。そこに食料が届かなくなった。買い溜めに走る住民。スーパーの棚は空《から》になり、その写真がＳＮＳで拡散され不安を煽《あお》る。都政の対応は後手に回る。どこかで見た光景、いや、はっきりと記憶している光景に重なる。スーパーの空っぽの棚を見たときの不安感も、見つけたら買えるだけ買っとかなくちゃという焦燥《しょうそう》感も、良かれと思って品不足を拡散するＳＮＳも、すべて体験した。

体験したからこそ、ここに描かれているのが絵空事ではないとはっきりわかる。コロナ禍の前にこれを書いた著者の炯眼《けいがん》たるや。

だが同時にあのとき、私たちはもうひとつ体験したことがある。モノがない、という事態に際してメーカーや流通・販売を担う人々が、リスク度外視で懸命に対応してくれた姿だ。

そしてそれこそが本書のふたつめの読みどころであり、ひとつめの大きなテーマである。道路を寸断し東京を兵糧《ひょうろう》攻めにするというこのテロに対し、もちろん警察は捜査する。しかし本書でまず立ち上がるのは長距離トラックドライバーたちだ。

「俺たちは、単にモノを運んでるわけじゃない！　俺たちが運ぶのは信頼だ」

決まった時間にそこに行けば、確実にそれがある。その信頼を運ぶのだと高らかに宣言するトラックドライバーたちの連携に胸が熱くなる。実際に災害時にトラックを走らせたドライバーに話を聞き、物流ターミナルやトラックのメーカーを見学したという丹念な取材に裏打ちされたリアリティが、物語の説得力を増している。

ドライバーだけではない。さまざまな分野のプロたちが、名もなき一市民が、スーパーの店員が、定食屋の店主が、コンビニで働くバイトが、警察が、プログラマーが、家政を担う主婦が、それぞれの分野で「自分の仕事」をする。未曾有《みぞう》の事態を乗り越えるため知恵を絞り、手を動かし、声をかけ合い、「自分の仕事」をプライドを持って全うする様子が描かれる。

なんと尊い姿だろう。なんと力強い姿だろう。

その一方で、仕事を全うできない政治家やメディアの姿も描かれるのだ。

思い出す。二〇二〇年の春、遅々として進まない政府の対策を尻目に、他業種のメーカーまでがノウハウを駆使してマスクや消毒液を作った。激増した通販の荷物が昼夜を問わず運ばれた。店員さんたちはビニールシートを挟んでレジを打ってくれた。今自分が手にしている製品はすべて、それを作る人がいて、運ぶ人がいて、売る人がいてくれるからここにあるのだと、当たり前の日常は膨大な人々の仕事が支えているのだと、そのありがたさを痛感した。本書に登場するプロフェッショナルたちの奮闘に、読者の脳裏にはあの日々が蘇《よみがえ》るはずだ。

著者が二〇一八年に本書を書き始めたときは、あり得るかもしれない近未来サスペンスだった。二〇二〇年三月に刊行されたときは、はからずも現実社会をリアルタイムでそのまま写しとる結果となった。

そして二〇二一年に改稿を経て刊行された本文庫は、一年前を経験した私たちに「刻み込め」と言っている。いまだ生々しいあの経験を、感謝を、尊敬を、心に刻んで忘れるなと。まだ続いているコロナ禍や、いつ起きるともしれない自然災害。それに立ち向かう私たちの唯一の手段は、自分の仕事にプライドを持ち、全うすることなのだ。本書は、そんなすべての人へ敬意を捧げる物語なのである。

——と、ここで終われば感動物語なのだが、実はそうではない。

私たちはコロナ禍の中で、もうひとつ学んだことがある。それは、誰かの犠牲を美談として奉《たてまつ》ってはいけない、ということだ。

確かに本書はトラックドライバーをはじめ仕事人たちへの敬意の物語である。だが仕事に誇りを持つことと、それを当てにして災害への対策を怠《おこた》り甘えることとは断じて違う。そもそも、誰かの犠牲が必要な状況にならないよう、普段から備えなければならないのだ。

本書のもうひとつの大きなテーマ、それは「このままでいいのか」という問題提起である。物語から浮かび上がる、地方からの道路を断たれただけで二進《にっち》も三進《さっち》もいかなくなる東京という都市の脆弱性《ぜいじゃくせい》。東北の震災により首都圏の流通や電力に大きな影響が出た例を引くまでもない。地方から物が運ばれることで成り立っている大都市がいかに脆《もろ》いものであるか、大都市の繁栄と利便性がどれだけ地方に依存した、あるいは地方から搾取したものであるかが、本書では具体的な例とともに鋭く指摘される。

また、これは犯人グループの動機にかかわることなので詳細は書けないが、経済と利便性を追求するあまり、大都市は未来にとんでもない爆弾を抱えていることが明らかになる。地方と大都市を結ぶ物流が日本の動脈とするなら、静脈も存在する。その静脈が硬化し壊死《えし》する未来に、本書は警鐘《けいしょう》を鳴らしているのだ。

これは、市井《しせい》の仕事人たちの誇りと努力ではどうにもならないレベルの話かもしれない。けれどその爆弾の存在をひとりひとりが意識することで、きっと未来は変わっていくはずだ。

予想外のコロナ禍で、おそらくは著者も予想しなかったほど現実とシンクロした『東京ホロウアウト』。あなたはその共振に驚き、興奮し、感動するだろう。だがそれだけで終わらず、今を踏まえた未来への警鐘が心に刺さるだろう。それこそが二〇二一年に文庫が刊行された理由なのだから。

著者の福田和代は二〇〇七年、航空謀略サスペンス『ヴィズ・ゼロ』（青心社）でデビュー。その後、コージーミステリからクライムノベル、軍事もの、ＳＦに至るまで幅広いジャンルで精力的に執筆を続けているが、その中でひときわ目を引くのが「インフラもの」である。エネルギーや交通、病院、自衛隊といった社会のインフラを支える仕事を描いた作品群だ。

その先鞭《せんべん》となったのが、二〇〇八年刊行のデビュー二作目『TOKYO BLACKOUT』（創元推理文庫）だった。東京電力の鉄塔などを狙ったテロが起き、東京が未曾有の大停電に襲われるというクライシス・ノベルである。刊行三年後に東日本大震災が起きてこの作品で描かれた計画停電が現実のものとなり、二〇一一年夏に緊急文庫化された。「未来を見て書いたかのような」は、本書が初めてではなかったのだ。

本書や『TOKYO BLACKOUT』を含む数々のインフラ小説が「現実にありそう」あるいは「現実に起きた」のは、緻密な取材に裏打ちされたリアリティに加え、あって当たり前・使えて当たり前だと思っていたものが本当に当たり前なのかを疑問視する、その姿勢にある。それはこの時代に暮らす私たちに、一度立ち止まって考える視座を与えてくれるものだ。

この機会にぜひ、他のインフラ小説群にも手を伸ばしていただきたい。誇りを持って仕事を全うする人々への敬意と、鋭い分析で描き出す未来への警鐘が両立された、まさに今、読まれるべき作品群である。

本書は二〇二〇年、小社より刊行された作品を改稿し文庫化したものです。

検 印
廃 止

著者紹介　1967年兵庫県生まれ。神戸大学卒。2007年、長編『ヴィズ・ゼロ』でデビュー。緻密な取材と抜群のリーダビリティが高く評価される。他の著作に『TOKYO BLACKOUT』『バー・スクウェアの邂逅』『バー・スクウェアの矜持』『火災調査官』『星星の火』などがある。

東京ホロウアウト

2021年6月11日　初版

著 者 福《ふく》 田《だ》 和《かず》 代《よ》

発行所 （株）東京創元社
代表者 渋谷健太郎

162-0814/東京都新宿区新小川町1-5
電 話 03・3268・8231-営業部
03・3268・8204-編集部
URL http://www.tsogen.co.jp
モリモト印刷・本間製本

ISBN978-4-488-41715-4　C0193

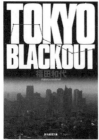